中国现代美术大家评传

卫天霖

柯文辉 著

U0116824

广西美术出版社

图书在版编目（CIP）数据

卫天霖／柯文辉著 . —南宁：广西美术出版社，
2002.1

（中国现代美术大家评传）

ISBN 7-80625-981-3

Ⅰ.卫… Ⅱ.柯… Ⅲ.卫天霖—评传

Ⅳ.K825.72

中国版本图书馆CIP数据核字（2001）第089661号

中国现代美术大家评传

卫天霖　　　　柯文辉　著

出　　版：广西美术出版社

地　　址：广西南宁市望园路9号／邮编：530022

联系电话：0771-5701356　5701357

传　　真：0771-5701355

经　　销：各地新华书店

印　　刷：深圳华新彩印制版有限公司

开　　本：889mm × 1194mm　1/32

印　　张：7.5

出版日期：2002年6月第1版第1次印刷

书　　号：ISBN 7-80625-981-3/K·37

定　　价：38.00元

目 录

序　言

　　卫天霖先生，字雨三，是我国现代油画的先驱者和开拓者之一，又是卓越有成就的美术教育家。

　　卫天霖，1898年出生在山西省汾阳县东阳城村的一个诗书之家，幼年在父辈们的熏陶和严格的教诲下，对祖国的艺术传统充满兴趣。1920年先生22岁时东渡日本，就读于东京国立美术专科学校(今东京国立艺术大学)绘画系，专攻油画，师承横山大观、滕岛武二先生，成绩斐然，享有"首席画家"之誉。毕业后又任该校研究员，继续深造。

　　1928年归国后，历任北平大学、中法大学、孔德文艺学院和北平国立艺术专科学校(今中央美术学院)教授。1947年入解放区，任华北大学文艺学院教授。

　　1949年，新中国成立后，创建北京师范大学美术工艺系；1954年又积极筹建北京艺术师范学院(后改称北京艺术学院)，任副院长、美术系教授并兼任中央工艺美术学院教授。

　　这位终生从事美术教育和油画艺术的探索者，为人质朴、方正，不求闻达，默默耕耘，恪守乃翁达臣先生"守身如玉"之诲，从不追逐名利，甚至最后也来不及留下论著，就与世长辞。因此，他也就不为一般人所知。然而他在40年代就已形成其美术教学上的完整体系，"以美育人"、"身教为首"是其教育思想的核心。他坚守教学岗位，循循善诱，诲人不倦，为我国培养出大量的美术人材，贡献卓著，深受师生们的尊敬和爱戴。

　　先生艺海孤帆，终生苦斗，终于深入油画艺术的堂奥，独树一帜，打破时间(古今)空间(东西方)的局限，开我国油画民族化之先河。早在 40 年代，已创出自己的风格，作画层层积色，绚丽浓郁；用笔斑驳苍劲，具有书法篆刻之美感，予人以饱满、深沉与醇厚的享受，这正是先生热烈纯朴的内心世界的写照。天霖先生晚期作品尤以静物出众。他的技艺在升华，不少力作如《自画像》(1971 年)、《白色交响——静物》(1973 年)、《瓶花》(1974 年)、《向日葵》(1974 年)以及《孔雀牡丹仙鹤松梅图》(三曲屏风)(1977 年)，无不光彩夺目，炉火纯青。纳传统水墨和工笔重彩等多种作画方法于油画技术之中；融现代夸张变形、画外主题和意识流诸多方法为一体，从而独辟蹊径地为我国绘画史增添了新的篇章。是故扬先生之教德，崇先生之艺风，早为先生的画友、学友以及天下桃李之夙愿，为此，我会特地编辑有关卫老的传记、评论、回忆录各一册，以念先生之不朽。

此传是刘海粟大师的倡议和支持下，由学者、小说家、剧作家柯文辉先生执笔，以平实、纯朴的手法陈述了卫天霖先生一生奋进的艺术生涯和深远的艺术影响。其文字深邃且富于感情及哲理性，在传记文学中别树一帜。当然，如果作者与卫天霖先生有过直接的交往，作品将会写得更为生动、细致、具体。

卫天霖油画诸教学笔记是珍贵文献，可资习画者、研究者学习、借鉴。《卫天霖油画艺术辑评》收集了当代各家对卫天霖创作的研究与讨论文章，有的散见报刊，有的是谈话记录。

卫天霖艺术研究会
1987 年 8 月

小引

—— 《孤独中的狂热》读后感

王景山

　　1985年初冬，我因事由北京去昆明，途经贵阳，因想追寻抗日战争时期一个高中生的旧梦，便在那里稍作逗留。一个极偶然的机会，邂逅了柯文辉。当时我看他秃顶巨额，虬髯连鬓，于思于思，呈银灰色，开口便喊了一声柯老。他立时反对并表示抗议。晤谈之后才知我原来还痴长他十岁左右。以后便改口喊他老柯。字自然还是那两个字，不过次序颠倒过来了。

　　最近，他为新作《孤独中的狂热——卫天霖传》付梓事来京，借住我任教的北京师范学院。一天深夜他看到我宿舍窗口有灯光，知我住在学校，第二天一早便拿着复印稿来，一定要我阅读，并写意见。先"读"为快，我自然是乐意的。要写点什么，却颇感大难。

　　已故卫天霖教授是美术大师。可我和他却素昧平生。对美术，我便是一窍不通。其实，认真说起来，我和老柯也是萍水相逢，不过有一见如故之感，因而他才居然敢非让我写点什么不可；而我居然也就无法断然拒绝，只好恭敬不如从命。幸好他网开一面，说是无妨借题发挥。

　　那么，在读毕书稿后，我好像敢于斗胆说一句"卫教授，我熟悉您了！"。自然这得感谢老柯，因为所有关于卫教授生平、思想、创作的一切生动而具体的印象，统统是从这部作品中得来的。但卫教授本人到底是否真是如此，老柯笔下有无溢美，有无贬损，却须向卫教授的亲朋好友探询、证实，我不能置一词。

　　现在我们这里时兴"纪实小说"。小说既要求纪实，传记又何妨虚构。于是又有"传记小说"出焉。但，是作传记看，相信言必有据呢？还是当小说读，茶余酒后姑亡听之呢？实在闹不清。窃以为，

"假作真时真亦假，无为有处有亦无"这样的真真假假，有有无无，在小说可，在传记则不可。传记必须纪实，最忌真中掺假；小说却不避虚构，贵在假中见真。

老柯好像也是反对"传记小说化"的，因此他要"努力讲真话"。讲真话，谈何容易。但我以为他在这部作品中是言行一致的。卫教授青年时期就奉父母之命在家乡娶了妻子，结局是一场婚姻悲剧。留学东瀛时，和一位日本少女热恋，终于生离即成死别。30年代初和学生全赓靖女士又曾有一段被控制的爱情，却以全女士远嫁结束。全女士后为革命牺牲。最后他才和一位可钦可敬的自称"做饭带孩子的老婆"胡小姐结为伴侣。对有些传记作者和传记小说家来说，这些正是可以大做手脚以吸引某些读者的地方。但老柯既没有因为要"为贤者讳"而回避卫教授原配夫人的存在，更没有发挥想象力，对两次可能大有文章可作的罗曼史，肆意渲染。为什么?事实俱在，即不容抹杀，材料阙如，又不可造谣故也。

但老柯的想象力一点不比别人少。在写到"文化大革命"期间卫教授的艰难处境和矛盾心情时，他作了这样的艺术处理：卫教授的"人格炸为两半：一半是普通人，一半是被普通人批判的艺术家，从睁眼到入睡，两人便刺刺不休的论战"。这种写法，浪漫主义够浓的了，想象力也够丰富、够惊人的了。然而这不是伪造的史实、虚构的事迹。相反，用这种浪漫主义手法却更真实可信地写出了彼时、彼地、彼种具体情况下的卫天霖，不有意隐去他"普通人"的一面，也不片面突出他"艺术家"的一面。

因此，我敢于相信，老柯在这部作品中写出的是真实的卫天霖。

卫天霖当然只有一个。但在不同的传记作者眼中和笔下，怕也不会完全相同，除非是填履历表，或编写年谱。《红楼梦》一书，传世二百余年矣，但仁者见仁智者见智，聚论纷纭，莫衷一是，迄今依然。正如鲁迅所指出："经学家看见《易》，道学家看见淫，才子看见缠绵，革命家看见排满，流言家看见宫闱秘家"。书犹如此，何况人乎!老柯笔下的卫老，在我眼中是一位美术家、教育家、爱国者，在老柯眼中自亦如此。

有趣的是，我在这部作品中，不但看到了卫老，也看到了老柯。他并没有写自己，却处处可见他。

文学创作是讲究作者的风格独异的，最怕千篇一律，千人一面，张三李四王二麻子的煌煌大作，共性有余，个性却是一片空白。对传记作者应如何要求呢?读者要看的自然是传主事迹，似与主撰风格无关。其实不然。这部作品便显示了老柯特具的学术气和抒情二大特色。

据我所知，老柯好像无意当学者。但他的确具有文学艺术研究家的修养和功力。在这部作品中可以看到他对美术以及有关文艺领域的广博知识和深刻理解。他甚至竟敢肆无忌惮地议论、评价、臧否那么多古今中外的艺术名家、思潮、流派。他似乎还无意作诗人。但他的确又具有诗人的性格和气质，行文中处处上奔突着火一样的诗情。然而这又不是故意的炫耀和卖弄，而只是自然显现的一种哲人的智慧和一派赤子的天真。

可是这种特色我以为又为撰写卫天霖传所必需。我本不懂美术，但通过老柯关于美术的种种议论，使我了解了卫老作为美术家的成就和地位。我和卫老无一面之缘，但通过老柯的充满激情的介绍、叙述、描绘，又使我深为作为教育家、爱国者的卫老的精神所感动。

老柯是不是写作卫天霖教授传的最佳人选，我说不好。他好像自认为不是。因此当他听说深知卫老的李浴教授要写卫天霖评传时，便在自己的书稿中表示了良好的祝愿："独木桥最大的幸福是为立交桥所代替"，并将书稿寄给李教授，供为材料，欢迎重写。但李浴教授回信说："书稿看了一遍，观点与我略同，因此我再写'评传'也就没有太多必要，最多不过增加浮词而已。至少在近期内是不必要的。所以我恳切希望柯公能把谈及我要写评传的那一段话删去。如果不删，那就在后面加一句：'李浴看过本书复印稿后，认为先得我心而为之搁笔，原先的决心已经打消了'。"

文人相轻，自古已然。这里我们看到的却是文人相重。特记此一笔，作为佳话。

1988年7月于北京师院

1949 年作为美术工作队二队成员的卫天霖在北京

东 渡 之 前

千里之行，始于足下。

——古谚

自从傅青主辞世以来的二百多年间，山西商人与徽州商人分庭抗礼，合掌着中国一多半的经济命脉。也许是太穷，人又太精明，云冈、晋祠、晋城玉皇庙等等数不清的伟大雕塑，芮城永乐宫的壁画，虽然蜚声世界，山西却很少出大画家。直到卫天霖来到人间，情况才有所变化。

天霖，字雨三，1898年8月22日生于山西省汾阳县东阳城村，世代清寒。祖父衣食无着，10岁时步行去内蒙呼和浩特（当时名叫归化），在一家商店当学徒，到30岁才回到故乡完婚，置地160亩。老人70岁去世时，给四个儿子各自留下40亩地。天霖的父亲名璋，字达臣，行二，清末贡生，后来中过举人。因为参加过同盟会，辛亥革命之后被推选为第一任代理县长，袁世凯窃国时愤而去职，从此长期教书为业，当过汾阳模范高等小学校长，河汾中学文史教师。卫璋通诗古文，深受邓石如、包世臣影响，尤爱读康有为的《广艺舟双楫》，苦写北碑，攻《龙门二十品》，和天霖的舅父秦云川（馆阁体书家）同时驰名乡里。两位老先生终生过着平稳的小康生活；对后辈都很严，讲究博闻强记，重视节操。

天霖在6岁启蒙之前，已经由父亲口授过唐诗十来首，虽然不认得字，更谈不上理解，却表现出强烈的兴趣。这个孩子话不多，具有中上等素质，不能算早慧的天才。

启蒙课本是《三字经》，接着念《百家姓》、《五言杂字》、《龙文鞭影》、《幼学琼林》。父亲边教边给儿子讲些古代忠臣名将、才子烈女之类故事。尤其是故乡名人郭子仪的传闻，什么七子八婿、单骑退回纥等等，孩子听得津津有味，喜欢追问下文："后来呢？后来呢？"父亲也尽量满足他。当时科举初停，学堂已经开办，老先生鄙薄八股文，很少给儿子灌输功名利禄的意识。辛亥革命前后，父亲和舅父时时谈论社会的腐败、列强的贪婪与残忍、朝廷政府的无能。孩子还小，不能领会，只是隐隐地感到应当爱国，对顾炎武"天下兴亡，匹夫有责"之说很有共鸣。

习字始于描红。描红本木刻，土纸手工印制，每张4行，16个字。父亲和舅父常写魏碑，逢上春节或乡里有红白喜事，许多人求书联语或祖宗牌位，孩子用好奇的眼光观察笔的运行，朦胧地觉得其中充满着神秘的诱惑力。

更使小天霖惊奇不已的是绘画。一张素纸，父亲、舅舅即兴挥毫，勾画皴擦，略加渲染，山川、花鸟、人物、虫鱼，便各具生机。求索者甚多，老先生们有求必应，尤其是酒酣耳热、眉飞色舞之时，雅兴更浓。孩子多么希望自己在将来也具备这种本领。10岁前后，他向长辈倾吐了这种愿望。

几天之后，舅父送来了石印本《芥子园画传》。这部由浅入深的启蒙书，给孩子带来狂喜。他尊重父亲、舅父的教诲，每天下午放学前的一个多小时，各种作业完成后，才可以铺纸摹画。稚嫩的笔触中流露出显著的才气，长辈们看在眼里，默记心中，从不夸奖。

天霖9岁时入汾阳高级小学，成绩优良，历年享受公费。1911年夏末，他从初小毕业，汾阳县令穿着官衣马褂，戴着大蓝顶子请天霖等一班毕业生吃饭。闭塞小城的居民们十分羡慕，视为无上光荣，几十年后他们谈起这场"闹剧"，也还津津有味。

遇到过年，孩子不喜欢穿漂亮衣服，也不拿压岁钱买糖食和鞭炮，吸引他的只有三件事：第一是可以不做功课，全天痛痛快快地画，床上地上铺开一大片，和小朋友们一起看看挺开心的。第二是从农历腊月二十四小年夜开始烧香接祖宗，到正月十五送祖宗，客厅挂满先人画

像、××府君、××孺人之类，虽说画得大同小异，缺少神采，在小孩子眼里却具有无上的魅力，加上来自天津杨柳青、潍坊、朱仙镇、苏州、佛山、丰都等地的木版年画，组成一个神奇世界。他与历史人物、传说人物、戏曲人物，还有娶亲的大队老鼠等等欢聚一室，其乐无穷。第三件事是看纸扎匠人做灯，龙、虎、牛、马、兔、狮、蜈蚣、七星，还有画着五虎上将的走马灯。从破篾开始，扎、糊、彩绘，孩子一看就是老半天，永远不知道疲倦。这些灯的造型稚拙，不求形似，善于在夸张中表现真实，对孩子的美学观有潜移默化的作用。谁也说不清楚，幼年迷恋过的兔子灯对后来他画的兔儿爷有什么启迪？他给亲友们炕上画的人物，有没有受走马灯的影响？灯会光影交织的记忆是否在《童子屏风》上得到诗意的再现？而顺着汾河流向远方的莲花灯，是否在他晚年的花卉创作中迸射出灵感的返照？

看到父亲在画上盖印，他也想如法炮制。他先用剪刀在泥块上划几笔，用墨作印泥，盖出来别有风味，后来用砖块瓦片，最后用石头苦练篆刻，小片天地中的美是发掘不完的。这些养料，丰富了他油画笔触中的金石味，虽说后来没当上篆刻家，又何伤大雅？

当母亲、姑姑请来剪花样的老太太时，孩子发亮的瞳仁牢牢盯着

卫天霖童年像。卫天霖题记为：『这是最早最早儿童时期第一次照像的像片。是我的叔父和他的大儿子天恩正要照，确好我从街上回来参加了照的。一九七七年记』

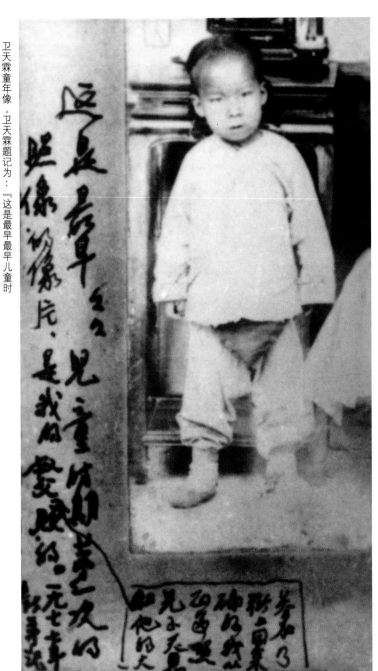

那一把剪刀、两张白纸，花被剪出来，绣在鞋上几乎可以招来蝴蝶。美的诞生过程引导着他去仿造，经过上百次失败，他逐渐摸出一些门道，剪子也比较听话了。

每当庙会，小天霖和许多孩子围观民间艺人用彩色糖块，吹出《猪八戒背媳妇》、《武松打虎》、《关云长读〈春秋〉》，一个个栩栩如生；还有那些捏泥喇叭、泥哨、泥人的老汉，衣衫褴褛，神态安详，做出泥狗、泥狮、泥象、龙蛇龟鼠，各尽其态。他便和小朋友们跑到河边，捞起淤泥和进黄土，摔摔砸砸，学着塑造小动物。

有天傍晚，他刚刚做完一只狂吠的狗和一头准备顶架的牛，心头美滋滋地好不惬畅。父亲的身影忽然出现在河坝上，河风吹动他垂耳的长发，中间已有几缕银丝，洗得发白的蓝长衫也飘飘欲仙，脸色却非常冷漠。

"雨三!"微带沙哑的嗓音比任何时候都严厉。

"爹!"儿子下意识地搓着手上的泥巴，悄悄地垂下头去。

"你的字还没有写完，怎么就跑到这儿来玩泥巴? 真没出息!"

"爹，我错了。"

"让你上学，很不容易。你若不肯上进，弟弟和妹妹们都学你的样儿，就太叫长辈失望。"

"爹，我回去写字!"

"不是不让你玩，写好字才能玩。万一掉到河里怎么办? 将来你有孩子的时候才能知道父母的牵挂。"

"儿错了。"孩子噘着嘴。

"跪下，为的是记住这一天!"

"爹，儿愿写字!"

"不成，跪下!"

孩子委屈地跪在河滩上，眼角挂着透明的泪珠。天将擦黑，父亲才来接他回家吃夜饭，老人的表情变得温和了。

第二天，天霖看到自己塑的小狗和牛被放置在父亲的书架上。奇怪的是他接儿子的时候，泥塑放在一旁，孩子三步一回头，父亲却视而不见。看来，是老人在夜间去把这两件习作取回来的。

儿子的爱好得到了支持，合订的《点石斋画报》，稍后还有《大共和画报》被父亲买回来，供儿子欣赏。孩子省下点心费，买来泥人、泥哨、年画，也不再受到干涉，享受到比较多的自由，视野也逐渐变得开阔。

这天，全家在一起包饺子，小天霖用揉好的面团为在场的亲属捏像，大家的特征都被这双小手揭示出来，非常逼真。天霖惟一的弟弟天庄回忆道："一次，他用饺子皮照着我二姑剪了个侧影，非常像，大家都围过来看。二姑拿过来反复欣赏着自己的剪影，高兴极了。哥哥默默地坐在二姑身边，脸上充满创作后的喜悦。"

描在箱子上的图案纹样、细木工刻制的匾额，香案上的浮雕圆雕，石匠刻的龙虎狗和辟邪，大都用于压房梁和装饰庙宇祠堂的飞檐，小天霖一有闲空就摹刻，越累越有兴味。

北国春迟，有时来上一阵春雪，要到三月初柳眼才能睁开。草儿返青之后，灰蓝色的天空翔舞着各种风筝。大的有一丈多宽的蝴蝶、七星、飞虎，小的只大于孩子的拳头。复杂的有108节的蜈蚣，简单的是一片"亮瓦"——长方形的白纸片儿，后面衬着四根篾丝而已。6岁之后，他就爱跟着大孩子们去放风筝，帮着提线球儿、捧风筝尾巴。他跑得快，是一位理想的小助手。到了10岁，他不再做大孩子的附庸，自己动手扎风筝，遇到困难，比如蜈蚣的关节怎样才能随风摇摆，兔儿的耳朵如何抖动而又不倒，便到纸扎店里去观摹，好在是熟客，可以坐在小凳上看个够。父亲对于放风筝毫无雅兴，只乐于和舅父在一起论古谈今，评书品画，有时也叮咛儿子以学业为重。母亲与二姑嘴里虽也给父亲帮腔，却悄悄地为小天霖搓过好多麻线。苦练了几个春天，天霖扎的风筝质量超过了纸扎店老板。风筝在天上带着风轮，发出春的喜歌，单调、质朴，犹如北方的大地。夜间，挂上用一只小月亮风筝，用同一根线，借风力送上一只灯笼，辉耀在星间。要不就吊上一支香，下面拴着一串炮竹，香快燃完的时候，天空便炸出一串火花，惹得小伙伴们拍手叫绝。有时火焰炸断麻线，风筝坠落了，找回之后，加以修整，第二天再放。后来，天霖的技术越发熟练，吃饭、上学不用收下风筝，只要将线儿牵到门口，拴在一棵树上，用不着去管它，随它飘飞。到底北方民风淳厚，没有人去"顺手牵羊"或松掉线儿。

孩子渐渐离开童年，也照旧去赶庙会，但兴味已变，对唱道情的老汉，坐在独脚凳上手脚并用敲锣打鼓划旱龙船的流浪艺人，只有三五角色、几件破行头的蒲州梆子、山西梆子等所表演的世态人情，慢慢有所体会。对于脱离剧情的大翻跟斗，还有说书人讲的老一套才子佳人的韵事、口吐剑光的侠客、远征异域的大将军之类传说，却逐渐厌弃。因为后者大抵是公式主义的老套子，缺少感染力。

引天霖刮目相看的是坐在广场一角的编织工，一位慈厚可亲的农民伯伯，那双松树皮一样龟裂的大手上，铁茧层层，青筋突起，编起鸟笼和蝈蝈儿笼子来，和姑娘们绣花的手一样灵巧。天霖又被这门新手艺迷住了。那些鸟笼高的和孩子一样高，小的只有五六寸高，或方或圆，讲究的是三间小屋，二郎担山的样式，玲珑可爱。那些蝈蝈儿笼子有的像故宫四角的亭子，有的像土地庙，有的似座钟，有的如酒瓶茶壶。那位伯伯眼看顾客，手上却像长着眼珠，干得又快又好。凡是买笼子的，还送一两件玩具，那是用秫篾（高粱秆的皮）编成的车船楼台、小狗小猫。天霖暗记在心头，回家之后就仿制，编了又拆，拆了又编，循环往复，经验随着失败增长，美感跟着经验诞生。父亲用赞赏的目光看待儿子的制作，还是与往昔一样缄默。

少年时期的画和雕刻、泥塑与编织品、剪纸与土纸上的涂鸦，早已和那沉沦的旧时代一起烟消云散、杳如黄鹤。这些工艺的历史使命是给未来的艺术家训练感觉、手眼，是一出大戏的序幕，一支交响乐的前奏。等到天霖白发苍苍的成熟之年，这一切都在他的作品里响起了回声。

天霖家的宅基很大。从东大门进来，过了影壁便是很宽敞的大院。院西有几间马房，常年喂着几匹牲口。房子有三进，头门、二门都有石狮子一对，柔和的线条，并无威猛之气，眼睛像狗一样凝视着马道，至今仍在等候着永远不再归来的主人。后进原是楼房，上面一层已经拆掉，楼板改成房顶，供堆晒谷物之用。房子不算太高大，却很结实，具有晋中中等地主院宅的气派。

使天霖感到人生不公正的，是他感染了天花，被关在马房里，不许出来，免得传染弟弟和四位妹妹。孩子怕痒，结痂之后常常搔挠，脸上留下了许许多多的瘢痕，小伙伴们一看到就叫他"卫麻子"。起初他有些恼怒，后来为时一久，便习以为常。脸像对孩子自尊心的伤害，使他多少有些孤僻，影响他性格的全面发展。

孩子有了一点理解力之后，老父便给他讲述山西诗人、名医、志士傅山的故事。傅山，字青主，号青庐、真山，别名公之陀，万历三十五年（1607年）生于阳曲。顺治十一年（1655年），邑人宋谦因造反罪被捕，供出傅山出家，身穿红衣，号朱衣道人，因而受到传讯。经由明降清的大臣龚鼎孳曲为呵护获释，归隐松庄，不问世事。顾炎武入晋相依，称之为"萧然物外，独得天机"。顺治十六年（1660年）举鸿博，子眉及二孙用床板抬他到北京，幽居慈明寺称病不起，放归后不久，子眉先死。康熙二十三年（1684年）七月二十三日山亦殁。史书称山享年78岁。他的诗在晋中广为传诵。这是他30多岁时作的《狱中椿树》：

狱中无乐意，鸟雀难一来。
即此老椿树，亦如生铁材。
高林丽云日，瘦干能风霆。
深夜鸣金石，坚贞似有俦。

卫天霖童年时住过的汾阳县东阳城村的故居旧址。

天霖一生重气节,对这类诗歌必能心领神会,看成座右铭。傅山的画,老逸雄浑,使他终生仰慕。傅山未必见过西画,他敢于把树画成两断,中间留几寸宽的空白,上下渍以淡墨,形成一条白虹来表示月光,胆识惊人。在画理上也与西画暗合,却又是真正的国画。

笔者拜观天霖先生一柜遗书,其中有罕见的傅山小楷,印刷精美。友人章文澄兄收藏了一个卫天霖先生惠赐给他的佛头面形,背后是卫老的题跋,字体接近傅山小楷,可见当年他认真临习过。

明末的行草书在中国艺术史上是晋唐宋后的一个高峰。作为浪漫主义大师的王觉斯笔力雄肆天纵,摇曳多姿,惜乎降清,大节有亏,人品累及书品。倪元璐庄重凝蓄,才气横溢,盛年殉国,才有未尽;黄道周筋骨雄强,远师山谷,早岁霸气,洗涤方尽,正在有为之年,节比文山,二公书品因人品增辉。张瑞图为大阉魏忠贤写谀词,书具松柏之姿而气力外张,垂涎富贵,乞怜权门,人已不齿,徒以书名。祝枝山是书坛策士,纵横排奡,气息未入晋汉,更无论先秦。文徵明小楷高古,一代冠冕，而行草略伤婉丽，多存帖意而碑味欠浓。傅山草书，枯藤硬弩，我行我素，不宗一家，自具面目，野而近雅，熟而不俗，风骨凌厉，孤鹤闲云，时露侠气，其书虽未能超过上述六家，但人格高于王铎、张二水，功力超过祝允明而才气稍逊，个性鲜明优于文衡山而不似后者兼备各体。总之，傅字以清气高风而见重艺坛。他的书法理论是："作字先作人，人奇字自古。""作字先作人，亦恶带奴貌。试看鲁公书，心画自孤傲，生死未可回，岂为逆乱要？"这种艺术观化作天霖的自觉意识，东渡八年，没有削弱一丝爱国热情，屹立在各种"大东亚共荣圈"的"理论"面前，傅青主先生作为精神导师的功绩是很突出的。

河汾中学的学生生活过得很紧张、刻板、勤奋，天霖除去集中精力让功课考上优良成绩之外，还要花时间练画、制作工艺品，等到毕业，他在县城里初露才华。

县城里已经有从美国留学归来的医生信天主教，时而向中学生们谈起第一次世界大战的情形。亲戚家也有人去过日本留学，回来后很神气，使天霖有些向往。天霖对宗教毫无兴趣，但他产生了朦胧的想法：要出国去见见世面。几时去和如何去，他自己也说不清楚。

上中学时，他参加过反对袁世凯和日本签订卖国条约二十一条，他上街游行请愿，绘制宣传画，带头高呼口号："亡国之民，不如丧家之犬！""不买日货，不做亡国奴！"他跑到农村站在板凳上发表演说："而今革命胜利，不是满清政府了，青年们都变了！我们要参加国民爱国运动，壮大自己的爱国志气！"（见卫老写的《自我检查》），连续忙了几个月，心情愤懑，精神昂扬。

和孙中山、鲁迅、毛泽东、郑振铎、郭沫若一样，封建婚姻给19岁的卫天霖带来巨大的苦痛。1917年，父母害怕儿子远游，又急于抱孙子，就匆匆地为他娶下一房夫人冯玉兰。其父冯立瑶为县城内大户，有田地房产。她是旧式婚姻的牺牲品，本身无过失，却受到了丈夫冷淡。今天已无人提到她，仿佛世界上从来不曾有过此人一样。我不愿为贤者讳而抹杀她的存在。1920年，她生下第一个女儿。大院里影壁前缸里有九朵莲花开放，孩子被祖父命名为九莲，取出污泥而不染的意思。二载后又生下了二莲。大姐早已病故，二莲尚健在，享受到的父爱很少，对父亲谈不出什么感受。她的母亲也在抑郁中死于1927年，连生两个女儿的媳妇在旧式家庭中没有地位。这些都是后话。1918年，天霖考进了山西大学预科（实为高中），苦读一年即转入山西省留日预备学校。两年后笔试成绩名列前茅，而在语言方面才气很一般，又忙于作画练字，日语发音不地道，没有多大兴趣。但作为全省第一名享受官费去日本专攻绘画的留学生，他成了青年人艳羡的对象。

首次出国，不免依依。天霖再次去娘娘庙里观摩娘娘出宫和回宫的大型壁画。后土圣母被画得雍容华贵，车马仪仗，颇具气势。他躺在草地上遥望魁星阁，那高阁像个戴笠老人，对他凝睇。童年时别人告诉过他：魁星大笔一点能中状元，可以升官发财。这类话他早已不再相信，但在感情上丝毫也没有觉得同古阁疏远。

父亲邀请两桌客人给儿子饯行，大家说了许多箴言用来祝福出国的幸运儿。

夜阑客去，汾酒余香回荡壁间，母亲和二姑一遍遍叮嘱，大抵仍是平平常常的关切话。

弟弟天庄，妹妹次嫒、淑嫒哭了一会儿，还是入睡了。

母亲将儿子单薄的行李卷、轻便的小藤箱再次打开，查看一番，惟恐漏带了什么必需品，强颜欢笑比泪雨纷纷更使儿子眷恋。灰暗的墙壁，古旧的桌椅，溅上墨迹的书和画谱，弟妹们匀畅的呼吸，似乎在他跨出门槛之前，就召唤游子早日归来。

父亲掸去烛花，默默地铺开宣纸，为儿子写了"守身如玉"四个大字，里面包含着父爱和期待。后来，每当严峻的考验压到天霖的肩头，他都会忆起这四个字来。还有父亲

严厉不亚于三伏骄阳的表情，温煦如大寒中旭日的笑容，悠然的步态，浓重的乡音，连同河畔的呵斥，都凝成了滚烫的记忆，伴着他走完生命的历程。那日益升高被理想代替的形象，连后来技巧成熟的儿子也难完美地再现。

在太原逗留时间不长，天霖去看过文庙的建筑和塑像。

木讷、质朴、年代久远，交谈此类话题的对象有限，不愿忆及先人，感到深负厚望的内疚，使天霖先生很少说到儿时趣事。但那段岁月却真实地在故土上出现过。愿天才的大手笔再现那沉滞苦涩中略带甜意的年华吧！来不及见到过去时代列车的朋友们，请将耳朵贴近钢轨，远去的车轮声还能传回列车的呼吸与心跳。

东渡

不是一番寒彻骨，哪得梅花扑鼻香。

——黄蘖大师

学不难有才，难有志；不难有志，难有品；不难有品，难有眼。唯具超方眼目，不被时流笼罩者，堪立千古品格。品立则志成，志成，才得其所用矣。末世竞逐枝叶，罕达本源。谁知朝华易逝，松柏难凋。

——藕益大师

1920年（日本大正十年），天霖乘海轮到达东京，进了川端美术专科学校，正赶上留学生们抗议不平等条约而举行的示威游行，去大使馆请愿，要求中国政府废约自强。天霖曾在东京大街上和日本警察发生过冲突，这种热情延续了很久，才能安心学艺。其间他结识了当时的进步学生、后来参加创造社活动的诗人穆木天。

20年代前后的日本油画艺术，各种审美趣味交织，新旧各派方生未死，都在急剧动摇中挣扎。

明治维新使日本人掀起了学习西欧的热浪。善于摹仿急于求成的画家们，把典雅庄重、柔和、秀丽、纤弱的学院派制作与墨守陈规的教学体系，从巴黎、伦敦搬到了东京。这种并无生气的官办艺术，决不是西方绘画的精髓，但当时以其粉饰太平的作用，照相式抄袭物象的写实能力，而见容于封建意识甚浓的日本统治阶级，并且迅速成为正统。

上世纪末，黑田清辉虽然未能摆脱院体派的束缚，但强调以外光作画，给日本油画带来了新血液。弘一法师（李叔同）、曾延年都是他的弟子。曾先生归国之后在美术方面无所作为，只是在话剧启蒙史上留下了光辉的脚印。李叔同从事美术教育，成了伟大的先驱，深受中国人民的尊敬。

塞尚、凡·高、高更自我表现的作品传到日本，引起绘画界的震动。佐伯佑三、海老原喜之助去欧洲研究印象派以后的法国绘画，返国后产生了新油画运动，在日本影响也很强烈。

旧阵营的分化，使官办的画廊伤了元气，好在有政府经济上大量投资，还拥有一批守旧的画家。追求新风格的人们组成了在野的艺术团体，十分活跃。

藤田嗣治的创作推动了前卫艺术，俄国未来主义画家、"青骑士"社成员布尔柳克为代表的先锋艺术，促成革新派的"三科会"成立，形成浮躁的学术氛围。

接着，欧洲野兽派、立体派，稍后还有表现主义的原作陆续到日本展出，这类新作"远看西洋画，近看鬼打架"，毛毛糙糙，非常新奇难懂。有些作品是诚心不让观众看懂；也有些画本无深邃意境，却被炫耀学问的评论家捧得玄而又玄，引得急求名利而不择手段的效颦者蜂起。日本画与西画互相渗透，给日本画家带来活力。画坛多变，极不稳定，很多画家在新旧两派之间徘徊、折中。为了不迷失方向，客观地分析身边的艺术漩涡，免得盲目卷入成为俘虏，天霖就借助辞典、文法书，读了很多艺术史论著作，至今还保存着一大柜子，由重视文献的卫师母胡瑜捐给了卫天霖艺术研究会。

向现代性和民族性靠拢，不为五光十色的流行画风所左右，立定脚跟，分清不朽与速朽的两种艺术，摆脱迷惘、困惑，全靠勤学苦练。

川端美校的师资水平有限，一年之后，天霖考上连日本人也难以考进的东京美术专科学校预科，这是全国惟一官办的美术学府。天霖没有头脑发热，对自己要求很严。谦谨勤奋是他一生成功的前提。

学校坐落在上野公园，虽近闹市，并不喧嚣，环境幽静宜人。在见过无数崇山峻岭和黄河汾河的天霖眼里，或许觉得格局太小，其实，可以入画的地方却很多。公园里的古树樱花，先后被中国近代画坛的李叔同、刘海粟、朱屺瞻、关良描绘过。

日本学制，专科3年毕业，惟独美术4年，要上一年预科。天霖入校后，改学制为5年，同班45人，名画家有早已去世的冈田，美术教育家有西田正秋先生，任东京艺术大学名誉教授至今。按照规定，留学生只修专业课，惟独天霖破例还旁听了几门副科，其中包括体育。

每逢休假日，他爱去博物馆、美术馆参观，研究中国、西方、日本名作，流连忘返。经穆木天介绍，他认识了郭沫若、郁达夫，曾为创造社的刊物设计过封面。

末田利一论及天霖时讲过："一般人都有的轶事或奇闻与他绝缘。"60多年前初到东邻的情形，没有什么史料留在人间，他与弟子王熵讲过三件往事，对我们的想象，可以提供一点酵母。

天霖在川端美校尝够了摸索中无人解惑的苦衷。考入东京美术学校之后，寄托的希望很大。第一年课程表上安排的指导老师是长原孝太郎教授。每到上课时，由各位同学到教具室去借一两件石膏模型，自己随意去画，今天盼明天，这月望那月，却从来未见过教授的影儿。直到一学年终了的前两天，教务处的职员才来报告说，明天教授来讲课。全班同学顿时狂热地欢呼起来，兴奋得一夜也阖不上眼。

第二天上午，大家照常作画，心中暗暗着急，就是不见教授的影儿，好生纳闷！直到11点钟，长原孝太郎先生衣冠楚楚、精力充沛地走上了讲坛，学生们行礼落座之后，教授一言不发，在课桌间迅速地穿行一遍，将每个人画架上的作业都看了一眼，然后像没事人一样，扬长而去。在场同学个个感到丈二和尚摸不着头脑，纷纷陷入惶惑。大约过了半小时，教授面有得色，重新走进课堂，宣布了一句话："你们全成！"于是大家忍不住欢呼了。一年只见两次面，加起来不过一刻钟，只等着一句话，未免太少；但正因为难以见面，一次会晤就受宠若惊，不敢再有苛求。教授少讲几句，对于发挥学生主观能动性方面，比口若悬河滔滔不绝的填鸭式方法，似乎有些优点。话太多，听者便有些藐藐，反而没有分量。

二年级的人体素描由小林万吾教授主讲，又是半年不见老师的影儿。大家习惯于上课画，下了课还是画。要么就是同学之间互相评画，或者一个人徘徊林荫，面壁枯坐，构思新画，对教授不再寄以希望。

学期考试前一天，小林万吾先生和长原孝太郎一样衣履翩翩，莅临教室行礼之后，照例巡视一遍，然后在一位同学的画架前停留了分把钟，忽然将右拳举到自己脸前叫了

一声："看看这是什么？"

教授翩然而去，大家相顾愕然，一起苦思冥想老师这句话的潜台词。还是天霖颖悟，首先明白过来：拳头就是体积。被批评的同学所画的人体没有体积感，太平了。经他点破，大家才如梦方醒，互相商量如何表现体积，同窗们都提高了。

按照规定，教授在每个星期天上午见学生，评定习作。天亮前两小时，大家就挟着作品排在老师院子门外等候接见，兴奋不已。天霖等了三小时才被喊进去。他把几张写生画靠墙摆成一行。小林万吾先生随便一瞅就拿起一张小风景说："这张草地如果没有远处的房子就更糟！"来不及多问，教授一挥手，另一位门人又恭谨地走进来"朝圣"。天霖虽然极不满足，也只好告辞。

学艺要猜老师的心事，这太难了。

他独自来到上野公园，把画放在草坪上摊开，眯着两眼，轮流看着画和眼前实有的风景，陷入沉思。

假若教授对他一个人这样，可能是歧视中国留学生，但对日本人也同样啊！揣摩半日，才弄懂老师的原意：没有房子压住地平线，草地会像天幕一样悬空挂着，天地不分。从此，他进步很快，响鼓不用重槌敲！

三年级到五年级，学生可以挑选导师，到老师的画室请教。天霖和西田正秋选了藤岛武二教授的油画

人体课。

藤岛先生教过朱屺瞻、关良。

1896年，藤岛在东京美校（东京艺术大学前身）任助教时，已被国人视为首席画家。38岁到了巴黎，认为学习一位大师的风格，不如研究在日本看不到的油画基础训练。归国后画风一洗流行手法，引起观众们的热爱和老一代守旧派的攻讦。1919年日本成立了"帝国美术院"，举办大型展览，曾邀请刘海粟、汪亚尘、陈国良去参观，藤岛和蒲谷国四郎等人的画引起了强烈反响。日本学者田近宪三称他为"不仅当时是，而且后来也是日本最正确、最根本的掌握油画技术的第一位"。他继承了冈田沧心、目真直善的教育思想，强调"东方艺术要有东方特色"，"艺术是民族审美意识的反映"。藤岛先生的这些观念和优良的艺术技巧，以及丰富的教学经验，使天霖在艺术上迅速进步。当时天霖每周都要画一张人体，先画五至十张速写，再作素描。下课后回到公寓，继续改进。藤岛先生选了天霖两张素描，作为他教学时示范之用。两张画一直使用到1950年，至今还保存在东京艺大。这样，天霖才获得了全校首席学生画家的称号。

藤岛很器重卫天霖，认为他有可塑性，对他的未来充满憧憬。天霖常常把老师的素描和油画携回宿舍反复临摹。从藤岛虚实相生、以情运线、和西方仅仅讲究块面关系的画法的不同，找到了藤岛作品的奥秘，它同中国画有一脉相通之处。后来天霖的创作富于民族化情趣的原因，和这种看法是一致的。光生色、色寓情的油画，追求水墨淋漓国画风神的水彩习作，都是探索的记录。

天霖住在东京府丰岛郡巢鸭町三丁目25号二楼的6席房间里，临近鸭巢驿，附近的巾仙道、拔刺地藏庙、染井墓地，是他常常去散步的地方。当年的房主柳原控七郎还伴他去观光过浦里时次郎的"明乌梦泡雪"墓地。1983年，柳原先生回忆说：

他是一位身材高大、白净、谨慎、质朴而有礼貌的青年。他好像活生生的实践了孔子在《论语》中讲过的"君子不重则不威"，看上去颇有气度。刚刚学到的日本语，讲起来许多地方让人听不懂，他好像也感觉到了，有些自愧。于是他就用铅笔在笔记本上画出他讲的意思。他画了我们院子中的花，表示赞美，我就明白他方才说的什么"你们院子里的花很美"。又画有人在水中洗澡，表示他也要洗澡，于是我就拿起肥皂盒，带他去洗澡。在上野美校，他所画的晴空非常灵妙，使我陶醉在美的世界中。我想留下他用铅笔画的那两幅速

18岁时的卫天霖(1916年)。

还是在怀念着他。

（日本《关系》杂志《回忆画家卫天霖先生》）

正如在岸上学不会游泳一样，不和大自然作精神交流，绝对当不成画家。遇到假日，天霖便到风景秀美的富士山、京都、奈良和海湾去写生，也去拜访过日本名家横山大观、梅原龙三郎、西田正秋、安井曾太郎，讨论绘画，获得教益。

他跑到很多博物馆去看陈列在那里的中国古画，同时从日本的浮世绘、大和绘、南画、光琳画派、太仓院收藏的名作中，逐渐看出日本画源于中国画并在千百年间积累成自己的民族风格。

他认为日本的古代建筑与民间工艺美术作品保存了很多中国古代艺术资料。他以浓烈的兴趣搜集了一些有关的专著，访问过工艺名家黑田，在游览时写下几册笔记，画了好些速写，准备日后加以研究，可惜这方面未出什么成果，大抵都被融进了油画中。

对天霖的这段生活，他的老友苏民生教授写出了亲切的回忆：

写，可那是画在他的速写本上的，我实在不好意思提出来。

卫先生的发音不准。他说北京的天空是青的，就用粉笔群青在本上轻轻地画上一笔，来说明北京天空的颜色。他给我留下极深的印象，早就想到中国去看他。

以后卫先生搬到别的地方去居住，于是就不互通消息了。但我心里总是希望他能有成就，总

闺中(油画)130cm × 69.5cm 卫天霖 1926 年

我和雨三兄初次相识，是在60年前。我当时在京都的帝国大学读哲学，因病转地疗养来到东京近郊的"三崎馆"（留学生公寓）。我订购了一份《油绘讲义》。一天，邮件寄到了馆内后被雨三兄见到了，他那时住在楼下，我住在楼上，雨三先生就拿着讲义上楼来交给我，因是同胞的关系，我俩就热情交谈起来。几日后，我回访雨三先生，当时他初入国立东京美术学校（也称上野美校，现为东京艺术大学）油画科，在他的寓室里我首次见到他的炭笔素描——人体和一些油画，其所绘人物形象魁伟，油画作品也给人以纯正、坚实之感。我心中暗喜，我看到了真正学油画的中国留学生。这次他还拿出该校的英文课本，请我给他讲读一段，他给我一种谦虚、朴实的印象。他讲话山西口音很重，刚健朴实，身体颇为健壮，音域很宽，比较洪亮。我很自然地将这一切与他的作品联系了起来，画如其人呀！使我敬佩。从此，他那高大的形象便刻在我的心中。因我在日本高等师范大学早已学过几年美术，我俩一拍即合的兄弟之情是可想而知的。以后，他每次外出写生，总是约我同行。

东京的武藏野（地名）景色很美，尤以秋色七草著名，我俩常常同行描绘。经几次交往，我已深感他的绘画才能非同一般，必将不同凡响。

次年，雨三兄回国度假探亲，路过京都，就在我的寓楼暂息两天。夜阑灯下，他用水彩为我画了一幅半身肖像。记得当时我只穿着和服浴衣，这幅肖像速写，雨三兄仅用少许之时即挥毫而就，真可谓笔彩淋漓的传神之作。他辞去后，这幅肖像被当时东京大学的同学李初梨先生见到了。李先生赞不绝口，连连称颂"这是一位大艺术家画的像"。实言之，所赞非我，而是雨三兄的超群技艺，我只不过借他的笔，沾了光罢了。可惜这幅肖像虽经我多年珍藏，后来还是遗失了，我太遗憾了！他一生所创作的诸多幅肖像画，这是其中杰作之一。那时我也曾觉得他若是学习雕刻岂不更好吗？当我看过云冈石窟之后，就更深有此感。

一般血气方刚的青年画家，总把毕业创作看成炫耀技巧的机会，往往华而不实，造成芜杂堆砌之弊。天霖出于对艺术的虔诚，不愿卖弄技术。《闺中》一画构图洗练，色块归纳得很质朴。人物所穿的粉红大襟上衣，有点火气，黑绸裙子一压就淳雅了。屏风、床、方砖地，有意选用比较阴冷的调子，好把人物推出画面，送到我们眼前。阔大的衣衫是当时的风尚。粗实的床腿，显得陈旧笨重。而人物举止眉宇间的娴静安详之感，欲笑而朱唇未启，人物与画家之间的水乳交融，清丽秀逸之气淡淡袭来，把重浊的东西洗去，从厚重中显出灵妙。上衣下裙之间，羽扇的色调正好处于过渡状态，有动感的扇子似乎刚刚停下，若有所思，并不是拉好架势等着画家去描绘。画中人是日本少女，服装是中国女大学生中流行的款式。年轻人用色艳而不燥，静中有动。插花类似屏风上的漆画。细长的双脚，给人联想到她站起来一定是亭亭玉立，水珮风裳。她是一个活人，而绝不是一尊偶像。此画作于1926年，天霖处于风华正茂的青春后期，作品稳厚，画如其人。我们深入赏析，不难看出笔触上的至情，来自对故土的怀念，对爱的梦想。

画中的少女是天霖在日本结交的女友美代子，她五官端秀，肤色白皙，双腮桃红，给天霖做模特儿。东邻知音诱发青年画家第一次倾吐出真挚的爱情。他多么渴望这日本姑娘是自己的同胞啊，画中给她加上汉装，画外之意，不言而喻。

清末以来，中国留学生同日本少女恋爱，屡见不鲜，李叔同、郭沫若、周作人都携回日籍夫人。两位文学家用自己的著作介绍了东洋夫人的名字：安娜和羽太信子。叔同的夫人，被台湾传记作家陈慧剑命名为"雪子"，自然是凭空杜撰。天霖的第一位爱人不仅被《卫天霖年表》作者查出芳名，还在画中有幸留下倩影。如果这位祖母辈的人物尚在人间，希望获得她的消息，帮助我们弄清这段丹青公案。

藤岛先生看了此画，非常激动，评价很高："这幅作品体现了你在日本学习的全部历程，你的构思和意境独具东方色彩，构图与技法使东西方绘画语言得到极好的交融。"

天霖谦逊地回答："这点微小的成绩，离不开老师的教诲。只是还有许多东西未能表现出来。"

藤岛特地穿上礼服，和天霖在画前摄影留念。

田近宪三写道：

藤岛所发表的作品，给人以很强的内在力量，这种力量来源于油画的特点，使颜料的性质得到了发挥，把画具的功能有效地显示出来。他很善于掌握对象，观察能力很强，这就与平和的画风出现了不同，它呈现出了生机勃勃的气象，可以说这正是油画的本来面目。藤岛先生的技法与艺术观，传给了卫天霖，就使他

卫天霖在日本留学时的两张人体素描。

一生贯彻到底。藤岛先生不只是最优秀的画家，也是世界的俊杰。卫先生接受他伟大精神的训练之后，一点也不迷离，就一直画下去。藤岛先生看到学生真诚的学习态度，也就非常喜爱这位留学生。

……《闺中》给观众突出的感受却是看到画家作画的那种谦虚谨慎的态度。因此他没有首先显示自己的技巧，主要是把画家与对象之间共同融洽的心情表现出来，从而形成充满平静、优雅气氛的作品。少女手持羽扇坐在旁边，后面屏风上有花枝。本来油画的描绘是可以达到照相那样的无休止的细致，画家在这里却没有那样做。画风很简朴，只有在这种气氛中才能将身穿红衣的姑娘适当突出。藤岛先生看了作品很高兴，因为作者不受表面的华丽所束缚，而是很诚意地在作画，才得到这样的结果的。……

倘若卫先生没有打下坚实、朴茂的油画基础，也难免被卷入潮流之中，他的创作不知会有怎样的结果。实际上外界影响无论怎样强烈，他也没有动摇过，他仍然踏实地工作着。他的作品是彻底的油画，并且是一直在质朴踏实地前进而不走弯路，这样才产生了使人感到温暖的毕业创作。

评论家所说的潮流，指的是艺术上没有主见，害怕吃苦，追求肤浅时髦的摹仿品，带有贬意，不是指革新的健康的作品。后者也不能超出潮流之外。

坚持走一条道路需要信念，信念来自胆识，胆识离不开观察、比较和积累。

和同辈人相比，《闺中》一画的用色很扎实。油画毕竟是以色彩作为咏叹宣叙的主要"语言"。印象派的色彩处理较之古典主义和浪漫主义，不仅更为抒情，也大大前进了一步。其中包含着极为复杂的科学，非反复实践，无法掌握要领。主体色块犹如主角，渲染气氛、交代环境的次要色块犹如配角，甚至龙套。配角又时而担负着画龙点睛的使命。做到主次和谐，互相映衬，重点凸现，宾主有序，必须总结出颜色涂在画布上若干年后变化的规律，知道什么色处于什么条件下会变，什么颜色相对地可以少变，变得极为缓慢。（绝对不变之色并不存在）。有的颜色可以覆盖，有的颜色被覆盖之后又会透现出来。有的颜色可与几种色混用，有的只能"独唱"，因为容易被混同甚至淹没。正是懂得个中三昧，《闺中》历时60多年，仍保持了斑斓的色泽，证明作者走过了一段艰辛的路。

《裸妇胸像》是同时期作品。作者似乎不自觉地在每块肌肉上寻找表情。肌肉本来会"说话"，这种表情自古即与人类同存，只是经过米开朗基罗到罗丹之后，更加自觉地运用这种"语言"来描绘对象的内心世界。而素描一涌入了情感因素，便是创作。卫老的画没有感染院体死摹对象的通病，在运线方面，和西方画家不同，更有中国的情韵。主线的周围流动着光，从总的艺术个性上看，已经初见锋芒。早年习作所存寥寥，此画能保存至今，弥足珍贵。

天霖隔年回家一次，不仅仅是为了和亲人团聚，更重要的还是呼吸家乡泥土的芳香，加深认识华夏民间艺术，具有追本求源的意义。

家乡的古塔身材清癯，像一支笔指着苍穹。风雨的剥蚀，苔藓小草的装点，虽不似西安大雁塔、杭州六和塔、安庆镇风塔那样雄伟，也自有一股亲切之情，足以让他流连不忍离去。祠堂庙宇，屋顶上有仰天狂啸的龙头、矫健扫云的龙尾、腾空欲飞的朱雀，这些都是民间艺术长河中的浪花，与他童年陶醉过的陶雕、皮影、剪纸、石刻一样使他沉醉。

庙里的塑像中有很多精品：玉帝像塑得安详、庄严、宽博，细细看去又分明带些颟顸愚笨，造型接近唐代陵墓石人雕像，有着尘世统治者矜持厚重的仪表。古代匠师对出现好皇帝的善良愿望，对天命大人的畏惧，洞察现实又不无乐观成分的玩世不恭，也无意中在面容、衣褶、冠带之间留下了烙印。那些侍女乍看仙风道骨，飘然可以高翔云际，眉宇中又带着向往凡尘的哀怨。层次多，寓意深刻，连作者们自身也未必理解。

三义庙祭祀桃园结义的三兄弟。

刘备外表仁慈宽容，目光略露狡诈；关羽神威凛然，稍具骄横之气；张飞莽撞、忠贞、坦率，各有其妙。墙上有许多壁画，情节取自《三国演义》，笔端线条遒熟，造型活脱通俗，给天霖很多启悟，增强了他对乡土的挚

1928 年留学归国后的卫天霖。

爱。天霖挥汗如雨，将老乡们用来祭神的纸俑、小泥俑加以速写来，带回家仔细揣摩。他那旺盛的精力迸发出来，在门背后、院内、屋里的墙上、院内围墙上，涂满一幅幅的油画，有风景，也在博古，把整个家变成画廊，招来许多年轻人，边看边加以评议，无论老乡们说什么，天霖都保持恒温，不冷不热。

庙是他的课堂，仿塑泥像，临摹壁画，连三义庙后门上也留下他的画迹，可惜今天都已无法见到。

他还以煤油灯为光源（当时县城也没有电灯）制作了一架土幻灯机，自己绘制幻光片，到村公所去边放映边解说。据他的堂弟卫天健回忆，这些活动，尤其是土幻灯，深受乡亲们称赞。

忙碌的假期生活充实了精神。到了日本，再去接触西方现代作品与制作性很强、格局不大的日本艺术。经过沉思，比较异同，有吸收，有扬弃。他的画没有岛国艺术的局限，不能不感谢故土的博大，前辈大师和民间艺人作品的精深，体现出炎黄子孙的大民族气象。

天霖的父亲长于清末，所受的是封建教育，对孩子也是家长制。天霖自幼不肯多说话（这与晚年尽量减少交往是两码事）而至情内涵，遇到外部事件的触发便不能自己地喷涌出来。1921年那次返国，为父亲和岳父写了油画肖像，给舅父秦云川家绘制了墙围画，作油画《汾阳城》。返日前，遇到启蒙的张先生病逝。此老在东阳城小学执教30载，身后萧条，奔丧的家长与儿童络绎不绝，教泽感人至深。天霖带着弟弟卫垒也到张老灵前哀哀恸哭。那时照相尚未普及，他含泪画下先师遗容。回到家中，又请父亲手书碑文，自己亲手刻成石碑，请瓦工们砌入母校的墙壁里，对面是孔子像。由此可以看出张先生在后辈心目中的分量。时过甲周，此碑幸得天全，被人扛回家去做了门槛。1998年重见天日，碑的拓片在天霖百岁纪念会上展出，让首都的艺术家、评论家惊异莫名。

由于滕岛教授的大力推荐，天霖留在母校继续读了两年研究生，依然过着简朴的生活，读书作画，和日本姑娘谈情。年轻人对明天充满着玫瑰色的憧憬。

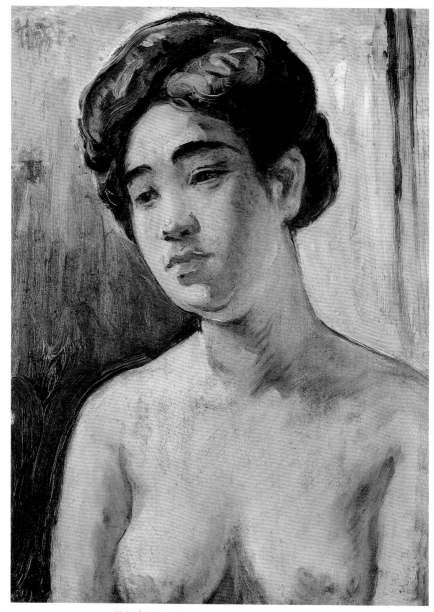

24

裸妇胸像（油画）45.5cm × 33cm　卫天霖　1926 年

留日时期的卫天霖

抗战之前

画师争走青云路，踏上青云路更难。
留得丈夫豪气在，无言一笑任温寒。

——作者旧句

　　1928年，樱花红雨纷飞的时节，天霖收到父亲的手教：为了让他赴巴黎深造，家中节衣缩食，尽九牛二虎之力，筹齐了一笔费用。但是教育部改组，蔡元培先生已去上海担任大学院院长，专管大学教育与博物馆、研究院。出国手续繁琐，要到南京去办，公文旅行，遥遥无期，比章士钊、傅增湘当教育总长时期还要麻烦。书信写来逸笔草草，处处露出老年人手颤的拙味。天霖想到应当减轻年迈双亲的重荷，为弟妹读书提供条件，赴欧一事，只有放弃。

　　恰巧中法大学孔德学校沈尹默校长到东京参观，那时沈老还不是以写二王法帖出名的书家，天霖在"五四"前后读过他的白话诗，知道他是稳重谦和的学者，在蔡元培、蒋梦麟去职之后，一度主持过北平大学的工作，与乃兄兼士、堂侄孙迈士在首都均有雅誉，又都喜爱书画。孔德学院由留法勤工俭学会创办于1924年，为中法大学前身。原是社会科学学院，后来又陆续扩建了文学院、理学院、画学院，还有幼稚园、小学、中学并设的孔德学校，校长由重视美育的蔡元培兼任，在教育界颇有声誉。沈先生一见天霖的创作便十分赞赏，主动劝他回国任教，聘为即将成立的孔德学院文艺部主任，期其施展抱负，培育新人。异国遇知音，迅速达到了默契。沈先生还告诉天霖：20年代之初，由蔡元培首创，聘请吴法鼎、陈师曾、姚茫父、李毅士、王梦白、徐悲鸿任过导师的北平大学造型艺术研究会，虽有多次人事更替，目前校长换了李煜瀛，该会尚在继续活动，天霖回国后可以兼任导师，以他的作品，不难博得学子们的钦佩。

　　一幅关于明天的图画变得具体而又完整了。日本姑娘也答应随他回国完婚，这样离开岛国，无牵无挂。

　　孔德学校是中学，附设小学，坐落在东华门北河沿。1926年返国的苏民生先生，在该校暂时代理美术课程，教学内容有西洋美术史及木炭素描。苏先生尊重学生个性，主张让青少年随心所欲地自由作画，强调活泼生机，追求灵性。这些习作陈列出来，颇受参观的东邻画家称道。

　　天霖一下火车，就到苏宅拜访，旧友重逢，有说不完的话。

天霖用冷静的目光，细细打量着自己给苏先生画的"淡彩"肖像，觉得是痛快淋漓地画出了特征：和服交代了作画地点在日本，脸形是云南高原人的典型，身份是中国留学生，笔触流露出画家与被画者之间的友情，肌肉、目光又准确地表现了性格。

苏先生赶到天霖和日本女友在东城韶九胡同下榻的东安客寓，作了回拜，对情侣表示了良好祝愿。远离国土，使得岛国女性格外温存。她把一切希望都寄托在中国情人的身上。那文静娟秀的气质，与画中人同样的美好。她怎知道，前面的路上并没有鲜花，等待着他俩的将是一场生离死别的情感风暴。

苏先生请天霖为孔德中学出版的《孔德月刊》作装帧设计，并且提出了具体要求："我国自古以来即以铎来象征教育，欧洲图案画家常用猫头鹰来象征思想。学校的教育宗旨，在于培育文、史、哲方面的人才，希望涌现出一批社会科学家，来宣传法兰西大革命标榜的自由、平等、博爱。达·芬奇画过一幅圆形图案，

卫天霖在北京中山公园与导师藤岛武二、日本画家安井曾太郎合影。卫天霖在照片上的记录为："藤岛武二先生和安井曾太郎来平与严季冲摄于中山公园，卫雨三记。约是民国二十六年事变前一年。"摄于1936年

可以作为参考。"

画家应约创作了一幅圆形的装饰画，木刻的鹰和秤象征哲学、平等和博爱。据苏先生1980年回忆，此作由于构思深刻，获得成功。只是现在难以寻得这幅作品了。

夏末，中法大学孔德学院（在阜城门外北礼士路）聘天霖为同学会西画导师。

出于对孩子和艺术无私的爱，天霖从小学教到大学。做到这一点很难，著名的大学教授也未见得是优秀的小学教师，小学老师教大学更非轻而易举。在这方面他不愧是多面手。他的教学方法在当时居于先进行列，讲究解剖、透视等基本训练，又尽量把知识教活，让孩子们兴味盎然，愉快受教。据李念先（1933年毕业于北平大学艺术学院，专攻西画）介绍，先生课外及假日写生，也喊她与李瑞年、蓝家珩三个人一道去画，因为这三位年轻人最用功。作画前天霖总是帮他们选景，事后再议论造型及用色得失。讨论时天霖与学生完全平等，孩子们有一点长处就加以表彰、吸收。历史证明，不善于向学生学习的教师，不是出色的教育家。后来念先结了婚，到30岁又怀了孕，每赴校外写生，先生都叮嘱同学要好好照看她。

训练手最易，训练眼睛就难些，而训练脑子的感觉最难。学生李含中追忆道：

教风景写生时，卫老师也是先讲怎样观察，再让大家去画。在画的过程中，老师巡回指导，下一节课时先评讲，表扬那些观察和画得好的例子，再指出带有共同性的毛病。例如画树，先让我们观察树的结构，分清不同树种的类型。他常伸出一双手臂比喻自己的身躯算是树干，双臂是主要干枝，五个手指是小枝，提醒大家观察：枝干是向四面八方伸长的。这形象的比喻，使孩子们都笑了，明白了这个道理。又如画树冠，卫老师也先讲清不同树冠的形状特点，柳树的树冠，就是细枝条折垂下的。这时卫老又伸手，把手指向下收成罩子似的样子，比喻一条条柳枝像手指那样向下垂着。孩子们一看一听就明白了。所以孩子们都很喜欢上美术课，而且从美术课中学到了很多知识和技能。

从美术课学到的东西，也有助于我们学习其他课程。例如，初一学植物时，老师讲到"花"，并以豆科洋槐花的蝶状花冠为例，讲完以后发给每个学生一朵洋槐花，要求每个学生在课堂上画蝶状花冠的外形图和解剖图，作为深入理解和巩固教学的手段。由于我们小学时美术写生打下过基础，因此一般学生只用半节课的时间，就能较好地完成这样的作业。其他如动物课的鱼、青蛙、鸽子、兔等解剖图，化学、物理课的实验、设备示意图等，无一不是借助美术课打下的写生基础。现在回想起来，美术课对我的帮助是很大的，不仅为我选择大学的专业起了诱导作用，而且也帮助我学好了其他文化课。

当代优秀的表演艺术家于是之，这样描写过自己小学时代的往事：

孔德小学（现为北京市第27中学），在我的记忆里是一所办得很好的学校，设备齐全，收费却低。……

但是有一位美术老师我却记得清楚，他是卫天霖先生。这当然是一位大画家。可那时我们却全然不懂他的价值，竟因他出过天花，脸上留下痕迹，背地里称呼先生为"卫麻子"。足见师道尊严是破不得的，不"破"尚且如此，何况号召"大破"呢！

孔德学校有一间美术教室，小学部、中学部共用，无论大小学生一律要站在画架子前上美术

课，先是铅笔画，铅笔要六个"B"的，还要带上橡皮。"工欲善其事，必先利其器"，这当然是要准备的。后是小学生也要用炭条作画，炭条消耗大，向家里要钱时，已从大人的脸上窥出几分的难色；待知道了擦炭笔画不能用橡皮而必须是烤过的面包时，我便不敢回家去说了。记不清是我个人没学炭笔画，还是卫先生更换了教法，反正是这个阶段不长，后来就变了画水彩——不管我是否买得起炭条和面包，但卫先生这种在一两年内，多种画法都叫孩子们尝试一遍的作法，我是拥护的。孩子们的求知欲极强，精力非常饱满，那是压抑不了的。当批评孩子"好高骛远"时，至今我仍觉得要慎重些。……

卫先生还有一种教法，当时我们也很喜欢。美术教室里，有许多石膏像，圆球形、正方形……他没有叫我们画这些，开始就是静物写生，画小瓶小罐之类。过了一阵之后，又叫我们到户外去，先画校园里头，后来就去东门外的筒子河。孩子们对跑出去画画快活无比，我们画，卫先生跟着看，他也好像很高兴。

卫天霖画于日本时的素描。

一次写生，我画的地方前边是许多树，后边是一排矮松，再往后则是满墙的爬山虎。当时只知道看见的都要画上，哪里懂虚、实、疏、密这许多深奥的道理！结果，我的画面上是绿树、绿叶、绿茎，简直是绿得不可开交，一塌糊涂。谁知这时候卫先生站在我身后看，我扭头看见他，笑了，他看着我和我那幅绿色作品，也笑了，而且还称赞了我。到底称赞我的什么呢？是有几处画得好，还是勇气可嘉，什么都敢画？或者根本就不是称赞，只是对于失败者的无可奈何的安慰——当时我可没想这么多，反正是被老师夸了，就觉得了不起，就还是画。

此后，我画画的兴趣越来越浓，差不多延续到初中一年级的时候。

早十来年，首都剧场附近有一阵就贴了一些所谓"揭露"卫先生"罪状"的印刷品。大家在那个动乱的年代里，都学会了一种本事，就是能够在通篇辱骂的文字里，看出一个人的真价值来。我也正是从那些印刷品里才知道，原来第一个引导我接近了艺术的竟是这样的一位大人物，

我不禁骄傲了。

前两年，美术馆举办了先生的画展，我去看了。我在先生的自画像前，伫立了许久。他并没有把自己画得如何的色彩斑斓，还是他教我们时那样平凡。我不知道美术界里对他是怎样评价的，我只觉得他曾是一位默默的播种者，他曾在孩子们的心里播下过美的种子。而美育，我以为对孩子的健康成长是非常重要的。

在孔德学校时，有蔡元培先生的余热笼罩，沈校长的支持，天霖的一系列建议被采纳，学校建立了阶梯式图画教室，采光良好，并在课外时间组成绘画组、刺绣组，研究中外画法与民间工艺美术，诱导学生养成高雅趣味。50年代初，学校改为北京27中学，天霖等人积累的教学特点为一边倒的苏式教育法所全面取代。

因材施教是天霖教学的特点，学生程度不同，施教方法也各异。

他很爱孩子们，却很少形之于色，等到离校之后多年重逢，他才由衷地流露出男人最美的父爱。

据直生先生追溯，卫先生一入课堂，同学们便鸦雀无声。他走到教室的每个角落，观察每人画架上的

习作，很少发言。需要说明什么的时候，总是以一件习作的优缺点为例来加以论证，不作无边无际的空谈。比如说到人的头部就以圆球为喻，细细分析各部位在不同光照下的层次，由浅而深。不到半年，他就能从画面上分析出每位学生的个性。他常常用严肃而又慈祥的目光，洞察大家的动态与表情。有一次直生迟到了，卫先生只是遗憾地看了他一眼，这种热情的期待、无声的责备，使孩子又惭愧、又悔恨、又温暖、又信赖，产生了极深的感情，比苛责更有效果。有些同学利用课间休息时光，用炭精粉来学着画扇面，认为也是一种艺术形式，被卫老师看到，孩子们以为大祸临头，害怕受到声色俱厉的责难。谁知老师依旧和颜悦色，正面地讲到素描应具有立体感，讲到线条与光线的关系，也批评了用炭精画扇面对技法上的不良影响。孩子们明了画理，对他格外尊敬。多年之后，直生去看望卫老师，老人笑逐颜开，真情流露，非常亲切。下面是田景琪先生谈到少年时代追随卫先生习画的体会：

他讲授素描时，特别推崇当年留学日本的同学和田清，曾把和田的石膏素描张挂在课堂，但见洒脱的笔触之下，并无背景衬托，而质量效果十分突出。我不禁请问："何以不画背景而能达到如此效果？"他回答的大意是：模型本身已体现了周围环境，所以不画背景也能反映背景，而且，如果借烘托以显现实体，那就难于追寻实体质量的深度（这是大意，不是原语）。这段教言，极为深刻。我体会他的美学观来自哲学，意思是个体与全体、主体与客体都是互相依存，不可分割的。当然，彼时我还没有达到这种认识境界，经过多年实践，使我不断加深这个观念，毕生受用不尽。直到近年，我由于老师当年的启迪，才省悟到东方美学的一个特点，就是突出主体，简化或省略背景的理论根据原来如此。

卫老师没有正式教授我们油画，但很早就进行了色彩理论的前导。他是继承并发展了"印象派"的。他就同学们的兴趣爱好，分别赠予了不少名画图片，为我们学油画作好色彩学的准备。我曾请问，如何多用原色而能取得调和？他的教言大意是：大凡"调和"的各个局部总有共同因素，而且色要有所强调，就形成该作品的"调子"。这都是色彩学的要领，至今我仍牢记心中，而且触类旁通，从而领悟到音乐谐调和调性的原理，与美术是并无二致的……

卫老对孩子们的做人之道十分关注，举一件事例：记得某位同学的生活道路发生了偏向，他就提出严厉的批评，配合全面的关怀，终于感动了这位同学，使其生活回到正轨。卫老师以善意化人，以美育人，勉励弟子们严肃做人，是他教育人才的前提，古人"先器识后文艺"的铭言，在卫老毕生行状上得到全面实现。

美术史家李浴教授的回忆只是剪影，其中却带着感人的忏悔色彩：

1935年秋天，我考上了北平艺专绘画系西画组，卫先生是我们的系主任、油画导师兼素描老师。在一年的时间里，我们的关系比较一般。不过，看样子卫先生是对我热诚和喜欢的，但我对卫先生却不大尊敬和亲近。这是因为当时我在班里还比较年轻，有点孩子脾气，又兼过去学过两年画，也有些先入为主的偏见，再加上当时艺术上有点崇拜西欧，特别是崇拜法国的思想很重，卫先生是在日本学画的，对他就有点轻视；另外，那些年头，

日本帝国主义总是侵略、欺负我们，经常制造事端，所以十分恨日本人，这样就迁怒到日本留学生。集于这许多原因，当时我不接受他，有时在课堂上卫先生给我改的画，我也往往在等他走后再改过来。时间长了，卫先生当然也会发现我这行为，但也从不发火，总是笑了笑完事，就是在日常生活小事上也看不出他有厌烦我的表情。记得有一次卫先生带我们全班去妙峰山赶庙会时，他和师母在前面走着，我和几个顽皮的同学在后面私自开他们的玩笑，卫先生回头看看也只笑了笑。他这种慈祥态度，使我感到不好执意和他为敌。又有一次去长城旅游，在火车上有几个同学拿点心面包互相投掷开玩笑，表现了阔少爷小姐那种暴殄天物的不良行为时，我看卫先生却有点面色不好看了，虽没有发火，但却也很严肃地指出这种行为之不应该，苦口婆心地说农民生产粮食之不易等等。可见卫先生是很有正义感和人民感情的……

追忆起来，当初在我们同班同学中，我实在称不起是先生的得意门生，那是因为我在学习时并不完全遵循老师的指导，并不

专心致志地按照他的画法去作画，甚至有时还耍些孩子脾气。然而奇怪的是他一点也不对我厌烦，总是那样和颜悦色地给我讲解、示范。然而他在教学和作画上不求速成的稳健性，却总是不合我这个急性子脾气。而且他在基础像的训练上，不但采用西方那些石膏像作为教材，还让我们去西山碧云寺罗汉堂画那些中国工匠们所塑的泥像。当时，我有些不能理解。因为我在进入艺专之前，也曾在师范学校学过两年西洋画，只知道什么希腊、罗马和一些西洋雕塑大师的作品能作教材，而对中国民间匠师所塑的那些作品，因为不太理解，难免有一种卑视的成见。除此之外，先生还利用假日带我们游山逛庙会，在逛白云观和妙峰山时，先生对那些儿童玩具之类的民间艺术很感兴趣，这一切都使我觉得不可理解。这种先入之见，忽视中国民族民间艺术的思想，确实影响了我的学习而不可能在卫先生指导下踏踏实实地去作画。今天我在绘画上一无所成，恐怕这也是原因之一。

坎坷使人悟道，噩梦难挡日出。后文还追忆了旧社会往往置人死地的谣言，如何歪曲了卫老的形象，以及真相大白后的欢愉。李浴先生是过来人。章文澄、王焜二兄告诉我：李先生发下宏愿要为卫天霖教授写一本大型评传，我愿在此发布消息，一则给他一点压力，让他早日完成巨制，作为心香，追悼老师，鼓舞正在默默耕耘的后来者；二则期待着名家登台，我将喝彩、大笑、倾怀，为外行票友写的这本小册子送葬，祝它消失，免去日夜烧灼我心的愧怍！

卫垒在家乡闯了祸，父亲呵斥之余，让他到北京接受兄长的管束。天霖温和地将弟弟接到寓所，为他做了一套新衣，兄弟俩合影一张，寄给父母，使卫垒享受到棠棣至情。

学校经费很少，欠薪是司空见惯的，天霖的生活过得很刻苦。大凡精神欲望强烈的人，物质欲不会太高。平时他极少穿西服，只着廉价的布衣，夏天是白长衫，有时还穿对襟短褂，出入校园内外。他早晨很少吃点心，中午在校内草草用餐，菜差饭冷，果腹而已。晚上常常吃南瓜片拌上面疙瘩，也爱食小米、玉米等杂粮。外出写生，他不肯花零钱，终生厌恶奢侈，见到学生挤完一管颜料，还要求孩子们用油画笔在铅管上压几下，务期全部挤尽。他言传身教，帮助学生树立美德。

精制画框，对他来说是一种带

鱼(油画)48cm × 56cm 卫天霖 1929年

有享受性的体育活动，又让脑子得到愉快的休息，终生乐此不倦，他还要求学生也如法做好。内框务求方正，画布绷得要匀、平、紧，画上去颇有弹力。外框更细，先刻出花纹木模，用石膏翻出，固定在木框上，涂以金漆或油，经细砂纸打磨后上色。再用布反复拭擦，达到像古铜、黄金一样发亮，既衬托了画面，又避免了俗气。如此顽强的劳动习惯，在同行中罕见。

天霖把事业放在第一位，生命和爱情只被看做艺术的附庸。

有一次他用刮刀铲除调色板上的废油彩，因用力太猛，将一块干油彩铲飞了，崩入眼内，医生认为很危险。他便函禀双亲："假如我的眼睛失明，对我的事业影响很大，那我将不再生活下去。"父亲收到信后非常不安，连续发信苦苦劝他莫寻短见，后来眼睛好转，才避过一场灾难。

父亲来到了北平，他视日本为"夷狄之邦"，又时值"五卅"运动之后，街上常常有人发表演说抵制日货，受到市民和学生的赞成，所以，老人对日本姑娘很反感，要求儿子斩断情丝。三年热恋，实在难舍。少女是无辜的，可是父命难违，又愧对同胞。天霖没有两全之策。

眉头愁云，心中长叹，徘徊的跫音，不灭的灯火，使少女惊愕。弄清原委，少不得热泪如丝，爱情犹如陷阱中的奔马，始终找不到出路。相持多日，突然姑娘家中来电，嘱她回东京继承遗产。天霖送她回岛国的过程，没有留下细节。青年失恋，打击空前，内心的伤口久久流着无形的血。双影东去，孤鸿归来，梦中空重逢日，此世已无再见时。内向的卫天霖默然挑着看不见的重担，将无人可告的情绪融入画中。关怀后进、拼命劳作，是善良者摆脱苦难、建树自己崇高人格的前提。他让研究、创造、教学三只巨轮同时旋转。

青春的画家，大多数难以接受沉着稳重的风格。风格本身不一定决定作品的质量，不成功的沉厚郁勃之作，未必高于明快的成熟作品。卫先生笔下从来不追求小巧玲珑的东西，小题材也很有分量。

善于吸收，同保存个性是对立统一的。个性不突出、盲目吸收，就会生吞活剥、杂乱无章。拼凑摹仿，难以获得有生命力的作品。天霖颇善于处理这类关系。

他天性好静，在热闹场所之外去沉思，延长了他的生命。

他不因谦虚而失去自信，不因自信而骄傲。

纵观卫老创作经历，静物成就最高。若说《闺中》是人物画的第一座高峰，1929年画的《鱼》则是静物画辉煌的起点。

两条鱼横陈画中，同而不同，不同而同；不奇而奇，奇而不奇。并列，不僵硬；错综，无痕迹。淋漓的水气，闪光的鳞片，画来松秀透明，重而不滞，畅而不滑，一挥而就，隐隐可见匠心。旁置陶盆，花纹老到沉厚，似出土古文物，恬静中闪现生活情味。色彩关系大处着眼，韵律古淡，桌上的东西被切割成几大块，呼应制约，在对比中照映。基调厚朴，构思凡处见不凡，描绘对象所放位置，轻易难以挪动。

此画给我们什么启迪？

人闯路，路练人。

淡淡冷热，相生相克。

真正的天才，表现在一笔不多，一笔不少，恰到好处。因为他知道简练最繁丰，繁极反空泛。

超出物象，失者得之；拘于物

全赓靖烈士像（油画）61cm × 50cm　卫天霖　1939 年

象，得者失之。

画得愈紧张、激动、内涵，看上去愈轻松、平静、回味隽永。

从画看画家：坦道多从险道出，飘然宠辱两无求。

从画家看画：天将忧患铸真史，一出夔门天地宽。

近世美术评论家，每以宋后文人画为中国惟一绘画传统，所言基本功即指在老程式中变新的能力。末流只重程式，误以手段为目的。陈陈相因，生机泯灭，反以笔笔有来历，高视阔步于侪辈之间，喜剧形式演着悲剧性的内容。不知博大、开拓、健伟、深沉，汉唐艺术中华夏儿女上升精神为何物；不知画像石、画像砖、云冈、龙门、敦煌、麦积山、天龙山、大足宝库，宋人写实诸作为何物；不知先秦两汉六朝雕刻、民间剪纸、拴马石、窗花、木版年画、版画、陶瓷、皮影、泥塑也是传统。这些艺术，有时候比文人画有更多灵气，更粗犷。

吸收后两种传统，需要眼光与勇气，还要加上毅力。

也有急于建立体系而拔苗助长的好心人，把民间剪纸艺人请到大都市的动物园里去观摩真虎，艺人们片面求形似，新作失去泥土味，缺少神采。临摹是一种研究手段，意在深入进去，体味甘苦。但这不是惟一的研究方法，画家应该通民间工艺，但不必用学院方式去培育民间艺人。

天霖不怕文人雅士嘲为"匠艺"，对民间艺术摄其神而不落窠臼，打破《百子图》旧格局，尊重老百姓长期积淀而成的审美习惯，创作了屏风《童嬉图》，民间婚姻中常见的吉祥题材，寄托着农民们多福多寿多男子的古老意识。全画共8扇，高1.82米，宽2.7米，出场人物29个，远峰、假山、太湖石、柳条、芭蕉，全部图案化；线勾、底色平涂，似乎是庆祝元宵节的夜景。群儿敲锣鼓，吹喇叭，提灯笼，舞巨龙。龙的造型接近玩具，轮廓线透亮，尾、爪的笔触有剪纸兰花神韵。孩子们很愉快，但不敢放浪形骸，温柔敦厚的封建束缚难以挣脱，显出时代烙印。即使此画全部失败，不安于现状，勇于探索的热忱，也应当受到公正评价。科学实验可以失败几百次、上千次而无人责难，艺术家的试作为什么一定要成功？一心巴望成功，从更高境界去看，也是俗气。画不求佳，水到渠成；终日斤斤刻画，反而格调不高，种瓜得豆，太不洒脱。何况还没有油画家试过这类画法，并没有失败。四十余载之后的同类试验，树自根起，水从源来，历史是割不断的。抗战前夕天霖绘的某些画，是追求民族情调的继续尝试，绘画性比屏风强得多。

天霖住在旅店，缺少安定感，收费虽低，诸多不便，便借住到无量大人胡同的友人家。

1930年之秋，天霖开了一次个人展，史料上只说"获得很多鼓励"，没有具体内容。此时他又兼任北京大学造型美术研究室及北京农业大学造型美术研究室导师，女子西洋画学校教师。卫垒曾说到这段日子：

全赓靖烈士就是女子西画学校的学生，端庄文静，有才气，也经常到我们寓室来作画，哥哥对她精心培植，她曾帮助哥哥办成个展，两人感情很好。1931年6月15日至18日，在东城米市大街青年会的"春花展览会"，就是他们师生作品的联展。哥哥还约苏民生及北平大学的徐祖正两先生写了评论文章。大约在1930年前后，全赓靖要远嫁广东梅县了，哥哥曾为她画像留念，还记得同时也为她塑了"胸像"，在塑像基本完成时，哥哥对她说："如果你有胆量的话，就在塑像上按上你的手印，这样留下来将更有意义了。"于是她真的在塑像背上按了自己的手印，哥哥万没想到他所精心制作的两件作品，如今已不存在，我真为哥哥惋惜呀！现在美术馆所收藏的那幅《全赓靖烈士像》，是全女士在广东教书期间为掩护我党地下工作人员壮烈牺牲后，哥哥得到了消息，怀着悲愤，凭着与全赓靖多年交往的记忆而创作出来的，那是1939年的事情了。

师生间的爱情，不同于初恋时罗曼蒂克的幻想和异国情调，其中感情的推进器是画。两人关系已基本公开化，朋友的笔端流露出祝福的欣慰，女弟子为画所题的名充满了诗味，显示出优异的文学禀赋。她屈从于父母之命而远嫁南国。后来的捐躯，说明其人对信仰的坚贞，比对爱情的态度执著而又彻底。在小我之爱与大我之爱当中，历史留下一片空白，供我们去想象、凭吊：

> 梦碎惊鸿总轶伦，
> 南风碧血铸真魂。
> 大哀难逐丹青散，
> 忍把心扉作墓门！

50年后，珍视文献的苏民生教授，拿出了关于这次画展的孤本史料，我们可以从中钩稽出几缕画外音来弥补遗憾。展出的内容：

全赓靖
1. 礼物　　2. 霖　　　3. 碧
4. 苦闷　　5. 新春　　6. 黄
7. 血玉　　8. 朝露　　9. 午
10. 初春　11. 赤城　12. 新生
13. 苞　　14. 小黄　15. 睡神
16. 静

卫天霖

17. 融　18. 荫　19. 渊

20. 喜　21. 丛荣　22. 圆

23. 金　24. 光　25. 浓粉

26. 清夜　27. 峡　28. 玲珑

29. 残　30. 日华　31. 黎明

32. 滴翠　33. 镜中　34. 晨光

35. 淡漠　36. 暮　37. 靖

38. 欲待黄昏　39. 月夜　40. 品

《霖》与《靖》是情侣互相为对方作的画像。

其作大多是静物，少量为风景人物，命题秀雅，涵境幽远，光几乎是无所不在的主角，洋溢着健朗向上的青春激情，比较贴近生活，又是情人们诗目光观察所得。比之天霖，全女士没有后期生发壮大的机会，人去画亡，遗迹渺渺。美，受到践踏、浪费，受害的是整个民族。外来敌寇的巧取豪夺，野蛮毁坏，罪行罄竹难书，令人发指。今天大谈友好，豁免赔偿，钉在耻辱山上的劣迹将与江河同存。远离美育而成长起来的几代同胞，大多是爱国者，不乏为捍卫华夏寸土而献出生命的忠贞，但在消灭国宝上决不手软。经过天翻地覆，坏事只记在几个野心家账上。此外，人人都是受害者，受蒙蔽者，活得健忘而又泰然地置身于局外。一位女画家在被遗忘的角落里沉沦就微不足道了。

卫老自己把余哀深埋胸臆，让它无声地薰烤着神经，拓宽了视野与画境，梦绕魂牵，时而响起冰弦，时而敲出闪电，时而一片浓雾，时而毫发分明。艺术可以帮助他将伤疤变成记忆之花，但无法填平遗憾的巨海深谷。越是得不到的爱便越有魅力，等到欣赏缺陷之美，往往要到垂暮之年。

为了摆脱记忆的灼伤，恰好杨仲子校长聘天霖到国立艺专去教西画，他便将教学的重心转向新学子。全赓靖的同学们一向敬仰先生，有些人干脆跟着转学。女子西洋画学校当局怀疑他有意拆台，误会很难释然，只有听之任之。委屈、怂恿，有时也能转移、冲淡对全赓靖的深切怀念。真正安慰他的惟有艺术，尽管这种安慰不过是另一种痛苦的追求过程而已。

玫瑰色的肥皂沫子一炸，天霖变得务实了。在沙滩弓弦胡同一座带花园的巨宅里住了一阵，友人为他介绍了护士胡瑜小姐。婚姻有时候是结束恋爱幻想的清凉剂之一。幸而婚后的卫师母并没有给他以新的痛伤。她显然不是艺术家或评论家，知识有限，不是沙龙里酬宾的干练人物，也不是花前月下喁喁低语的罗曼蒂克女性，而是类似婚姻中最佳选择之一——奉献型的贤妻良母。孝顺公婆，景仰丈夫，体贴他，无声地支持他，分担他非绘画性的劳动，独立承担家务事，照顾弟妹，哺育一儿四女，让他们长大成人，各自独立。她不求荣誉、地位、财产，丈夫的满足就是她的满足，心中暗暗分享亲友、学生对丈夫的尊敬，表露出来至多是微微地一笑。日本侵略军来了，她没有畏惧；中央军来了，她没有欢喜；解放了，她怀着一系列憧憬；浩劫来了，四壁如冰，她没有"划清界线"，落井下石。丈夫的艺术没有为她带来出入大宾馆、陪同上报纸电视的机会，她几乎不知道宴会卖画为何事。在同辈的教授夫人当中，她是一种为他人而生的典型，封建意识与传统美德纠缠在一起。卫老每张画上，间接都有她的心血和劳绩。我们赞美卫老苦干的一生，也应当为师母唱出一支当之无愧的插曲。她是同类妇女中的末一代人，确实在大地上不惹人注目地存在过。土壤气温变了，时代的发展，她局部的长处也还后继有人，那种生活方式的消失，真不知道是惋惜还是庆幸！我尊敬的师母呀！

1931年孔德学校校长沈尹默改任北平大学校长，教育界人事有变动，严志开任艺术学院院长，和沈先生一样器重天霖，任命他为西画系主任。凌直之为国画系主任，丁品青为实用美术系主任，沈理源为建筑系主任，戏剧、音乐两系由熊佛西、杨仲子为主任。1934年，艺术学院独立恢复国立艺专校名，下设绘画科，科下分西画、国画两组，天霖为西画组教授兼教务主任。

1931年"九一八"事变之后，东北国土沦丧，全国军民反日情绪高涨，青年们更是热血沸腾地走在最前列。由傅作义、宋哲元两位将军为首的二十九路军在古北口奋起抗日，受到爱国同胞的声援。北平画家们在中山公园组织展览会义卖作品百余张，捐资赠给前线士兵。在会上，天霖卖去一张人物画。他身为北平大学艺术学院油画系主任、教授，被师生选为平津院校代表之一，到古北口、喜峰口慰问前方将士。在司令部见到了傅作义和东北军将领王靖国，他义愤填膺地捐赠了画款。同时捐画的还有胡蛮、李瑞年（当时是学生）等人。

他创作了与旧作面貌不同的主题性作品：

一张是献给二十九军的大型油画，画了中国军队的胜利，日本坦克的残骸，败兵的尸体，倒下了的日本太阳旗；一幅是《父女读报》，背景为东三省地图，表现人民对东北沦陷后的悲愤，意在鼓舞斗志。

著名画家王肇民，萧县人，现任广州美术学院教授。1932年7、8月间，因参加木刻团体"一八艺社"而遭到杭州艺专斥退。爱惜人才的林风眠先生写了介绍信，让他转到北平大学艺术学院继续修业。学院按照规定，拒收插班生。系主任卫天霖

1937年卫天霖与胡瑜及子女在北平

听到友人王青芳说清内幕，慨然破格照顾，使肇民先生在1933年毕业，学有所成。近年讨论绘画上形神关系，王先生坚持"形即是一切"的极端看法，不失为一家言。

卫老很喜欢的学生李念淑，这样叙述初晤严师的形象：

1934年，我刚满18岁，去投考国立北平艺术专科学校。在考素描时，卫老师当监考，他在考生们背后走动着。我当时因为紧张，总在木炭画面上用考场发给的一小块馒头擦来擦去，因不注意节省，很快就用完了。这时，考场内非常肃静，只听到木炭在纸上画出的沙沙声。当我又画错了没有馒头擦时，只好瞪着眼。这时，卫天霖老师微笑着从我背后送来了一块馒头，这真是雪中送炭，我从心中感谢这位考场上的老师。由于我对馒头擦木炭画使不惯，转眼之间，又用完了。卫老师又在背后眯眯一笑，送来了一块。就这样一直送给我四块馒头，我这张素描用了一个半个大馒头才交了卷。考完出门后，心中甜甜的，对这位和蔼可亲的老师，不由得回头看看他，心中非

兄妹俩(油画)56cm × 70cm　卫天霖　1938 年

常感激。

　　发榜了，我居然名列第一，不禁想起帮助我的卫老师；这件事我一生都忘不了。

　　卫老师是我学绘画的启蒙老师，他不但关心我们画画技巧的进步，更关心我们每个同学的进步和生活。我因幼年患眼疾，割除了一个泪囊，因此遇到风沙，眼即流泪。卫老师十分关心我的眼睛，在写生时，总是叫我到避风处找景构图，不要将眼吹坏了。

　　同乡青年赵擎寰，筹备在北平的山西人画展，卫先生打开画室让他挑选，平易可亲，获得后学们的爱戴，如郁风、秦威、赵得阁都和天霖很接近。

　　30 年代之初，天霖的父亲卫璋先生年过花甲，教书感到力不从心，便将平生积聚的钱买下 30 亩地交给他乳母之子穆全禄合种，牲口农具向当地富农租用，收获的粮食平分。天霖以四年束修所得除去衣食，在沙滩椅子胡同（现嵩祝院）买下一幢房子，将双亲接来共享天伦之乐。此后直到去世，没有再搬过家。

南屋是天霖的画室，布置得很淡雅。桌椅屏幔巨细杂物都经过艺术加工，房里的一切便是一张立体绘画，与他的画、人品共同构成庄严妙相，非常和谐、完整。墙上挂着郑板桥的墨竹（沦陷后收起来了，时而拿出与苏民生等老友欣赏）、齐白石先生送给他的小松鼠爬上树梢的条幅，书架上挂着伦勃朗的素描《大象》，印得很准确。在这样的环境中思索、创造，处于国难迫近，已是不可多得。

1932年，北平艺术学院改为北平艺术专科学校，天霖仍任教务主任兼教授。这年，父亲卫璋病逝。他制作了一本小册页，高5寸、宽4寸，上有自画像两幅。一幅，比较清癯冷峻，以墨色为主，略施淡彩，带着沉思回顾的神态，心灵的隐痛，物质的艰难，人情世态都有所凸现。另一幅以线勾勒，用色较轻松，表情平静，久久看去，显示出抗御痛苦的力量。

1938年秋某日，孔德学校中学部教师修古藩坐在书房里备课，天霖拿着画具饶有兴趣地来看他，谈了一会儿便打开册页，替他画像。为了打破拘谨，天霖说："用不了多少时间，你照样看书说话，不要拘谨，和平常一样。"半小时后业已竣稿，神态颇具风采。修先生应作者要求，题了一首七绝：

> 故园风雨家何在？
> 满眼疮痍祸未休。
> 苦抱遗编成底事？
> 书生原是瓓枪头。

　　雨三先生为我写真籍作纪念，敬题数语，以博一粲。

诗有自嘲意味，出于爱国热忱。天霖吟味两遍，很高兴地说："这张留在我的本子上吧，明天我再画一张来送你。"第二天，他果然给修先生送来了。

此后，天南地北，岁月关山，修先生一直将这张画保存在身边，直到"文革"才遭一炬。半世纪后，他在天霖遗作展上又看到这本打开的册页，感慨万千，历历往事，如在目前。修老评价天霖是"将他的艺术才华深深地蕴藏在他的纯厚朴实的性格中的少见的人"。

如果仅此一像，是偶然为之，不会惹我们注意。但是他画了一本册页，构成艺术生涯中的一支插曲。组画成于1933—1938年，是用毛笔淡彩来完成的几幅素描，探路方面的意义高于绘画成就。这种"中西合作"始于清末，至徐悲鸿、蒋兆和、

自画像（油画）45.5cm × 38cm　卫天霖　1939 年

吴作人而形成一股至今不衰的旋风，这些成果具有古人所不讲究的透视、比例、立体感、造型准确、形似。由于西画是另一种语言体系，有自己成长的语境与氛围，中国画家很少具有西方文化的根，对希腊、罗马，塞万提斯、莎士比亚、巴尔扎克、托尔斯泰、陀斯妥夫斯基、卡夫卡，从提香到毕加索、马蒂斯的路缺少实践，从表层技术入手，逐得枝叶，罕达深心。移入华夏，上不接先秦、汉唐宋元遗产，下不入民间，如何流露出东方文明内在的质，每每力不从心。至多能服务于当时，如《流民图》所记录的民族苦难可以传世，如果从东方或西方文化的高度去发掘，笔力稚弱，书法线条的抒情性未达饱润。从精神烽烟中走过来的观众心目中难以企及的震撼力。吸收西方文化是大势所趋，训练好高级肠胃消化邻人遗产，让本体更加深刻而壮观，完成独创的崇高品位，是未来二百年间的课题。从仿形到看不到形迹的滋补，让西方大师稽首顶礼，不全是画笔办得到的事，要全民文化若干代的铺垫。何况艺术各部门之间并无一荣俱荣的必然，恩格斯称赞over挪威文学，"在这一时期，除了俄国以外没有一个国家能与之媲美。这些人无论是不是小市民，他们创作的东西要比其他人所创作的多得多，而且他还给包括德国文学在内的其他各国的文学打上他们的印记。"语言隔阂使我们无法领会二百人当中就有一人出过书的盛况，只能从易卜生、边孙、约那士·李、基兰德、汉姆生、包以尔的戏剧小说中看到折射来的劲光，而蒙克的画里狂热扭曲的呼号，在世界美术史上只居二流，别的巨星更少。非洲的雕刻成就足以与罗丹的弟子们争辉，译到中国来的长篇小说为数有限，对读者群形不成南美式的爆炸。这种不平衡完全正常。

素描速写式的国画别具一格，她本身还在前进，倡导、反对皆无必要，自有轨道制约她。卫老后来放下了毛笔，但总是觉得这种武器不太顺手，全力用刷子写油画是自己的选择。集中精力，压缩战线，有利油画的冲锋。

卫老画过头像的有周丰（学生）、王善之、谢笙甫、任止华，或文秀、或幽默、或坦率、或瘦弱，皆逸笔草草，轮廓略有夸张，线条精练，眉发大处落墨，烘染简单，随笔寄意。其中最传神的是胡瑜，头发流动，视力镇定，左脸（以画中人为准）稍嫌宽肥，却写出了勇于负重、心地善良、衣着朴素的母性之美。性格的"弦"定准，个别音节拧得略松略紧无伤大雅。儿子卫迁画得天真，在父亲给儿女们的造像中为上乘之作。

那时的政府规定对高中毕业生实行统一考试，内容包括6年之内所学的课程，凡3门不及格者不得报考大学。数理化成绩很差的张瑞芳，上到高二除了爱演戏，也喜欢绘画。天霖任教的国立艺专取消了戏剧系，她只能画出一张自己崇拜的高尔基像，取得西洋画系的复试权。

卫先生主持口试，瑞芳揣着假文凭进入考场，心里像打鼓一样不安。

"你是哪个学校毕业的？"

瑞芳故意说了个离城很远的农村中学的校名。

"你真是那个学校的吗？"卫老

看她一身北平女学生的装扮，含笑提出疑问。

"得啦，您别再问，爱取就取，不取拉倒！我的文凭是假造的！"她说出实情，如释重负地离开了考场，认为已无希望录取。

1935年8月，张瑞芳毫无自信地跑到国立艺专门口去看榜，想不到榜上有名，她对卫先生十分感激。后来卫老告诉她：

"我看了你画的高尔基，有些底子。承认作弊的个性也很可爱，破格录取了。"

读高中的时候，瑞芳扮演过喜剧大师莫里哀《心病者》中的侍女，接受过北平艺专戏剧系学生的辅导，在学校礼堂演出，反映良好。1935年元旦，首次主演了李健吾的三幕剧《只不过是春天》，由京华艺专一位夏老师导演，校内首演成功，但公演却遭官方禁止。从此，瑞芳一发难收地迷上了戏剧。

每天上午的基础课由卫老主讲，瑞芳不敢迟到早退，按老师要求的进度和质量完成素描。下午是理论课或辅助课，常常是点过名就溜出教室到姐姐读书的中国大学去旁听吴承仕、曹靖华、孙席珍等先生的课，获益甚多。抗战的呼声四起，民情激奋，北平当局害怕群众活动，派遣特工监视学生，只要抓住一点影子，轻则开除，重则被捕失踪，亲属及老师都问不到下落。有一回赶上期考素描，瑞芳出去演戏，时间急迫，不交卷又不行，就恳请善良胆小的好友李念淑到她的教室里去代笔。她有些忐忑不安，忽然卫老师闯进了课堂，放下讲义夹子轻轻咳嗽一声，瑞芳、念淑都惶惶然，心跳面赤，不知该怎办，在异常紧张的几分钟后，平素以对学子严格出名的卫先生淡然一笑就走开了。交卷之后，念淑说："快去赶场！下回别再这么做！"三天之后，卫先生给瑞芳的考卷批了80分。

解放初期念淑考上华北大学，二度师事卫老，偶然谈起这段往事，天霖哈哈大笑说："张瑞芳这个人有灵气，但素描底子不如你，当老师的对学生们的笔路笔性了如指掌，一眼便看出是代庖之作。瑞芳是学演抗日戏的，我应该保护爱国青年嘛！"可见先生对人并不一味严格。

1936年，天霖与严志开陪同来北京访问的藤岛武二等日本画家参观名胜古迹。天霖在一张照片上写了题记："藤岛武二先生和安井曾太郎来平，与严季冲摄于中山公园。卫雨三记。"师生间有无学术交流，无史料记述。

严志开旋即辞职，继任者赵琦。

是年存画不多，有《白芍》两幅（玻璃瓶、瓷角瓶各一）、《隆福寺普贤菩萨》、《卫迦童年》及《京郊之冬》。

《普贤》上华下素，并不头重脚

轻，靠菩萨座下的白象造型朴厚浑成，腿画得壮而不臃肿，衬景上下一色，中部收缩，底部外扩，稳重华贵，色调庄严，和庙宇及民间绘画相通，图案化而见装饰美，绚烂中有光点斑斑，流盼闪耀，多层积色，线条凸出，圆劲又善藏锋。菩萨形象饱满慈和，有独立的威严，又是佛国的重要配角，配得甘心、欢喜、虔诚。帽子的高度略有夸张，金线勾画的莲座与佛肩头飘下的长带皆用冷色，把明艳度弱化。比起山西大量古代彩塑，此像原作无惊人之笔。他画普贤，和故乡的佛像有无内在联系，是否有俗边觅雅的自觉，油画如何吸收民族彩绘的传统，与晚年的求索因果关系何在？只有久读，方有悟得。

《俑》画于1937年。唐代出土陶器上釉褪色后的质感，告诉你是俑，不是人的画像。简单的构图，大色块画成的背景，学习敦煌作品的笔调，流露出一丝怀古幽情。对中华民族全盛时期的怀念，是渴望受尽帝国主义欺凌的祖国强大起来，决不是单纯讲求笔触色调的戏作。

还有点余墨要摇曳两笔。据卫垒见告："文革"前，天霖去参观革命博物馆，在有关鲁迅先生的史料陈列橱柜中，看到他在战前为鲁迅先生创办的刊物所画的封面，内容是火车头与巨轮分别在陆地与大海中前进。画好后寄给正在日本京都的郭沫若先生，再转寄到上海交给迅翁的。鲁迅和创造社（不包括郁达夫先生）之争结束，郭老才以"麦克昂"的笔名与之合作，所以，天霖作画、寄画时间当在1935年前后，希望有心人帮助找到这份刊物。

1935年，国民党在北平搞了一次清理思想运动，收回卫天霖北平艺术专科学校教务主任兼教授的聘书，在当时的高等院校中实属罕见。天霖只好回到中法大学专任美术教授，总算还有个饭碗。

1940 年卫天霖与女儿在北平公园

妇女坐像(油画)53cm × 70cm 卫天霖 1939 年

抗战

岂惧艰危甘婢仆？不因富贵拜鸡虫！

——作者"文革"中旧句

天霖在学校里树立了正气，使得民族青年先锋队的骨干人物都和他比较接近。此时，卫垒已从孔德学院西山中学毕业，考入了国立艺专，因受哥哥影响，也和革命青年们有交往。有一回，天霖从弟弟衣袋里发现一张传单，十分镇静地说："做这类事情要秘密、慎重，你发传单、送信件是正经事，我不会阻挠。但我能发现，别人也会发现，带来危险，害己害人。粗心大意不是勇敢！"

面对进步青年的艰危处境，卫垒知道兄长嘱咐的分量，几十年后与朋友谈起，还是正襟危坐，感到怡怡兄弟的严峻温情。

1937年7月1日，学校提前放暑假，天霖要弟弟回故乡度假，他语重心长地告知卫垒："日本兵对北平虎视眈眈，中国方面防卫力量不足，武器也差。战争迫在眉睫，如果一朝爆发，交通阻隔回不来，就在故乡参加抗日活动，不一定回北平上学，鬼子打走之后还可再念书。"

7月5日，卫垒上路。

两天后，发生卢沟桥事变。

宋哲元部队连夜撤退，日本侵略者在天亮前进了城，并贴出布告：不许老百姓离开住宅，违令上街者，格杀勿论。

全赓靖利用乃父万国红十字会会长兼红十字医院院长的身份，取得该会证件，于7月10日来到卫宅，要求天霖以该会名义，出城救护二十九路军伤员，因为要冒生命危险，找不到别人参与这项活动。天霖慨然应允，同行仅有青年会干事一名是华人，其余的大夫、司机都是英、美人士。他们到达西山后，沿途并未遇险，也未见中国伤兵，只有老百姓饥寒交迫的惨状，使天霖久久难忘。

两年后，天霖方知卫垒参加了抗日部队，他写信给弟弟说："你这样做符合我的想法，早就该让你去找革命了。"

日军决定恢复国立艺专，要天霖出任校长，天霖固辞，改聘王石之为校长。

北平沦陷之后，庚子赔款的津贴断绝，中法大学无法维持，孔德学校是下属单位，经费尤其困难。天霖在孔德教书12年，后来长期欠薪，生活无着，1939年，经学校同意，天霖去北平艺专兼课。介绍人是敌伪时期北平师范学院工艺系主任储小石。

这年隆冬，为了摆脱日寇血腥统治，天霖毅然放弃教职，打着从事考古研究的牌子，取得艺专的证明信，独自出了北京城，投奔太行山解放区。到达河北省磁县彭城镇，他一下郊区汽车立即被当地警察逮捕，关了8天，才决定送他回北平，那张证明算起了一点作用。因为和弟弟失去联系，吃了许多风霜之苦，冒了很大危险，也没有到达革命根据地。

磁县出产大水缸，陶器多，造型古朴，天霖特地选购了瓷罐一对，作为此行的纪念品。

给孩子们灌输爱国思想，强调民族自尊心，成了天霖工作的重点。当时在孔德学校高小和初中部就读的李含中有记述：

暑假后开学不久，五年级第一学期的第一堂美术课，卫老师抱着一叠崭新的美术本走进教室，发给学生每人一册，还发了一幅和美术本画面上空白处一样大小的画，这画是在大红纸上面用油画拓印的一尊昂首挺胸、十分雄伟健壮的狮子。我们这些孩子一下子就被这幅木刻吸引住了，正看得入神，老师带着浓重的山西口音发题了：

"喜欢不喜欢这幅画！"

"喜欢！喜欢！"

"这上面是个什么！"

"狮子！"

"为啥狮子还有翅膀？"

大家一下子被问住，都渴望着老师讲个明白。卫老师讲起了"有翅膀的狮子的故事"。说它叫"辟邪"，是古时候的石匠参照狮子的形象创造出来的，已经有二千年的历史了。历代皇帝坟墓前都有这种类似的雕刻，这种石雕都是用方圆几丈的整块石头雕刻成的，开凿、运输、雕刻，都很不容易……这故事使我们产生了一种对祖国悠久文化历史的自豪感。接着卫老师还介绍了木刻，使得我们这些孩子对木刻产生了很大的兴趣，有跃跃欲试的心情。这些内容讲完后，卫老师把事先准备好的浆糊，按照座位的行数每行一份发下去，要求每个人工整、细心地把这幅木刻"辟邪"贴在自己的美术本封面上。

不知不觉一堂课很快就过去了，多有趣呀！我们这些孩子知道了好多好多新鲜事，更期待下一次的美术课，相信老师还会告诉我们更多更多有意思的东西。

以后，每个新学期开始，卫老师都要为我们刻一幅有着民族风格和历史内容的木刻，让我们贴在新美术本的封面上，顺便讲一些有关知识，使我们这些孩子受益匪浅。

1923年后，中小学的美术、劳作、音乐虽已列为必修课，但缺少师资，设备极差，愿给孩子们上美术课的教授更是凤毛麟角。在教学方法上又多以临摹为主，极少写生。天霖在孔德学校用老南屋改建了一座专用的美术教室，上有天窗，北边来光，有将近50个坐位，画起石膏像与静物写生，比较方便。孩子们下了课也舍不得走，每节课都得到新的精神养料。这座教室在北京的中小学中是独一无二的，别的城市更少见。这些条件，都是天霖克服重重阻挠争取来的。孩子们描绘静物时，天霖总是选用一两件传统工艺美术作品作为教材。比如画苹果时，背景用古瓷瓶或景泰蓝瓶；画向日葵时配以磁县产的陶盆子，盆上有仿新石器时代的图案——鱼；画柿子要配上青底白梅花的鼓形罐子，有时用石膏翻制的菩萨像、罗汉头像之类。画前要介绍美术史和美学知识，让孩子们边欣赏边画，无形中接受民族艺术的熏陶。

对大学生的教法也较战前有所发展。在北平艺专受教于卫老的李曼曾说：

当时先生主持油画系，除各班每天正常上课外，还要在每个星期布置学生业余作业一次（至

躺着的裸妇(油画) 80cm × 98cm　卫天霖　1939年

少一张油画）。卫先生每次都参加业余作业观摩会。他的教学方法是根据每个同学的具体情况，如理解程度以及技巧手法等，采取通俗语言，循循善诱，从不将个人爱好、个人意志、作画风格强加于同学们，因而便于每个同学理解，接受教益。这是与先生素常平易近人、纯朴热情的性格分不开的。那时同学学习程度参差不齐，记得先生讲过这样的话："我是看每个同学的学习情况、理解的深度来教，因此对每个同学说的话就可能不相同。"卫天霖先生指导学生的方法是很突出的。

1945年，日寇侵华末期，失业已成为严重的社会问题，尤其刚从学校毕业的青年，想找到正当工作是很不容易的。当时我为了谋求工作去找卫先生，后来先生给我介绍到两个中学做美术教员。卫天霖先生对已毕业的学生也很关心。据我所知，历届毕业同学，经由卫先生介绍工作的人很多。

铁蹄下的岁月度日如年，城里每天都有宪兵队在屠杀中国同胞。茶楼、酒店的留声机放着日本浪人歌曲，朋友之间害怕告密而疏远。卫垒参加抗日部队之后，在故乡留下一妻三儿，加上九莲二莲、北京沦陷前夕送回去的老母亲、守着先人庐墓的老姑母，而故宅被土匪军洗劫一空；北京尚有七口嗷嗷待哺，天霖里外都要照顾，负担极重。从前他很爱跑跑琉璃厂的小古董店，或从地摊上买些古代的瓶瓶罐罐，其中不乏名窑精品，而今也只好忍痛卖去，稍助衣食之需。

在天霖接受北平艺专聘书之前，私下曾和校长王石之、教务长丘石漠、总务长张鸣琦反复讲：每周仅仅到校两个半天，上课准时到，下了课便走，不开会，不任职，不参加伪政权五色旗的升降旗仪式和纪念周。这一切都算办到了。但干扰仍难避免，有一次，王石之、储小石约天霖去太庙（现在的劳动人民文化宫）看日本漫画的作品展览，他不好推辞，只得同行。会上，昭部亮英、横山夹儿对作品加以说明后，当场挥毫表演，其画平平无足观，仅王石之讲了对漫画的观感，唐守一、熊光蓬母女谈了毛笔水墨运用，周肇祥讲了儿童绘画教学应从水墨入门等等。卫老始终默然，如坐针毡。（见卫老"文革"中的《检查》）。

在他所教的毕业班中，有的人是抗战前入学的（如佟育智、韩云鹤、王中一、吴绍兴、阎剑峰、张兰铃等画家皆是），他们未去大后方，就因为舍不得卫先生。其中有位进步青年被校内亲日派开除，难在北平存身，天霖把他领回家中，赠干粮一袋，介绍他去解放区找卫垒。对于途中可能遇到的麻烦详细交代了对策。该生挥泪而别。

对于青年同事，天霖也爱护备至。

山西交城大同乡刘荣夫（现任鲁迅美术学院教授），1938年4月到北平艺专教书。他在日本学习美术，1936年返国，曾任内政部救灾机构赈济部助理员，想去巴黎留学，没有成行。到艺专后，事无巨细都征求天霖的意见，为天霖的耿直和内在的热情所折服。天霖告知他："老教务长黄宾虹为人忠厚可靠，七七事变之后，老人已上火车准备逃到南方，是校长王石之把他拉下车来的。"接着又介绍王石之上台的经过与历史；哪些老师与职工有反日情绪，可以接近，哪些人是从宪兵队过来的亲日派等等，使荣夫顿开茅塞。下面是刘先生充满着感激之情的回忆：

像他这样关怀学生，我是做不到的。有不少同志在他的帮助下到了抗日根据地，成为各个革命岗位上的骨干。卫先生还为八路军、游击队买过药品，通过他弟弟，秘密送到后方。后来抗战胜利，一些吃政治饭、压迫进步青年的皇军顺民，有的还是国民党三青团成员，胡说卫天霖勾结日本帝国主义，甚至造谣说他当过伪国立艺专校长（李浴先生亲耳听过这类谣言），是大汉奸，意在抬高自己，似乎有很大功劳，卫先生是看不起他们，甚至反对他们的，我都有证据。……

卫先生对我说："莫看日本人现在猖狂，早晚要倒台，到那一天我们作为中国人要受到考核，你站在哪一方干了什么事，要算总账的，你好好考虑这些问题。"这些棒喝刻在我的心中，所以当时不同日本帝国主义者合作，还和学生一道反对学校中那些只看东洋人眼色行事的败类，甚至撕掉开除进步学生的布告。我衷心感谢卫先生的启迪，否则我会变成另一个人。没有他的诤言忠告，就没有今天的我。因为我生在日本，出生不久，父亲就为我入了日本国籍，从幼儿园到大学毕业，受的都是有军国主义色彩的教育，故而很容易发生站错队的问题。

凡是对日本有利的活动和会议，包括校长召开的一切会议，卫先生一向拒绝出席。为时一久，处境就很危险。当时有一位从台湾来的教授，开始时我与他接近，卫先生告诉我：他就是训育主任，与日本人来往密切。我就警惕了。这人告诉我："卫天霖是反日本的，将来宪兵队一定要抓他。"我一听，感到有责任要保护卫天霖。我认识日本人城户正，此人公开职业是在兴亚院文化部供职。因我有一个偶然的机会与他出去，那时我还在赈济部，在共同参加开封和平大会的过程中，看到他的表现与在北京见过的所有日本人不一样。表面上他很有礼貌，逐渐熟悉后，他看我也是正派的，便说："我受日本帝国主义的骗，日帝为了侵略中国，把有进步思想的，尤其是日本共产党员都杀掉，征兵找日本共产党人，送到第一线，借刀杀人，一举两得。我来中国，也是受骗来的。到中国后看见中国人比我们伟大得多，我们日本人哪有资格领导中国人，那是瞎扯。你不信，我要马上回到日本去，我不能在中国呆下去，我不能当日本帝国主义的爪牙。"后来我才知道，他是日本共产党地下工作者。不久，他走了，临走时说："我走了，现在日本的'大使馆'也好，过去的兴亚院也好，

那里的日本人表面说得很好听，都不要相信。我走了以后，只有一个可靠的人你可放心，最危险时你可找他，他会保护你。"他给我介绍的人叫柘植。所以我当时听说卫天霖有危险时，就把这些日本地下党介绍给他，叫他尽量参加会，不听他们的也不发言，教书画画仍照自己想法去办就可以避免当时被捕的危险命运。可见，当时我们是紧密合作的。

为了监视中国艺术家，日本人当中，只要能画几笔，甚至一窍不通的，也被介绍到各个画会中去。一拉关系，拖人下水；二收情报，分化打击抗日力量。

1940年，王石之奉日伪政权之命，要艺专教师们去作街头宣传画，鼓吹"大东亚共荣圈"，卫天霖和青年教师刘荣夫、杨凝没有参加。

日伪政府又明文规定：国立艺专教师必须参加"兴亚美展"，展品由日本画家梅原龙三郎、安井曾太郎审定。出面牵头的是伪教育部和新民会，具体负责人是王石之与储小石，由他们指定卫天霖为油画部审查委员，名列第一。天霖并未参加过审查及任何会议，更未同意担任此职，但名字在敌伪报纸上出现，并且伪造消息，说他参加开幕式并作

卫天霖北京时期的旧居·样子胡同

演说。事过多日，熟人把报纸拿给他看，他也无从辩白，总感到不安。还有一件事使他终身觉得内疚，我也直言无隐地敬告读者：王石之派人来收作品时，天霖交出三张油画给伪政权的"新亚美展"装了门面。内容是：

一、《兄妹》：两个孩子在草地上玩一件玩具——炮车；

二、《老太太肖像》：心情愁闷的贫苦人物；

三、《仰卧人体》。

参展的油画很少，挂不满一个展室，最多的是国画。展出的作品，多是中国画学研究会、湖社画会、国立艺专、北平师范学院工艺系、辅仁大学美术系、京华美专、女子西洋画学校等单位供稿。两画会的成员很多，有些影响。

后来有人根据此事，指责卫天霖是汉奸画家，或属无限上纲。参展事件只能使我们遗憾。

沦陷区教师工资低，物价飞涨，伪储备银行钞票大幅度贬值，教师们买不起油画器材，连衣食也短缺。经过磋商、酝酿，几位不亲日的教师共同决定成立"中国油画会"，成立的公开理由是提高专业水平。成立会议在米市大街青年会借了一间房子，没有选举会长、理事等名目。天霖在会上说："这个名字取得好！如果日本人请求参加，凭'中国'两字就可以拒绝！"大家公推杨凝起草了四条章程：

一、提高中国油画技巧，推进绘画发展；

二、每年或隔年展出一次，经费由参展会员自筹；

三、入会需会员两人介绍；

四、会址选定后临时通知。（均是大意）

有一位会员提出：能否让一两位日籍教师参加展出，有利于解决费用及安全问题。

天霖说："不成，若允许日本人参加，展品的形式到内容都要任其摆布，受到限制。"

消息传出之后两三天，就有日本人找上门来要求入会。

天霖明确答复："只有中国油画家才能入会。您是日本人，请参加'新亚美展'或其他别的画会吧，实在抱歉，这是同人决定的。"

日本人哑然而退。

军国主义者为了鼓舞士气，凡是在日本稍有名气的画家，都要到中国沦陷区来画"圣战"。梅原龙三郎画了一些人体，据闻模特儿雇用的是妓女。

藤岛武二的身体已经很差，也不能幸免。他来华画了几张风景就回到东京。我在日伪时期旧报纸上看到有关消息，同天霖有无交往，无文献可查。到了1943年，藤岛因病去世。

促使卫天霖拒绝参加"新亚美

展"的是1941年发生的一次突然事件。起因是刘荣夫在中山公园水榭来今雨轩举办个展，会场是一年前预定的，展期与"新亚美展"冲突，日本人便冲进会场，要刘荣夫收摊子，为御用画展让路。荣夫不服，便据理力争："你们是去年订的会址吗，为什么不让我开个展？"日本人理屈词穷，就将荣夫的嘴巴打出了血，牙也打掉几颗。那时暗无天日，幽愤只有向天霖倾诉。天霖一听，勃然大怒："今后任何日方美展，包括'新亚'之类，一律拒绝参加！"

中国油画会决定展出，有人提出应该请日本人审查。天霖公开反对说："中国人的作品，没有必要找日本人审查。我们是北平最高艺术学院，大家都是教授，为什么自己不能审查？"反审查斗争使平时讷讷的天霖仗义执言，显示出大丈夫气概。中国油画会的全部活动，没有被亲日分子告密，没有接受日本人的经济帮助，经费由天霖等人筹集。

这个画会办过五次展览，其中有一次是在抗战胜利之后。会员二十多人，不是每次展出都参加。展览与销售合一，换点钱添置器材，改善生活。会员有杨凝、刘荣夫、徐颖、张振仕、张兰铃、李天福、佟育智、熊先蓬、唐守一、阎剑峰、关剑痕、赵冠州、穆家琪、韩云鹤、韩问等人。

天霖憎恨日本侵略者，却尊重对中国人民表示友好的日本朋友。

1940年，老同学西田正秋自东京到山西大同云冈考查石窟佛像，来回都经过北京，天霖将他从旅社接到家中下榻，热情一如当年。天霖对石刻有精辟见解，会给西田一些启示。

当时日本艺术模仿西欧，自巴黎返国的留学生们成立"二科会"、"三科会"，五花八门，粉饰军国主义。西田看了卫先生一系列富于东方情调的油画：复杂的光，艳丽淳厚的色和有中国画气韵的造型，便大为惊奇。1944年底，梅原龙三郎、西田正秋和安井曾太郎对卫先生的作品表示敬佩，提出应出版卫先生的画册，这可能与西田的颂扬有关。天霖对于浮名并无兴趣，也不愿为日伪政权点缀太平，画集没有出版。

1940年冬，日本画家末田利一到北平国立艺专任教，天气很冷，他每天都见到天霖身穿棉坎肩，套上罩衣，骑着自行车来校作画讲课，印象很明晰：

以谨严、朴实、正直和刚毅来形容先生的为人是一点也不过分的……他待人非常之温柔大方，但对自己却很严格。他最厌恶的是不正直的人，先生较一般人富有加倍的正义感，用日本的惯语来形容："他的性格有如破竹那样的正直和贯彻始终。"

在家庭生活中，也充分地反映出先生在这方面的性格，一片木板，一张纸条都不随意浪费。他的夫人不仅温和而且勤劳，子女们自幼就实践着协力分担家务，那是一个非常明朗健康的理想家庭。

我被派到北平的艺术专科学校任教，卫先生是我的先辈，又是我的同事。开始语言上的不便，心情上相互尚不了解，以后就逐渐了解了，我是通过卫先生对中国人更加亲近的。

……在艺术上他开拓着自己的路，不管环境怎样变化，坚持一个艺术家的精魂，努力推进自己而不受环境影响。先生待人宽宏大度，总是以温和的双手来接待人，我自己能亲身受到这种品德的熏陶，对我的人生观产生了积极的影响，到今天我的感受就更深了。

……战前，不幸的战争时期，不少日本的文化人和画家曾访问过中国，这中间不知有多少人给卫先生增添了麻烦和得到他的照顾。也有这样的人吧！他们一回到日本，对卫先生就淡薄了，好像品尝了梨子而核就无味了一样。自然，这种态度，尽管

没有什么恶意，而画家的结局是再也没有一点意思、感情和生气了。尤其是内乱和"文革"时期，日中不相交往，考虑相互通信有困难，有时反而会给对方增加麻烦。

生活上的关心，业务上的帮助启发，使末田至今还崇拜天霖。他坚持同中国人民友好，反对日本帝国主义侵华，日本宣布投降后，他高兴得跳起来，胜利后又在中国教书两年多，显然是受了卫先生的感召。

曾经帮助过卫天霖的日共党员柘植，被征入伍，离开北平前，天霖将他请到家中钱别，由刘荣夫作陪。

天霖开门见山地说："今天为你送别，感触很多。首先想问你一句真话：你平时说反对日本军国主义，今天你当兵上前线去杀中国人，不是自己打自己的嘴巴吗？"柘植说："卫先生、刘先生，你们放心好了，我早就知道有今天，也早就下了决心，这个肩章中缝有日币五元，是准备逃跑时用的（日军中是不让带钱的，怕逃跑）。另外假如碰到你们的部队，我就投降。我是曹长，下面有20多个兵，都叫他们投降缴枪，或者把我们的武器埋起来，将来交给八路军。我们去的地方是保密的，谁也不能说，我现在也不会知道，坐火车时等其他人都睡着了，我偷着写信

母亲（油画） 96cm × 69cm 卫天霖 1943年

告诉你们，我们的火车是向哪个方向走的。"

柘植先生实现了自己的诺言。天霖收到他的密信之后，无视法西斯的恐怖威胁，将敌人的行踪报告了八路军。

抗战八年，天霖从来没有放下过画笔。除了到校内去画静物、人体之外，他还背着水壶、干粮、画具，走向一条条大街、一条条小胡同、各种名胜古迹，在挥毫中度过无数晨昏。他是以人子之爱和对历史的依恋，来描绘精神上的故乡——古都北平的。《三座门》、《国子监》、《天安门华表》、《钟楼》、《景山》、《喇嘛寺》、《北海》，还有深深感动过末田先生的《故宫角楼》，都有国土沦丧的悲愤。北京"一边是庄严的工作，一边是荒淫无耻"（伊·爱伦堡语），一边是烧杀掠夺，摧残着同胞的肉体与灵魂。天霖对铁蹄下的现实，无处躲避，过问无用，不闻不问则不安，多少哀愁与幻想，只有倾注于画幅！

"母亲"是画家们表现过无数次的题材，天霖的创作却是全新的、富于东方气质的艺术品。任何琐碎、浮华、脆弱的趣味，都被一扫而光。

他的自画像（1939年）中，坚实敦厚的力量来自何处？《小兄妹俩》（1938）画了自己的儿女，红蓝对比所显示的天真质朴，源头出自哪里？《母亲》作了总体回答。

《母亲》之前的作品，是一系列的彩排。此后所作人物，在局部上也有突破，但只是这张画长处的延续，没有全面超越这幅力作。

把他的全部人物画比作金字塔，《母亲》正好是塔尖。她既是俯视众生的圣者，又是人间烟火气很浓的普通女性。

有的复制品把她的手和身后的桌子印成大红色，衣服印成青紫色，显然不准确，给人的印象近于飘浮而欠蕴藉。桌子应当是朱红色，很淡雅，上衣是黑色（请回忆一下列夫·托尔斯泰画像上那件黑袍，此画有类似的分量感），稍许透出一丝墨绿色浪纹。椅子也是旧木器的本色，这样才老成持重，造成体积感。

家具古老、朴素，并不没落，带有书香味的花瓶、瓷凳，都在衬托着气氛。

人物是擎天柱，顶天立地（虽然是坐像），是一株古树的躯干。她具有女性最高尚的气质——母性之美，因为她创造生命，哺育生命，使人类不朽。孩提时对母亲天真的信赖、幻想，年长之后，历经世事，理解了母亲支撑家庭、应付社会的艰辛，这些思想的游丝全部拴在这根铁柱上。

那脸受到人世风霜长期吹打，默默承担过巨大重量，变得很严峻坚毅。为了保护幼苗，那奋不顾身的牺牲精神，逆来顺受，忍着折磨的克制力，都是我们民族特定的历史产物。她有点严厉，难道不是为了儿女的过失而值得我们去忏悔？她有点焦急，难道不是为了我们的安全而得不到安宁？她的表情有点苦涩，这苦是大多数中国人都分享过的，就不再是孤立现象，有了典型的意义。

她的净化力是持续放射的艺术冲击波。一切雪白的头颅啊，垂下来吧！在她面前，你永远是个孩子，没有沾染任何恶德(不是没有错误)的孩子。现实主义画笔把一个人的灵魂写透，必然反映出历史的、民族的特质。母亲的眼睛投向未来，迎接着明天的观众。母亲的双手是对劳动的赞美诗，为了后代，她有什么不会做，有什么不愿做，有什么做不好呢？这双青筋突出的手，是历史的见证。

我们没有宗教情感，联想到拉斐尔画的西斯廷圣母像，那是把美女同母性作了很成功的结合。作为东方人，天霖的《母亲》使我们感到更能接近，更有平凡之美，没有神的气息。

见到这张画，谁都会想起自己的母亲。

把祖国比作母亲，不是诗人的杜撰。李瑞年教授写道：

卫天霖作品中另一个特点是：蕴藏着浓郁的民族情调。如《母亲》这幅肖像就是突出的一个例子。它吸取了中国传统肖像的构图，采用了大半身正面静坐的姿势。作者着意刻画"母亲"的性格，显示了一位普通中国老年妇女特有的勤劳朴实的外表，又显示了老太太那敦厚、稳重而又忧心忡忡的内心世界，真实地描绘出抗日战争时期人物的风貌。背景选用了红漆条案，上面放置了青花方瓷瓶和仙人掌，案下露出瓷鼓式圆凳，甚至年月的题款和绘制出的印章，无一不显示出中国民族的气派，反映了作者强烈的民族感和对民族艺术的热爱。

田近宪三先生评论说：

随着时代的前进，1943年题为《母亲》的肖像人物是他的杰作。室内的青花古瓶中有仙人掌，前面坐着一位老太太，这位母亲经历了人生的旅程，面貌显示出一生的劳苦，沉着而不畏风浪的面色，由衷地透露出那种诚实的品德。比其面部还能更强烈反映她一生经历的，是她那双劳动的手。

画家很慎重而又很鲜明地描绘了这幅作品。那么，他在作画时的心情，也必然是有很深的触动的，这一切已很自然地流露在画面上。老太太的面部上有如雕塑般的表现，像建筑那样，由细微处一砖一瓦地建筑起来，毫无漏洞，恰到好处。用色也是质朴的，正因为如此，它表达了对象的真实。这幅作品体现出中国老妇人的典型的美，是诚实的美，慈母的美，极为深刻地显示出她高尚的人格，作品充满了浓厚实在的效果。

此画出格的感染力还可以用下面这个镜头来说明：1998年11月11日，"卫天霖艺术研究会"和在京弟子们举办了卫老百岁纪念会，同时在国际艺苑展出其遗作。年已九旬的卫垒已患老年痴呆症多年，记忆惊人地衰退，亲属见了面也认不清是谁，但有两张画使他瞠目谛视，嘴唇一开一闭，久久才指着卫公的一张自画像说："这不是我吗？"又过了半晌，毫不迟疑地说："这张画的是我妈妈！"在旁边的卫述说："叔叔几乎不说话，能在爸爸自画像上认出自己，能认出奶奶，几乎是奇迹！"10分钟后，卫垒又恢复了无表情的病态，而记忆刹那间的闪光，人子之情的复苏，使在场的后辈潸然泪下。他刚正、廉洁，在清醒的垂暮之年，从不以哥哥的作品为家族私

有财产，而是视为人类的精神财富。他身上保存着卫老美好情操的若干侧面，令我们肃然起敬，虽然他远远没有乃兄的才气与贡献，仍无愧为一母同胞。

画的笔触飞动沉毅，腕力充沛，气息淳静，中国画的工与写之长，幼年习北碑俊爽酣恬的线条里跃动着情绪的密码，决定了此作在中国油画史上的地位。和一般表现女性的画相比，不以秀美、华美见长，而是挟太行黄河龙门的襟怀，达到壮美的层面。

"葵花"向日，刚劲的线，歌颂了力。

插在瓶中的花束并无铁骨铮铮，花瓣遒丽，珠蕾含春，有抗击风暴的意志贯串在笔触之间，生生不已，绝无媚甜纤弱之态，给我们以奋发的情愫。

天霖和苏民生还曾东渡一次，时间当在藤岛武二老教授去世的1943年前。除去苏先生的回忆，没有别的史料记载东游的具体活动，被访人物都已辞世。苏老说：

有一年暑假，他约我同去日本参观。我们到了他的母校，参观了各类画室和同学们的作业，我还拍了一些照片。我也陪他一同去探访了他的老师藤岛武二教授和住在小日向台町的西田正秋

卫迅像（油画）46cm × 38cm 卫天霖 1945年

先生，西田先生是雨三兄的同班同学。有趣的是他带去的礼物，仅是他在北平护国寺等处买到的一些民间剪纸，每幅仅有寸许，用红纸剪成几张一叠，以此分别送给一些教职员和被探访的人。他自幼喜爱民间艺术，并且了解日本朋友也同样喜爱。我们冒着骄阳外出参观游览，常感口渴，想买些饮料解渴，却很难得到雨

浴后的卫迦（油画）　47cm × 56cm　卫天霖 1946

三兄的同意，也算是雨三兄在生活上重俭习惯的一些反映吧，我有时总想他太克己了。雨三兄这方面的小趣味实在还有许多呢！那时也有一些日本画家来华，往往都要来访雨三兄，他也就常常带上我去北京饭店回访。记得有安井先生、黑田先生、石河先生，以及藤岛先生，再有雨三兄母校的老校长大苍先生来北平时，就住在东华门附近，作为陪伴，我也结识了不少画家。雨三兄是一位很不善交际的艺术家，有些活动完全出于礼节，而更多的则是由于艺术的需要或他人对他的敬爱，我想这也是很自然的。

《母亲》完稿后数日，两位外恭内倨的日本人，破门闯入卫宅，自称是艺专日籍教师伊东哲介绍来的，十分钦敬卫老的艺术，想欣赏几张原作。卫老平素鄙薄伊东哲仗着侵略军势力飞扬跋扈，不学无术，教书无方。来客虽可疑，一时情面难却，就拿出三张画供两人观看。

一会儿，那两人交换过眼色，便提出要买画。

"我不卖画，每张画都是我研究的产物，寄托着我的追求，有些还没有画完。"

"我们至少要买《浴后的卫迦》这幅画。"

"这是女儿童年生活的记录，不能卖。"

"那就买《兄妹俩》！"

"同样不卖。"

无论日本人如何威胁利诱，反复蘑菇，卫老始终拒绝，最后推说要外出，把两名不速之客赶出大门。

次日早晨，两名日本人携来大把银元，摆在桌上，请求满足他俩要求。

"我不卖画！"卫老兀坐一边，不动声色，十分从容，绝不让步。

"你对我们无礼，就是对伊东哲先生的不敬！今天不卖，明天再来。"他俩动了肝火。

第三天，两条汉子又来骚扰，卫老闭门不纳。他俩叽咕一阵，不欢而去。

天霖的寓所四边住满了捡破烂的、拉三轮车的，都很贫困。他养活七口人，学校有时不发工薪，没钱买菜，一家人用葱盐就窝窝头吃，但天霖乐于忍受艰苦，保持做人的气节。

1943年7月某日早晨，北京传闻有一名鬼子军官在锣鼓巷附近被刺，日本宪兵和日伪军搜捕半天，也未逮到刺客。

天霖照常到校授课，到第三堂课开始，他正要走进教室，来了三名宪兵拉住他，问过姓名之后，借口有事要找他去司令部问话，不等辩解就被推上警车押走了。

艺专师生纷纷向校长质询卫先生被抓走的原因。

校长怕引起学潮，只得答应出面担保，要求释放先生。

多亏不怕株连的刘荣夫先生跑到宪兵队，费了许多口舌，才把卫老保回家。

事过50余载，笔者和卫老的孩子们谈到乃翁这回受迫害的原因，仍不能了然。若宪兵队怀疑他与游击队员刺杀日寇军官有关，当时抓进去的人十死八九，刘荣夫面子再大也保不出来。若说日伪特务要威吓卫公，后来并不曾再寻麻烦。卫迅说："我们全家对刘叔叔挺身而出营救父亲的正义行为由衷感激和钦佩！叔叔因有日本血统，解放后吃尽苦头，他依然以做中国人自豪，对中国文化与父老充满爱心。父亲'文革'受到冲击，谁站出来讲句公道话？"

1989年8月，本书作者去沈阳鲁迅美术学院拜望刘荣夫老师。他说："卫先生有很强烈的民族自尊心，我在宪兵队见到他，那是个屠杀中国同胞的血腥刑场。我用日语向看守说明来意，陪同卫先生返校，他沉静无言，步履镇定，神色自若，虽没有气壮山河的大声疾呼，怒斥日寇，却不丧失教授学者的尊严，特别坚韧。对这位优秀画家、大好人、诲人不倦的教授要多多表彰，他的画

和人都会传之不朽。"

刘先生沉浸在往事的回忆中，良久，从桌上拿起一尊宋代铸造的小铁像递给笔者说："摸摸它！它一身灵气，高不过4寸，皮肤上仿佛有体温呢！一双眼睛何等镇静聪慧地看着宇宙，多有味呀！只有咱们中国人才能创造出来，真像卫天霖先生一样，坚实而具内美，不怕砸！随着时光流逝，经过反复对比，无愧为凡人的人就是英雄！卫公去了，我有说不出的思念……"

"您是雕塑家，何妨以寂寞为灵魂，塑入自己的新作品呢？"

"当初底子不扎实，而今老了，时间多半被浪费，力不从心啊！"他拿起几件民间雕像，讲起来龙去脉，如数家珍，可惜我不能全部听懂，只有"咱们中国人"五个字重过千钧，让我——一个无能的中国人愧疚，思奋飞而无翅膀。

当我揖别沈阳的普通夏夜，怕惊扰90高龄的老教授，未去辞行，只能隔着扶疏的花影仰望老人窗前夜读的剪影，很似一尊铁像。要咀嚼老爷子的寂寞，我的牙齿还得磨炼二三十年。也许，他在忆念卫公，也该有人怀念他呀……

黎明之前

泉因石阻形新路，松抗霜欺发壮歌。

——关山笛

抗战胜利了，全国处于痛定思痛之前的短暂狂欢中，天霖也不例外。学校停了课，一连几日，遍访老友，茶后酒酣，倾吐着8年来郁积于灵台的忧患，追悼了逝者，预支了一点微茫的希望。

教育部长王世杰任命全赓靖烈士的姑父严智开教授和陈雪屏接收北平国立艺专，新受聘的教务长卫天霖抖擞精神，收拾饱受侵略者蹂躏的烂摊子，要重整校风，有一番作为。

北京国子监(油画) 45.5cm × 53cm 卫天霖 1946 年

办学离不开教师。一些丧失民族气节和不学无术之辈被解聘了。

老友苏民生被天霖请去教中国美术史，兼授师范班的哲学。长夜的探索，天霖得出一条结论：一切艺术必须扎根于民族文化。即使是外来的艺术形式，也只有化为本土艺术，作品中跃动着本民族的新感情时，才具活力。他临傅山的行书和小楷，给他的绘画带来的好处是不言而喻的。也正是这方面的不足，限制了他的成就，他还称不上书家、诗人、词人、古代画论的专家、美术史家。

天霖常常到石驸马大街小口袋胡同去看望黄宾虹老人。院中秀竹碧影摇曳于芸窗画案之间。宋若婴夫人为客人沏上黄山毛峰，清香袅袅，仿佛给壁间黄山立轴添上一缕烟云。黄老在山水画方面，由石涛、八大、龚贤而上溯巨然、董源、浑厚华滋，并世无两。花卉返朴还童，宣泄天机。写金文、作行草、吟佳句、评古今名画，数故宫珍宝，纵论当代诸家得失，给了天霖许多教益。黄先生是中国古典绘画的总结者；"五四"之后新山水画的开山祖师。只因苍黑浑凝，明一而现万千的画风，不入官僚、洋人、商贾、遗老遗少的俗眼，他又不愿违心地用画外活动去猎取浮名俗利。生在时代前面的人总带有悲剧色彩，他大体上能看到自身未来的历史价值，没有必要降低美学标准去趋时尚。在岑寂的岁

月中，天霖和他淡如水的君子之交，相濡以沫，也算给一代宗师的晚景添上一缕微霞。虹老南归而后知音当推傅雷，便与天霖疏远了。老人在南方也未受到应得的推崇和理解，上课也少，"左"的思潮妨害江丰等先生去认识虹老的艺术，也有人斥他为"形式主义"画家。在饱暖的寂寞中，我不知道他可怀念呐呐的天霖？天霖却常对后辈提到这位不朽的长者。

天霖曾多次去白石老人的画室中看老先生作画，也常请他到校内示范、讲学。有时怕老人体弱步履不便，还带领学生们去齐宅观摩。老人是中国绘画史上每百年间只出现几个的大艺术家之一，创造力老而弥旺。1926年，林风眠自巴黎归北京，任北京艺专校长，即聘齐翁为国画系教授。1937年10月，北京沦陷，齐翁愤而辞职，不给日伪政权服务。论水平他可当教授的导师，还有某些教授做老人的学生也不够格。现在有些人写文章，硬把聘齐翁为教授一事推迟到1928年徐悲鸿短期掌美专年月间，更有等而下之者用小报记者轻薄笔调，说齐老受聘后向徐先生下跪等等，这种不顾事实的编造，对齐、徐二老都是歪曲，应予澄清，中央美术学院现有史料可查。

天霖还聘末代皇孙、多才多艺多故国之情的溥心畲先生去教山水画。此老广收藏，多见闻，天霖在他

家见到过许多精美的古代书画，时有南张（大千）北溥之誉。在清末宫廷艺术当中他的成就最高，在认识生活上也最深，晚年未得重对京华，也是在乡愁中凄然而去。他和天霖所聘的山水画教授秦仲文先生，还有待于美术史论家去重新评论。天霖爱王梦白的画，惜梦白壮年早逝，身后萧然，聘其弟子王雪涛教花鸟画。作为青年画家，雪涛没有上述几家名气大，人很忠厚，作品颇具清气，与他暮年甜媚粉饰之作不同。后者也是反右派斗争之后，"左"的路线所扭曲的产物，又误认为市民趣味即大众化，以致理直气壮地改变

了画格，只能惋惜、同情，而不能苛责。天霖对任同样课程的于非闇先生很恭敬，在业务上获得了于老许多教益。徐燕荪教人物，吴镜汀讲山水，寿石工教金石，这三位教授能在馆阁、遗老、新贵、市民四种趣味的夹攻中保存个性，是当时不可多得的人物。卫老能请风格与自己完全不同的人才，这一点就值得研究。讲过文学的有陈督缘、王森然。教油画的有关广志，此老擅长水彩古建筑。加上刘荣夫、末田利一，阵容不弱。天霖主动团结大家，让不同学派的教授们因异成异，各尽所长，心情舒畅。他从不攻讦任何画派，秉公行

西山（油画）96cm × 69cm 卫天霖 1958 年

事，显示出他组织教学的才识。

末田利一虽然反对日本军国主义的暴行，但中国胜利后仍不免遇到误解与非难，这类往事的回顾不是客套：

战败后犹如反掌，有些日本人在中国人面前表示出很自卑。有些人在预定的归船尚未到达前，要把所有的财产全部用尽，于是日夜大吃大喝、开宴会大闹……来过日子，钱用完了，就在街头游荡。他们完全失去了明天，也不再去想它。当时日本人在中国的处境很悲惨。多数的中国人把战争看做是日本军阀的责任，与普通人无关，个人是无罪的。以这样的认识来对待日本的一兵一卒，这样的宽容，完全超出了我们的想象。可是到昨天为止，总有些日本军人还是那样耀武扬威，自然也会引起有些中国人对他们表示反感。

明天真是很难想象的。在最困难的几个月中，卫先生接我到他家共同生活，这是我一生难于忘怀的事。我给卫先生、卫太太及他的子女们增加了很大的麻烦，回想起来觉得很难过，先生全家人保全了我这个战败国的一员。平时家务很忙的卫夫人，待我总是笑容可掬，至今想起来感动仍是很深切。先生平时并不自认为是人道主义者，但是他的行动却显示出人格的崇高和伟大，我只有真诚地表示感谢！

每到假日，天霖还约画友们到香山等地写生，画毕互相批评，切磋艺术。

李念淑自南方回到北方看望卫先生。天霖特别关心她的眼睛，使她泪下，对她生活中的不幸表示父亲般的同情。

艺专虽未正式成立国民党和三青团，但训育处已被先遣人员李德三所接管，这些组织的成员就逐步公开身份。

学生栾克扬（现任中央美术学院教授），1942年入学，1945年5月去解放区，胜利之后回到艺专，虽然照旧听卫天霖的油画课，但未办复学手续。克扬对天霖的进步言行并不了然，只是在学术上尊敬他，便向他请求帮助。天霖听过概略之后说："我知道了，请到椅子胡同一号舍下来再细说吧！"

克扬如约来到老师的画室。天霖说："现在学校里很复杂，你要当心，关于复学的理由，你可以告诉李德三：因为参加抗日活动，日本人要逮捕你，才被迫离校回老家去躲了几个月。现在胜利了，说抗日总算不犯法。他们想阻挠，找不到别的借口。我再跟他们打个招呼，可以办成。"天霖提出几个人，要克扬加以注意。

不久，天霖又将克扬约到家中，告知卫垒在晋冀鲁豫一带活动，还到过涉县。现在，物价飞涨，国民党日益腐败，太子们、官僚们争权夺利，民不聊生，内战迫在眉睫，希望克扬设法同地下党组织联系，让他去解放区工作。还有刘荣夫与末田利一，也希望同去参加革命。

经过观察了解，克扬对卫先生很信赖，便慨然应允。几天后找到西郊城工部的杨伯箴，商谈后决定请天霖等三人面谈。

天霖将克扬、荣夫、末田请到家中吃便饭，约定次日携带画箱在西直门会齐去西山写生。

四辆自行车鱼贯而行，来到西山，柿子正红，市声已远。可惜的是在山坡上转悠了半天，也未找到联络点。正觉扫兴，忽见迎面来了一位推自行车的人，连喊克扬为"大东"，原来此人是城工部交通员，方知杨伯箴在几日前转移。四位画家被带到夕照寺，由薛成业接待，并被安排在大炕上过了一宿。屋里四壁萧然，连桌椅都没有，卫先生心里却很高兴。

次日，天霖画了一张风景。

末田上山前，未对新婚的夫人讲明当天回不去，有些忐忑不安。考虑到他是日本人，独自走诸多不便，为了安全，天霖让刘荣夫伴他回城，自己一人留下做代表。

山居第三日，新华社记者杜导正知道天霖上了山，特地赶来采访，后来在《晋察冀日报》上发表了一篇短文。

城工部负责人刘仁接见天霖，亲切地谈了半天。刘仁表示像卫先生这样的艺术家，留在城里工作，会起更大作用，尤其在联系高级知识分子方面具有优势。卫先生欣然首肯。刘仁又指定薛成业常常和他见面，传递消息。

仿佛一滴水珠流入了江河，下山的时候天霖感到快乐和充实。他需要人理解，现在和全国贫苦的父老姐妹站到了一起。为了被压迫阶级，有什么东西（包括生命）不愿意奉献呢？

由于城工部和卫垒的介绍，天霖的家成了地下工作者常去的所在。如蔡成恩（后任国防部外事局长）、崔使（北京气象局局长）都住过天霖家。他们到冀中之后，又把天霖的劳绩告知卫垒。蔡成恩还见过姓张的一位女士，建国后负责领导一个学院。她在危急中投奔卫宅，受到掩护。

天霖苦心孤诣地经营了两个学期，北平艺专初见起色，徐悲鸿继严智开任校长。抗战八年间天霖本不该去一回日本，为期虽只几天，又未参与日伪政权的政治活动，无不可告人之密，却成为胜利后与"文革"中受到歧视、迫害的借口。(当然，欲加之罪，何患无辞！即使全无此事，60年代的大悲剧亦不能幸免。)

悲鸿先生是勤勤恳恳引进法国院体的著名教育家、下笔颇具六朝名碑气息的书法家、大名鼎鼎驰誉国际的画家，在建国前后地位都极高，奉为神州师表。他的国画如《漓江烟雨》的悠悠墨韵，得风起云涌的气势。一些奔马意象宽博，笔酣气旺。不乏杜甫"一洗万古凡马空"的磊落不群，领袖群伦，志在万里。他同时又是整个20世纪应需而生的历史人物，其学术主张符合政治的选择和上层人物的审美观念。在普及西方写实艺术与基本功的培训方面功勋卓著，而在名声上被媒体反复宣传，已大大超越了他艺术水准应得的一切。谈论他的局限成为一件艰难的事，似乎金无足赤对他不再是规律。院体教育本来广种薄收，真正有个性的艺术家总能打破任何樊篱而贡献前无古人的佳作，使民族文化传统与独特个性完美统一。去统计受业者当中大师占多少百分比是荒唐不经的，往往让教育家不快。造就大师是难事，由多方因素决定，首先是全民文化积累与时代大环境。屈原、陶潜、杜甫、李白、王维、荆浩、李成、范宽、元四家、八大、渐江、髡残、石涛的老师是谁？文献少

记载，并不特别让我们遗憾。徐老不承认印象派、塞尚、马蒂斯(被他译为塞尚奴，马踢死)、凡·高的艺术，不是大师们的不幸，而是徐老的不幸。何况黑子不能减弱恒星的光焰。个人幸运是民族审美教育不昌盛的产物，艺术总要前进。美术史家水天中兄说："……卫开霖被解聘。卫天霖的行事风格与艺术风格显然与徐悲鸿异趣，而徐悲鸿又是一个绝不掩饰自己观点也不习惯妥协的人。离开北平艺专后，卫天霖为谋生计，又回到孔德学校教图画课。他虽然被排挤出北平美术圈，但他继续毫不懈怠地作画，经常带一点干粮外出写生，从早画到晚。正是这一段寂寞的日子里，卫天霖完成了许多优秀的作品。但他的处境已不仅仅是荣誉和地位的丧失，环境的变化促使他作出离开北平、进入解放区的决定。"卫老忠贞的弟子章文澄在《追忆卫天霖老师的艺术道路》一文中，讲到去解放区的原因时，提出卫先生"受排挤"、"遭到歧视甚至迫害"，绝非无的放矢。

"浮生知味已无言"。天霖面对不学无术的党团骨干、训育主任之流特务，正牌汉奸，发国难财的无耻之辈，凭着社会关系与金钱变出的魔术，一夜之间成为"地下工作者"而趾高气扬招摇过市者，他怎能平静？不平静又待如何？他要让画笔思索，让颜色倾听，请画布接纳他

卫天霖和家人与日本画家石河合影。卫天霖在照片上的记录："日本石河光哉画家民二八年寓于家中摄此以纪念"摄于 1939 年

"行无愧怍心常坦，身处艰危气若虹"（陈独秀狱中书赠刘海粟联语）。

据末田回忆：卫先生一生没有为了维持生活而出卖过自己的作品。卫老的学生、后来是同事的吴让宾缅怀先师时说：

卫老一生为人正直，不吹不拍，一生做平凡的教育工作，二是卫老的画有自己的独特风格，没有随波逐流，几十年来如一日，坚持了自己的观点，走完了一生。

可惜的是卫老虽然桃李满天下，但是继承先生的画风上流派上的没有一个人，这是与解放以后一段时期内未能贯彻百花齐放分不开的。

卫先生一生是很勤奋的。在艺专时，坚持上午到校画模特，下午画风景或静物。画风严谨，毫不草率。画框也由自己刻制，学生们也知道先生的心情，从不敢张口要画。学生很多，但很少人手中收藏卫老的作品。

日本投降后，先生在孔德中学教书，生活清苦。1948年为了给解放区筹资，先生曾在和平门某会馆开过展览会卖画，展出有百幅之多。1980年那次遗作展上，能看到的多是解放以后的画。在记忆中有过印象的一些出色旧作，留下的不多。

吴先生回忆中的时间或系1947年之误。前段说到学生对他作品的珍惜，后面谈到卖去很多力作，购买了药品送给解放区的老百姓，表现出无私和慷慨。

1947年石家庄解放，成立临时政府，天霖接到北平城工部通知，代表古都美术界参加石家庄的庆典。

1947年底，冀中的地方大学迁到正定县并入华北大学，吴玉章先生被任命为校长。著名的教师有钟惦棐、王朝闻和鲁艺过来的一批师生。

天霖和地下工作者的往来，引起国民党当局的注意，准备要对他下手。

北平解放前夕，政治黑暗，货币贬值，特务横行，知识分子衣食维艰。就在石家庄解放前，天霖先领着儿子到解放区联络，把卫垒的妻儿四口送到冀中，然后带领着长子长女化装走出北京，冒着生命危险，冲过封锁线进入解放区。他被任命

为华北大学教授。学院院委召开了隆重的欢迎会，师生代表纷纷发表讲话，向天霖致敬。天霖深受感动，他用亲身经历，讲到旧时代的黑暗，表示了献身教育事业的决心。

闻一多烈士的哲嗣闻立鹏教授有以下的记述：

1948年，晋察冀与晋冀豫连片成立了华北解放区。于是北方大学从太行山区来到正定，与张家口迁来的华北联大合并成立华北大学，校址就在有名的正定大佛寺（隆典寺）边的大教堂里。两校文艺学院合并为华北大学第三部。美术系来自两校的同学兴高采烈，开始投入了还很不正规的教学活动。就在这时，听说从北平来了一位有名的老画家——卫天霖，而且即将给我们上色彩课。不久，卫老真的带领我们大家在大佛寺的庭院里上了一次水彩课。可惜风云突变，国民党军队偷袭已经解放了的石家庄，学校紧急集合，连夜行军向邢台地区转移。我们的教学被迫停止了，然而有浓重山西口音、质朴、诚挚、谦和宽厚的老同志、老画家——卫天霖教授却留给

我很深的印象。

后来立鹏先生读了卫老的画，"从一幅幅不大的画面上，我能真切感到博大的文化底蕴和画家内心的激情。……斑驳浓烈、沉着厚重的色彩，自由苍劲、刚健有力的笔法，饱满充实的构图，组成有生机、有节奏的画面，宛如一曲恢弘的交响乐、一部深沉的混声大合唱，扣击着人们的心扉。许多无生命的'静物'，在艺术家的指挥创造中，升华为充满生机，有意境、有情调的艺术世界。"

文艺学院给卫先生排过素描课，他腾出时间经常与教师们开座谈会，辅导过北平艺专毕业的青年教师张启，绘制过巨幅的领袖像。油画之外，他还讲过年画的形式与色彩。

那时，学校文化生活活跃，歌声满天。文艺学院从事美术工作的许多人是延安鲁艺时期的老同志，他们的版画、年画。随着形势的发展而日新月异。有一次卫先生到街上去看年画，书店挂满了古元、彦涵、莫朴等人的作品，许多人描写土改、参军、军民关系……具有强烈的生命力。他感慨地说："真正的文化在解放区，而不在国民党统治区。因为艺术的源泉来自人民群众的斗争和生活。"又说："我画了几十年画，醒悟到这一点，是才来到这里几天的事。"

不久，北京城工部有一位名叫石军的青年，帮着胡瑜抱着幼女，背着行李步行去找父亲。在天津碰上连日阴雨，马车轮子掉了，几天不能到沧州。上路之后，沿途小偷强盗不少，胡瑜和孩子们常常住在牲口棚子里，睡在地铺上，两枚戒指和部分钱币被窃，使她几夜不敢睡熟。一天傍晚，母子们被领到运河边上的一个小院，天霖和卫迦出迎，全家欢聚。孩子们被送到中小学及幼儿园就读，皆是住校，胡瑜到大学卫生所上班，她有医士学历，全家心情舒畅。

天霖跟学生下乡，自己背铺盖。学生陈旭说："老师！我替您背一段路！"

天霖摇头一笑，跟着青年们一道走，从不掉队。

菲薄的物质生活，在解放区很少有人计较，卫老为此而感到新鲜。

这时也发生了一件令人不愉快的事。30年代的版画家江丰，解放后两人任美协主席出版过论述文艺复兴的专书，1957年反右派斗争中遭到过误伤，吃过"左"的许多苦头，工作很有魄力，但他对待民族遗产和文物的态度，使卫老很震惊。他俩一同到天主教堂去看离境神甫们留下来的中国古画，卫老认为他革命时间长，政治觉悟高，所以不大多讲话，而他一见四王的山水就加以痛斥，当场撕毁。卫老说："封建士大夫阶级的画也不能撕，留下来可以

瓶中的葵花(油画)81cm × 98cm 卫天霖　1975 年

认真研究，有些画在艺术上还有价值，不如留在图书馆里为好！"江丰不听，继续撕下去，卫老便默然离开，把这种行为看做美术家认识上的偏差。

关于卫老的教学，吴让宾先生曾说：

卫老在教学中有两大特点，一是重视学生的个性培养，二是讲道理，教理论而不教具体的手段、方法。他从不强求让同学风格一致化，尤其不向自己的画风上引导。当时和后来，同学中都没有在手段上单纯学卫老的。这一点，解放后的这些年里，个个院校是普遍存在问题的。不培养学生独立思考，在教学上教具体方法，手段多，而忘记了绘画的一个根本问题，在表现手段上的训练一开始，就要求坚持因材施教、百花齐放的方针。在这一点上卫老是突出的。

当时卫老在班上，每天必到，多是转一下，讲一些，一个学期最多给一个同学改一次画，同学都喜欢卫老的画，经过卫老改过后的作业，学生们都是收藏起来的。

卫老教导学生：画静物一定要表现出你与静物对象的距离，画面与静物的距离，防止空间紊乱，对象跑出画外。要在训练中理解空间。作彩色画时要讲究反光、环境色、各色之间的关系。

这段大好岁月，天霖很爱画葵花与白芍。

吴昌硕先生作寿石花卉时，笔端蘸满各种颜色，一边蘸水，一边点苔，各种复色，随手涌出，妙不可言。天霖的静物笔触，与吴缶翁异曲同工，可以看出他对中外前哲创造性的吸收。天霖尊重原色的造型表现力，一笔一刀；多种颜色，不让它们在调色板或画布上混合，而是抹一笔再戳起来一旋，几根线条联成色块。乍看大起大落，一斧无痕，细细观摩，你将发现每个笔触的厚薄体积各不相同，一根细小的花圈周围，每片花瓣下端的暗影，都组合着光怪陆离、诡谲错综的过渡色、气氛色。被自然光一照，画面上华光闪跃，无数彩虹般小精灵在运动不息。达到同样高度的艺术家，国外国内都寥若晨星。

20 世纪的人物，何必麻烦下个世纪的评论家挥毫撰文，让 23 世纪的鉴赏家拍案叫绝？应当有勇气从科学出发，用历史眼光去肯定那些比同时代人多走了半步到三五步的本国大家。奴颜媚骨的西崽相不是谦虚，实事求是的民族自豪感不是自大。有一点点狂，也比丧失民族自尊好。狂中有夸张、坦诚、喜悦、自信。杜甫吟出"漫卷诗书喜欲狂"、"痛饮狂歌空度日"，张旭、怀素有狂草"酒渴思吞海，诗狂欲上天"。狂不全是坏东西。妄是盲目自大，应该把它扫到冥王星去!

卫老写白芍、牡丹，都没有浮华的富贵气，而是展示一个纯净高洁的艺术天地，邀请你坐卧其中，饱吸几口沁人心脾的清风，饮上几口晨露。那花束上下左右可旋转，空间处理，发人深思。正是:

> 心热方能作冷花，
> 愿兹喜鹊代昏鸦。
> 黎明美景堪陶醉，
> 无怪诗人梦晚霞。

葵花是太阳的女儿，卫老爱种她，画她，带她上课堂布置给后辈画。所用多是"九莲灯"的品种，不喜欢一花独放。

他爱凡·高画的葵花，燃烧着孤独中永不衰竭的狂热。熊熊情焰，浇上得不到理解的油去助燃，只不过是遵从良心与历史的召唤，将内心的火山移上画布。尤为得天独厚的是卫老与老子、庄子同为中国人，东方人的沉思、清静、睿智，使他的画形华而神朴，能沉得下去，没有喧嚣浮躁的成分，和我们的欣赏习惯更接近。即或不是水银泻地，无孔不入

地抚慰着我们每根神经，画家、画、观众三者之间，也会相视而笑吧?

比起他最后几年的佳作，这段日子的静物画比较平淡，风景也很一般。作者似乎在停滞中积聚力量，准备腾跃。个别画的构图，未能完全摆脱日本美术教育的拘谨，从过于细碎的花瓣中反刍出来。

坐着的女人体（油画） 73cm × 53cm　卫天霖　1955 年

黎 明

却看妻子愁何在？漫卷诗书喜欲狂！
——杜甫

北京和平解放了！

华北大学组成了两支美术工作队，一队奔赴天津，天霖随着二队，在江丰率领下进入古都。

他每天在北池子草垛胡同上班，举止谈吐和如昔，并不惹人注目。

老学生李念淑在考入华北大学之前，曾经请教卫老师："在戏剧与绘画中应当选择哪一行？"卫老说："刚刚解放，秧歌、街头剧、舞台剧有宣传效果，先抓这一头。以后绘画工具、出版、印刷有了改进，再回过头来从事绘画也不迟。个人愿望与客观可能相结合，方能产生良好效果。"他后来又对李念淑说："我一生教了许多女徒弟，但以绘画为终身职业者很少。我多么希望你们当中能出优秀的女画家！"

1949年，北师大成立了美工系，卫天霖任系主任，教师有庄言、辛莽、张松鹤、左辉等画家。过去华北大学未给教师定过职称，惟独吴玉章签署的介绍信上称卫天霖为教授。

除夕，卫老没有回家，与住校师生一道包饺子、吃饺子，参加茶话会。他坐在木椅上，靠着椅背，十个粗壮的手指交叉在一起，放在肚子上，全神贯注地看着同学们说说笑笑，情绪跟大家融合在一起。

为了珍惜时光，卫老带着小女儿卫迹住进了和平门外师大南部斋锻工房对面的一间门朝西的小屋。他穿着一身灰衣服、灰布鞋、戴着布帽。除去教学、上阅览室查资料，还同青年们谈心，辅导他们作速写，关心后辈成长。卫迹回忆说：

那时哥哥姐姐分别住校，大姐卫迦在育才，后来改为女附中，干部子弟不少，如毛岸英的妻子刘松林、女将军聂力（聂荣臻元帅之女）、周扬的女儿周密，都在一个班。卫迅住先农坛，按当时交通条件被认为离家很远。妈妈也住集体宿舍，星期天全家团聚，爸爸妈妈总要给孩子们做些好吃的。最有趣的事是逛公园，爸爸背着画具找到个景点坐下，支起画架子一画几小时，妈妈怕他太累，隔一两个小时就带我们去哄闹一阵儿，让他放笔休息。等到他把颜色挤到调色板上，母亲又把我们带去玩滑梯、跳沙池、看花看树、逮蚱蜢，总之是不许打扰他。时间久了，孩子们都领会妈妈的意图，让爸爸专心作画。爸爸在课堂和带学生们出外写生养成一种本领，无论有多少人在身边看热闹乃至说说笑笑，他能当众独立，旁若无人，潜心写景，不受影响。

父亲吃大伙食，制度不算严格，谁家的孩子走过饭厅拿个馒头吃也没人在意。但父亲却告诫我："我没有替你交伙食费，不能去沾一粒米、一碗菜汤，从小养成廉洁的好作风。"因为我不懂什么叫"廉洁"，他又加以解释。中午放学回家，他便点上煤油炉子烧一小锅开水，替我拨面鱼儿，他做得认真、高兴，还自夸"手艺高明，地道的西山味儿"。只是吃多了，这种手艺很快学会，并不觉得有什么美味，哥哥姐姐们周末回家，一听说爸爸要拨面鱼儿，都撇着小嘴不感兴趣，他像做了什么错事似的说："改善伙食，不做面鱼，来个猫耳朵。锅垒好么？"所谓锅垒就是将白菜、茄子剁碎，拌上面粉与几种佐料和油盐，偶然加些粉皮，蒸熟了挺好吃。连做三回，孩子们又不爱领教了，妈妈就包饺子，她一边擀饺皮一边数落孩子

们："不是舍不得给你们吃，爸爸事太忙，你们都还小，不懂事……"她和爸爸相视一笑，爸爸搓掉手上的面粉，又去画画了。我比兄姐都幸运，跟爸爸相处的日子最多，"文革"中妈妈下放，爸爸每天中午给我做饭，还是那几种，他说："我是病号不中用了，你上班太累，我做得不可口！""不，好吃！""假话，但是小女儿长大了，懂事了……"他用手背揉揉昏花的老眼。我的心不觉怦怦跳动，爸爸会不会"走"呢？想到死亡，我鼻孔发酸，便故意大声说着永远不能重演的小小笑话："爸爸别做了，还是给我七分钱，像您忙着开会备课，没空给我做饭那样。有五分钱买个大白薯，两分钱一大碗豆汁，小咸菜免费随便吃……"

"哈哈哈哈！那样的小饭铺子早已没有了。"父女俩对坐无话。他一天天瘦下去了。

而今，当五个孩子重逢之日，总爱谈到爸爸的手艺，那是世上最珍贵的盛宴，满锅满碗都是父亲的慈爱啊……多想再尝一回！然而……

父亲不愿孩子依赖大人，用木板给我做了一只小袜托子，跟

我的脚一般大，当时流行纱袜，容易破底，他给自己也做了一只，只是太忙，没功夫补袜子，很少使用。我在10岁前便学会洗单衣，父亲不但洗自己的衣服，连垫单、被套都是先泡在肥皂水里，他跑去画几笔再来搓，搓完画一会儿再到井边上去清洗，从不叫苦。身教影响了子女吃苦耐劳的能力，在最艰苦的条件下都能挺过来。我大姐卫迦年过60岁，长年在海拔3000多米的山上从事科研活动，回到任教的地方继续教学，就因为底子打得过硬。现在物质生活大为好转，这种勤俭朴素的身教不为家长们所身体力行，显然对后代的品格和体魄都产生负面作用。

学生们在图书馆门口竖起宣传栏，画上"粗制并非滥造"（鲁迅语）的宣传品，天霖总是加以鼓励，有时还动手修改，并将几幅较好的创作推荐给外地出版社。

1950年夏天，亚洲太平洋地区工会联合会在京召开，同学们去北池子美术工厂帮忙。由章文澄绘制亚太地区大地图作为会标，天霖以普通工作人员身份承办琐事，他指导学生工艺服务组联系专业，做些社会工作，还适当收费用于教学。大家为音乐系赶制简易谱架，卫老亲自刷漆。又让学生用麻布、胶、立德粉自制油画布，忙得很快乐。"五一"前几天，同学们绘制了大幅领袖像，完稿后请他批评，他用手指蘸油彩边修改边讲失误所在，力求慎重、精确。

当时，学生年龄、基础知识有较大差异，在同一课堂听天霖讲素描课，他着重培养后生们创造性思维方法，不斤斤计较于一点一线的得失。画静物时先要带学生动手摆，自己随后才加以纠正，从不包办代替。

他告诉青年们："素描课离不开点线面的运用。其重要作用之一是训练大家的眼睛，要准确地看到别人看不到的东西。要重整体，不要光在局部纠缠。要弄清何处最亮，什么地方最暗。最暗的地方也有东西，所以不能光用黑色。暗面上的色千万不要跑到亮面上来。画头像时要比较出人与人的差异，不要按照教材上的概念去画，而要从具体形象出发。耳朵是软骨，同眉弓眼眶有所不同。下一笔肯定一笔，少用橡皮擦，不许随便换纸。随时问问自己：'对不对？像不像？为什么不对、不像？不追求片面效果，要全面进步。'他亲自动手，将全班40多人的画架按放射形半侧面对准静物或石膏像，每人角度不同，时常加以更换，彼此间互不干扰。他常常从大结构、大的色彩关系去帮助学生理解描绘对象，不轻易为学生改画，尽量发挥学生的主动性。但真需要改的时候，他总是抓住一个人的缺点去教育大家。吴敬甫同学是1952年由香港返祖国后考入北师大图画制图系的，关于改画及示范方面有点记载：

有一次画石膏像和书籍构成的一组静物，石膏像的暗部与背景的浅绿色调较难处理，我修改了若干遍仍不满意，可能卫老早已发现了，走到我身旁，叫我站起来，他坐下后把我刚才画的部分刮去，拿起画笔挑了几块颜色，在调色板上略加调配就摆上画面，石膏像暗部及周围的环境仅改了几笔，竟处理得非常协调和妥帖。由于卫老很少给学生改画，所以大家都围拢来观看。我问卫老为什么暗部要用粉绿色，谁知卫老说："你要细致看看，好好想想。"他这种教学中注重培养学生独立思考能力的方式，对我以后的教学极有启示。很可惜这幅习作在"文革"期间也被抄家毁掉了。

另有一次，卫老给我们摆了一组芍药花，整体色调很美，同学们很有激情地作画，但画起来都感到很难表现好。卫老可能看出了大家的心情，到了第三天上午他拿了一幅刷了浅紫色的旧画布，在左边角落的逆光处摆起了画架（其他地方已被同学们站满了），开始起稿，与其说是起稿，不如说一开始就用色线和色块在塑造物像的整体空间关系。画面上每块或每一条线的色彩没有重复的，每一笔色彩的空间位置各得其所。色彩的调和时而用原色与原色，时而用原色与间色或用间色与间色，甚至个别见原色，一般色彩去调色板上稍加调和就上画布，使色彩在画面上形成空间的视觉结合。卫老很少使用调色油，色彩深厚而斑斓，对比而又和谐。在用笔上也是变化多端，有时用中锋，有时用侧锋。通过他那粗壮的指腕以摆、压、拖、拧，顺逆提拉，起伏顿挫，轻重徐疾，一朵花仅用几笔就生动地表现出它的生命力。卫老充分利用底色的统调做到笔简意赅，仅用了三节多课的时间，画面已基本就绪。第二天上午在巡视辅导同学们的作业后，用不多的时间结束了这幅画。整个示范过程他没有说什么，其实同学们已心领神会。老师对艺术的博采众长、中西并蓄、高超的艺术、诗一般

矿工（油画）65cm × 50cm　卫天霖　1962 年

的意境给我们以美的享受和启示。几十年后的今天，仍旧历历在目。

预科学生徐明晨和几位同窗在接触卫先生之前，都认为他成天板着面孔，一定很厉害。他们正在打水，一看卫天霖也在打水，一个个提着空瓶就跑开了，对他敬而远之，甚至回避他的目光。有一次素描老师病了，卫老师亲自来代课：

听说大学里教授讲课，一周来个把钟头，还是上新课时来说说。真正讲一讲，示范画一画是很难得的，而给每个同学具体改画就更难得。可卫老自从担任代课任务，不但天天来，每次还来得挺早，我们吃早饭时，卫老已经在画室里每位同学的画前寻找不足。我们才发现这位大教授平易近人、和蔼可亲，讲话不长，但讲得风趣幽默，还很深刻，有的话让人至今不忘。他老的话语也是"惜墨如金"噢！

"唱歌要有调，才好听，走调、跑调就不好听了。"

"用多高的音唱，要看每人嗓子条件，画画是凭感觉描绘事物……高多少、低多少，心里要有个数……不能'信天游'……"

"画画就是手眼一致，要看十眼画一笔，不要看一眼画十笔。"（指学生课堂作业，不是记忆画。）

"多用脑子画。"（指多思考）"素描嘛，就是处理好黑、白的位置，每部多、少之间的关系。"

卫老的教导，使我们一下开了窍。从此以后打消顾虑和拘束，时常到丁字楼卫老宿舍去玩，看看他画的一些静物新作。卫老经常关注这批预科生。当时我还隐藏了一个谜：人们常说灯下不观色（即看不准颜色），可卫老晚上在灯下画油画，非常熟练，白天、晚上没有差别……我很幼稚，常常注视着卫老眼镜上的反光。

速写、默写、腹稿式的心写，都有利于发展学生的观察思考能力。没有这种能力便不能创作，也不能教好书。教师应当是心理学家和艺术家，决定着后代的精神面貌。卫先生热爱未来的教师，因为他们是培植人的人。

卫先生倡议将东北楼有玻璃房顶的教室改为教师画室，鼓励大家去作画，自己就在那儿画过许多静物。常去的画家有张秋海、李瑞年、刘亚兰、张安治、吴冠中、余钟志、庄言、辛莽、向阳、毕成等教师。大

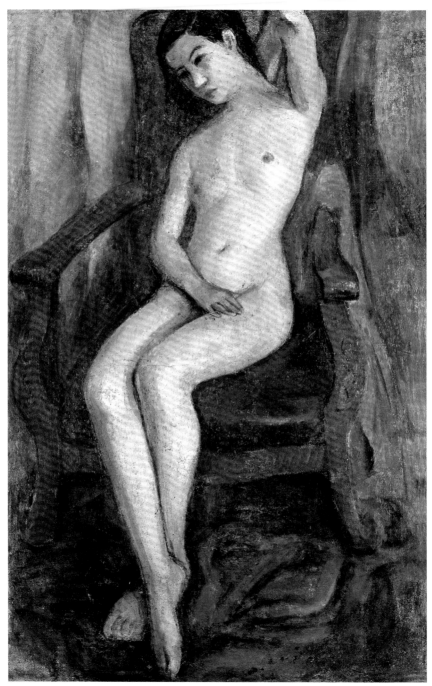

裸女(65cm × 75cm)　卫天霖　年代不详

家心情愉悦地创作，互相批评时没有顾忌，学术气氛很浓。

卫先生关怀中小学美术教育。1950年暑假，他建议北京市教育局与师大合办暑期进修班，从教学需要出发，提高大家的认识和绘画水准，为时两个月，有利于教学改革的推行。

卫老关心学生身心健康的小故事很多。

一次，卫老见到学生朱鸿林一副病态，便问："朱鸿林，你为什么捂着胸口？"

"胃病犯了，疼！"

"为什么不到医务室去看看？小病不治要成大病！"

"老毛病，停一会儿自己会好！"

"不成，我要看着你吃下药才放心！"

"卫老师！您……"朱鸿林觉得鼻孔一酸，事情挺平常，可是除去父母，谁这样管过他的疼痛，他服服帖帖地吃了药。

鸿林兄任卫老助教多年，临摹卫画静物颇得风神，近年以此类笔法写写风景，表达对造化之爱，显示了谦谨稳朴、不骛声华的人品，为同门及后学所敬服。

1988年5月2日，朱鸿林先生在北京师范学院临卫老的画，准备送给山西省为卫老建立的纪念馆，临画时有许多感想，曾对本书作者道："只要拿起笔，就想起往昔跟卫老学画的珍贵岁月。当我得意地端详着自己还没有觉察的败笔，或者漫不经心将绝无画意的颜料堆上画布的时候，耳朵里往往响起卫老在我身后咳嗽的声音。这声音为所有同窗们所熟悉，其作用决不亚于在我们脑门敲三笔杆！工作遇到阻力，或者自己稍有松懈情绪，怀疑自己探索的道路时，似乎卫老又同往昔一样在教诲我：'鸿林！你看我的路不也走得很困难么？只要一步一个脚印，踏踏实实不停地走下去，总能找到一条自己的路！'是的，谁不在寻求自己最佳的表现领域和方法？

"想到卫老搏击风浪的艰辛，我立刻便振作起来。

"因为卫老许多好画都是在各种运动难得的缝隙中创造出来的。不少人经不起考验，甚至改变了画法和画种。坚持探索一条无愧于中华民族的艺术道路，卫老及很多有成就的前辈付出了巨大的代价。老先生的身教具有巧妙的境界，可以使正直的学生心领神会，终生获益，某些找岔子批判他的人也无空子可钻。他的教育方法自成系统，在课堂里没有章节可循，又客观存在。卫老善于把平生心血化整为零，因人而异，量材而教，从不强求学生按他的方法去做。发现学生的缺点用旁敲侧击的方法，提出一系列的问题，引导学生思考——实践——再思考——

再实践，发挥我们的主观能动性。等到有了心得，他总是归'功'于学子，打破当年固定的模式，达到目的，不见刀痕斧迹。有人不能理解卫老处境之难，怪他讲得太少，上升到理论的东西不多，只教少数人等等，实在不切实际。如果他讲多了，引来一场大批判，那么他晚年的许多杰作都完了。

卫老的画饱满淳厚，色彩丰富，层次多，或透明，或用厚重的积色，一如国画层层堆上去的积墨。入布三分的运笔运刀，光色效果非同凡响。说这些色和线是锤进画面里去的，也不算太夸张。有些画布经不起他笔力的冲刺，当时就有暗伤，今天已经出现'病容'，这和颜料画布质量太次有关，颇难保存。未坏部分的明亮纯净度依然很高，显然是科学用色的结果。新同学们对他的为人和作画都非常注目，听课时极为小心翼翼，生怕漏掉要点。但自己开始动笔之后，往往觉得那些教诲实际用处有限，要过很长时间，修养提高了，实践稍多了，甚至到毕业前后以至更久，才认识到自己的失误和受教于卫老的莫大荣幸！从老师那儿拿走很多的知识固然很好，少一点也不必过于遗憾。把所得的融入自身的艺术实践，去另辟新途，才有决定意义。这一点卫老胸有成竹，对于不接受他启示的同学，也同样爱护，包括国画系的同学，一样得益匪浅。

"当前，师范学院与卫天霖艺术研究会做了许多工作，但是，如何保护好卫老这百余幅劫后幸存的佳作，力量有限。在教学中贯串卫老的经验，组织校友们、学生们临些代表作，都值得探讨。如果这些画听其自然地剥损下去，我们将要被子孙咒骂，想到这些事很害怕，责任是太重大了！"

鸿林兄语重心长，说出了热爱卫老艺术的人们共有的忧虑。现在，卫老的遗作剥落更趋严重，礼聘高手用优良器材临写副本很有必要，但具备鸿林兄这样复制能力的专家极少，他也正在垂垂老去。人力、物力、时间、提供原作，均须具有卓识的强有力者来支持，改善保存条件，否则200年后作品全毁，一代宗师便会从美术史上消失或变成空有其名的艺术家！

1993年5月10日，卫天霖艺术研究会秘书长章文澄及袁广等先生邀请专家潘世勋教授到首都师范大学美术系察看了卫老遗作，认为通常油画寿命约百年（不包括丹配拉技法的作品），卫公早年创作已近70年，损坏属于正常。后期作品损坏严重的原因，一是使用了油性画布，色层与画布表现结合不好；二是保管条件限制，如温度变化过大，致色层大片剥落。目前，国内不具备修复与长期妥善保管条件，只能保持现状为好，避免任意修复与保管条件的

坐着的女人体（油画）73cm × 53cm　卫天霖　1955 年

大起大落，否则后果更坏。

"姚保瑢！你的胡子有半个月没刮了吧？"

"嘿嘿……"

"这不好！现在做学生要有朝气，将来当教师要讲仪表。做人必须防微杜渐，免得萎靡不振，沾上颓废作风，改起来费劲儿。以后不许这样。"天霖的眸子盯着学生。

热汗涌出保瑢的背脊，此后只要胡髭稍长，衣服欠整洁，想起恩师就脸红。

1955年春天，姚保瑢随卫老去广安门写生，奔波一个上午，肚子空了，午餐一气吃下四个馒头，伸手正想抓第五个，卫老说："你得过肺结核，休学两年，身体弱，平时至多吃三个馍，今天吃得不少，再吃要伤胃！"这声音包含着严父慈母的爱。

师生课外交谈的结果，保瑢得知姐夫李世芳（梅兰芳入室弟子，四小名旦之一，因飞机失事丧生）父母和卫老同乡，有多年交往。卫老对世芳英年早逝尤为同情。1950年元月2日，保瑢初访师宅，卫老让他看陈放在几个房间里的作品，使学生眼界大开。悟得教授不仅巍然立于讲坛授业，更重要的是面对社会育人。请看他的叙述：

每次上课，卫老总是提前到教室，仔细研究每个学生的作业，但不轻易动笔给学生改稿，每改必有的放矢地讲清道理。我们学习素描，画石膏头像，卫老边分析，边作手势；每一个手势都给我们一个立体的印象。我们敬佩卫老那双粗壮而富有表现力的手，特别是右手的大拇指。到现在我还记得那浓重的山西乡音："这个鼻子！"随着是右手大拇指横着向上一推，两手原大拇指又向两侧一分，好像在空中塑出一个立体的鼻子。有时卫老也在我们的画纸边上画小稿讲解，边讲边画，构图、轮廓、调子……给我们以直观的启示。但是，在我们画稿出了大毛病，又无力修改的时候，卫老也动手修改我们的画稿。他称画素描的毛病，经常是注意局部而丢掉整体。有一次我又在抠细部，卫老过来了，让我站起来看他画。卫老在我的画稿上画了几条长线，然后让我自己改，他说："大关系还不对。要动脑子，不能看一眼画一笔。要用脑子画！"

卫老和系里的老师们对民族传统都很重视，购置了许多如浮雕"昭陵六骏"、三彩陶俑、鸡冠壶、陶罐之类传统工艺品，供我们学习绘画时使用。卫老在上课时，经常和我们边画边谈一些与民族艺术有关的问题。有一次卫老在给我改画的时候，问我五塔寺（在北京西颐路上）是哪个朝代建的。我没有到五塔寺详细看过，只根据自己朦胧的感觉回答说："是元代。"卫老又问我根据什么，我答不上来，只说："看那样式像是元代。"卫老没有再说什么，我的态度确实不够认真。

在学习油画的时候，调色板上不许多挤颜色，油画笔用完后用温水洗净、裹好，每一管油彩都必须挤净，严肃的态度正是从这些小事上培养起来的。他向我们传授研究色彩的经验：用一些木板，把自己常用的颜色涂上去，特别是两种（或几种）颜色调在一起出现什么效果，哪两种颜色可以调在一起用，哪两种颜色不能调在一起用，甚至放在太阳底下晒，让它们充分反应，然后看颜色的变化。只有熟悉了颜料的性能、特点，才能画好，使画面色彩鲜艳，不至于因时间久而变色。他还说："有光才有色，要研究不同的光线下色彩的变化。"在画鸡冠花时，卫老启发我们观察，让我们分析叶面反光和叶背透过的光在色彩上有何不

同，怎样表现。他还说，有时候不一定要把两个颜色调在一起作，可以先用一种颜色，再薄薄盖上去第二种颜色，它的效果和调在一起不同。

有一次画妇女胸像，模特的情绪很不好，始终满面怒气。我在画的时候很注意，想在画面上减弱一下这种情绪，可是笔不听话，还是如实地把这位"愤怒的妇女"画下来了。卫老可能对我这幅画感兴趣了，最后他来给我整理画面，边画边讲。卫老教授油画，不许学生用黑，这位女模特头发很黑，那么暗处就变黑了。卫老从调色板上挑起一点翠绿、一点大红，稍一调和就用到画面上去了。他说：这比黑还要黑；如果用黑，也可以调上些大红，使黑更黑；而且红、绿两种颜色可以不调，并列地点上去，效果也是黑。对面部色彩，卫老也做了全面调整，暗部没有一块灰，和环境的色较调和；有些地方直接用了原色，我记得最清楚的是鼻子上的铬黄，我无论如何都不敢用。

卫老的油画富丽堂皇，耐人寻味。在去陶然亭、广安门外郊区上写生课的时候，卫老除了指

导学生写生以外，自己也支起画架写生。他告诉我们："天是圆的，我们头顶上的天、左右上方的天、前边远处的天，不是一样的蓝色，这里有光线、有空气，空气也有颜色，都应当画出来。眼前的景物不能一样看待，正面对着你的景物可能很清楚，上下左右、周围的景物就不可能这么清楚了，要注意这个视点。"这些理论，卫老在室内静物、人物写生中不止一次讲过，现在看到卫老的风景写生，我们才有了进一步的体会。

一个冬天，卫老在画室里画了一幅人体写生。画面上只有一个坐着的女裸体，四周没有其他东西，空气的厚度、热度，全是靠色彩表达出来的。其次，我感受比较深的是画面的整体效果，人和周围环境（空气）组成一个统一体，色调谐调，使人感到很美。

毕业前夕，卫老给我画像。当时我穿了一件白地蓝条纹夏威夷汗衫，头发乱七八糟。卫老仔细端详一会儿以后，画笔上沾的油很多，而且大面积在画布上涂颜色，这是我过去没有看到过的。然后是比较长的线，估计这

是面部轮廓。以后画笔的动作越来越小，估计是在画细部。前后大约一个多小时，一幅肖像完成了。画面上，卫老大面积涂的是绿色，大部分是背景色，一部分是面部的底色，绿色衬托出我面部的色彩，又使面部色彩与背景协调。轮廓线是卫老画人像习惯用的赭色。透过眼镜镜片看到的眼睛、镜片的反光，都用了很小的笔触，非常简练，但是非常丰富。暗部颧骨下是比较大的笔触，其余部分都是小笔触点彩，包括嘴唇。整个画面，有许多地方露着画布底色。卫老涂上去的绿色，小笔触的点彩，斑斑驳驳。我非常喜欢这幅画，在室内挂了多年。

1952年某日，吴敬甫正在匆匆忙忙地洗衣服，没有看到卫先生洗画笔，刚要走开，卫老先开腔了："刚才我看你洗衣服，太马虎了。要有生活自理能力，懂得生活，善于生活。洗衣先用温水泡，打上肥皂，放上20分钟再洗，省时间，省肥皂，还能洗得干净。"

敬甫到图书馆看书，卫先生悄悄来到他身旁坐下，低声向他讲起了新石器时期的彩陶与殷周时代的

青铜器，几句提示，启悟很多。

敬甫毕业之后留校任水彩画教师，先生特地送他一张水彩，谦虚地说："我很少画水彩，这张野花仅仅画出花与花之间的距离，有点空间供你想象，让你知道颜色是怎么一回事。"缺少创作和教学实践的年轻人，需要前辈的扶持。敬甫结婚的时候，卫先生捧来一盆瓜叶菊作为贺礼。两年后孩子出世了，卫老又让夫人胡瑜送去一条绒毯，对第三代人同样寄以厚爱。

学生温景桓抗美援朝时参军，后来出差路过北京，来校看望卫先生，先生慈和地笑着说："你若是能回来读书，我们还要你，欢迎你！"师生之情不因离校而淡化。

1953年，李浴来京拜访卫先生，带着误信先生当了汉奸之类谣言的内疚，担心几句寒暄之后就无话可说。想不到先生非常亲热，亲自腾出一间房子要他住下，食同桌，行同伴，坦诚地交换学术观点、创作心得，共享久别重逢的喜悦。

庄言教授回忆这段生活说：

我们那时常去琉璃厂探宝，卫先生看到一些国画、书法、民间年画、瓷器、石雕、砖刻等，有的真是爱不释手。他拿着一个明万历年间的瓷瓶说："你看上面的人物画得多生动，色彩和谐统一，这红色几百年还这样透亮。"他又指着年画中那明晃晃黄色旁边的一块鲜丽的紫色说："西方画家经过好久，在偶然间才发现这种色，可我们的民间艺人早懂得这些，这红的、绿的整个颜色用得好多啊！"他顺手买了一件……他对中国艺术的兴趣广泛，知识广博，不是迷古玩，是从各方面寻求和汲取祖国文化的精华，丰富自己的艺术，走自己的道路。

庄先生是最早认识卫老艺术的教育家之一，他说："卫先生从日本回国后画的许多肖像画，背景常是红漆条几、朱红刻漆花瓶、瓷瓶、瓷鼓……这些祖国文化成功地融合在他的油画里。那静物画上的一棵葱头、一个玉米、一个窝瓜、一堆瓜果、一束一束的鲜花，给人以浓厚的民族情趣。所画洛阳牡丹、扬州芍药，他那艳丽、斑驳的色彩，淋漓洒脱的笔法，像是从自己的土壤里散发出来的浓郁的馨香，激起人们美好的感情。"

1954年，卫老的母亲去世，安葬之后，他用几天时间仔细地修补了老太太的遗像——油画《母亲》。

北京艺术师范学院独立后，制图专业依然留在北京师范大学，卫

送客(油画) 47cm × 57cm 卫天霖 1939年

老对在这一专业任教的后学赵擎寰教授还像当年一样关心。他将赵先生主编的教材推荐给教育部审定，由人民教育出版社印成书，广为流传。又鼓励赵先生与刘亚兰合译俄国名画家的人体素描集，保持仁厚的长者风范。

美协主席江丰受到历史条件的制约，难免有"左"的观点，今天我们应当谅解。作为老同事，他劝卫老不要画风景静物，免得被批判为"形式主义"，也劝他放弃印象派画风，向院体靠近。卫老一笑置之，对他的关怀深表感谢。江丰还曾动员卫老到另一所美术高等学府去任教，卫老当场拒绝，对江丰改中国画系为彩墨画系的做法感到惶惑，也不同意设领袖像专业，坦率提出"画领袖

哈族少女(油画)35cm × 27cm　卫天霖　1958 年

像与画工人、农民、教师像的方法并无差别"。江丰很爽快，明确回答卫老的看法有失误，卫老便默然无语。

1954年，全国美展前夕，江丰到卫老家来约稿，希望卫老出作品。

卫老说："我的画和别人的画摆不到一块。你要我画，我画的还是静物、风景，难免不遭到批评。批评正确，应当接受，如果不正确呢？"

"你是出名的老油画家，置身事外不妥当，也反映不出全国美术家大团结，画吧，尽量写实一些！"

"你要我画，还是静物。"

卫老画了一张《送客》（其实也可以称之为《客去》），内容是茶几上放着两杯剩茶，盘子里有一包中华牌香烟，画风比较写实，对已去的客人是恋恋不舍而写下的余物，还是一场不愉快的对话已告结束的轻松，观众自己去品味。此画1954年、1962年、1980年三度展出，反应良好。

卫老曾对弟子章文澄教授说："江丰直爽，敢负责，个性太强，太主观，心地不坏，认识偏激，太左，将来很可能要招忌，我为他的前景不安！"不幸而言中，江丰蒙冤期间，卫老在弟子面前表示过不平和关切，这在当时是极少人敢流露的情感。文澄兄也是1957年的受难者，卫老还喊他去家中吃山西老陈醋拌的寿面，为坎坷中的后辈做生日，敢于这样做的师长实在是太少啦！

江丰比卫老多活了5年，"左"的打击，使他觉醒，平反后聘贺友直这样有成就的连环画家到中央美院任教，承认印象派及印象派之后几位大师是艺术家，撰文肯定刘海粟先生的画，论人论事较之往昔大有进步。他对改中国画系为彩墨画系绝不认错、不随和、有个性、敢坚持，也有可爱之处。他在浙江断言："世界上任何一位脑子健全的人都不会接受毕加索、马蒂斯"。两位大师的艺术可以讨论，我个人愚见：马蒂斯高于毕加索。毕氏玩世不恭，画性活动及活剥前人的东西太多，是20世纪美术史上最活跃的人物。如果不是江老说话太武断，就是我太愚蠢，对于他要迎合某些观点的处境缺少深切理解，"武断"或是他聪明的地方。感谢钱绍武教授，把此公的个性刻入了花岗石，成为他个人最成功的雕塑作品之一，留给后人去欣赏、思索。这是现实主义的胜利。

繁忙的教学、创作之暇，卫老把精力都用在孩子的教育上。

1957年，北京成立了青年农场，地址在汉沽北，卫老的女儿中学毕业，被送到农场去务农，这在当时是新鲜事。次年，老两口儿到农场去看孩子，反复叮咛她要有敬业精神，做一行，学一行，爱一行。后来该场改成农业技术专科学校，女儿入校就读，毕业后留母校任教。

儿子卫述上中学时，卫老领着

师范大学学生到该中学实习，他坐在卫述教室的末排座位上听课，发现孩子在班里做些社会工作，便勉励卫述全力搞好学习外，要多多替同学们服务，不能有任何盲目的优越感。

在卫老家的庭院里，他手植的枣树、松树、榕花、海棠、瓜叶菊、柱顶红、芍药……长得朴茂葱茏，夏天清香四溢，充满生机。房檐下，他塑的石膏像围着花花草草，氛围幽静而又绚烂。

卫老起床比家人稍早，首先给自己做简单的早点，烤馍片和米粥，用毕早饭，在院子里松土锄草或从"洋井"打水浇花、修枝，忙得一身是劲。卫述回忆说：

父亲除了教书外，大多时间用在绘画上。我家离故宫、景山、北海不远，父亲经常早出晚归去画画。中午妈妈让我们去送饭。

桃子与水壶(油画)38cm × 45.5cm　卫天霖　1962年

夏日的北京，烈日炎炎，父亲站在画架前，一笔一笔认真地画着，一画就是一天。我们去了，就给我们画笔和画纸，让我们也写生。我总是把看到的景物细微部分全画上，而总的布局都不好，父亲一点不责难，还鼓励说画得好。家里有许多外国的油画册，父亲常常翻看，只要我们在他身边，他就问我们画上光线从哪来？哪儿最亮？哪最暗？我对这种猜谜式的问题很感兴趣。上大学时，我到黑龙江兴凯湖军队农场实习，我带着画册，画了许多北大荒风景，父亲看了，说有机会一定去写生。上学时，我们画完画都给父亲仔细看，他指出缺点，从不动笔给我们改。父亲很爱看孩子的画，他讲有个学生在一张纸上画了两道是马路，又画两个半圆，写上自行车前轮和三轮车后轮，他说这个孩子想像力很强。

成熟的玉米与水果(油画)33cm × 45cm 卫天霖 1965 年

全家共进晚餐后，卫老把孩子们带到小院里坐定，讲着形形色色的故事。冬夜，他在炉边摊开一卷线装书，边读边解说，让小听众们入迷。

他时而收集做菜用完的空鸡蛋壳，涂上不同的颜色，画成一条条活脱的热带鱼，用一根线穿起来，便成为极漂亮的工艺品。孙女儿卫薇对这类土玩具爱不释手，总要跑到院子外边向邻儿们炫耀，结果往往被打得粉碎。他还精心做过小灯笼、不倒翁、小鱼等蛋壳玩具，谁也没有想到废弃的蛋壳有如此妙用！小外孙淘气，哭闹着要捉壁虎，不肯睡觉，卫老一点不嫌吵闹，随手抓过笔在纸上画了个壁虎剪下来贴在墙上，小外孙拍手大笑，信以为真，玩了一会儿就进入梦乡。

有一回，他看到卫薇在院子里摆弄一堆火柴盒子，就找一条长线把盒子穿成一列小火车，每个"车厢"底下安上铜钱做轮子，孩子拉着"火车"满院子跑，又笑又跳。爷爷的童心复苏了，和孩子们同乐。

有一年夏天，一阵闷雷急雨之后，卫老喊孙女儿同去沙土堆玩，孩子头戴大草帽，手拿小铲子，欣然同往。到达目的地，她先筑"拦河坝"，卫老在沙堆上做小屋、小亭子，找到一些花花绿绿的小石子镶嵌在沙土堆成的小桥上。桥下、亭下雨水潺潺，孩子欣喜若狂，满手泥沙，全身上下是泥浆，体会到劳动创造美好

世界的道理。卫薇在1996年回首前尘时说：

> 爷爷有个习惯，他工作时从不许人去扰乱。有一次我在屋子里跑着玩，把颜料碰倒，流得满画纸上都是，把我给吓呆了，站在那儿不敢动，想着爷爷一定要打我了。可是爷爷走过来，只是叫我到边上站着，他拿起画笔把打翻了的红颜料迅速地涂成了一块肥肉，接着又几笔勾出了一只张牙舞爪的饿虎扑食，惟妙惟肖，有意思极了。这件小事，在我童年的记忆里，留下了不可磨灭的印象。因为爷爷教给了我一个道理：在生活中到处都存在着美的东西，你只要去发现，去创造，就会获得它。可那时我还很幼稚，什么也不觉察，而爷爷却能在玩的当中潜移默化地给了我许多美的熏陶，如今我才领悟到。

卫述心目中的父亲形象是：

> 父亲不抽烟不喝酒，因为子女都不在身边，家里一切活儿全是父亲干。抹灰泥墙，修理桌椅，旧家具每隔几年便涂上一遍桐

油。外祖母开玩笑说："这些活儿你都干了，穷手艺人可怎么活？"许多画框全是父亲亲手制作的，有木雕的，有石膏的，各种各样。

父亲多年来一直骑着一辆破杂牌男车，上了岁数就乘公共汽车上班。单位曾要用汽车接送他上班，他始终不让。

没上学前，父亲规定我们每日起床后的家务劳动，扫院子、扫屋间、擦桌子，每人干一样，还规定女孩每天要缝一条带子，学会做针线活。

我从小在寄宿学校上学，父亲去看我们，发现我们这些孩子随地吐痰。他马上对我们讲："解放前外国人管我们叫东亚病夫，你们住在这样好的宿舍把痰吐在地上，既不文明又不卫生。"教育我们从小要养成良好的卫生习惯。

上中学时，有一次放学回家看。见屋子地上用粉笔画了一只大老鼠在吃东西，原来是我吃早点时掉在地上的馒头渣，这是父亲用漫画的形式教育我要爱惜粮食。

父亲每月花钱都有计划，从不乱花，也这样教育我们。他从来不给我们零花钱，直到上高中，父亲才每月给我贰元钱，这钱怎么花的我都告诉父亲。我在外地上大学时，父亲每月给20元，书本费、生活费全包括在内。我学着父亲把钱计划好，生活安排得很有条理。

学生朱彦光于1957年由太原考入北京艺术学院预科，经孙一清先生介绍给卫老，升本科后入吴冠中画室学习，仍不断向卫老请益。卫老对同乡很关心，由于客观条件的限制，他很少对后辈谈理论。年轻人初入高校，缺乏接受和独立思考能力，认识卫老，还需要时日。

1958年夏天，故宫文华殿第一展览室举办全苏美展，彦光连看七天，有两天在门口遇到卫老，便一同观摩，发现老师虽然精研过印象派，在鉴赏力方面远远超出一派一家。

看了油画《风》，前景是少女，背后是变幻的风云，卫老说："这是苏联印象派画家沙拉扬的弟子所作。"面对乌卡罗夫所作的《在矿井上》，卫老又说："这是约干松的学生所画！""这"字说得较为肯定，语气还包含着"可能"的成分。他喜欢普拉斯多夫画的《庄园的八月》，在画前久久驻足之后指出："鸭子尾部反光交界处的色彩不对。捷伊涅卡在苏联很有名，但大画《铁匠》空了！"次日重看，他对不喜欢的《铁匠》看得很久很细，大概是研究为什么"空"和哪些地方"空"，不以个人好恶去对待别人的创作。彦光回校查阅了资料，证实了卫老推断的师承关系准确无误。

苏联展览馆展出俄罗斯19世纪巡回展览派作品，卫老携彦光同去观看，指着《乌克兰的傍晚》说："薄暮的调子很美，但黄昏的色彩变化太快，没多少时间去刻画，库因之此作有些部分是靠记忆画成的。"

1960年夏日，彦光在艺术学院的小松林里写生，画丁香，卫老看看他的作品和描绘对象说："阳光下画绿树，要亮面加黄，暗面加蓝。"话虽不多，却包含着卫老几十年的体验、辩证、概括。

毕业时，彦光在校门口碰到卫老，告知即将分配到东北的铁路部门。卫老先是愣了一下，然后用浓重的山西口音说："好好地吧！"有好自为之、好好干、多多注意、照顾好自己等多重含意，使学生依依惜别之余，又有不知如何是好之感。先生又说："没关系，哪里都一样，好好地吧！"言外的关怀、抚慰，在出身不好的彦光心头充满感激的暖意。

1961年10月10日至27日，学院内举办卫老个展，包括人体、素描、静物、人像、风景，显示出一片灿烂的色彩，与当时流行的院体画风大不一样。学生们看了觉得别有洞天，一时倾倒者甚多，出现了临摹卫画的热潮，但为时不久便销声匿迹。

与此同时，故宫展览丹麦康纳绘画，题材有风景、花卉、小猫，形式健康活泼，体现生活的繁荣与丰富，甚受观众青睐。学生们请教卫老如何理解这些作品，他说："包拿勒，正是他们的始祖。""研究一位画家要熟知他的生平和代表作是哪个时期画的，弄清那段时间作品的特点，要占有大量材料。研究一幅画，要把颜色的与黑白的对比着看，颜色实际上是黑白的。"显然，黑白代表基调，颜色说的是具体细节，总体把握和细部深入钻研并重，不可偏废。

1962年9月20日，学生耿玉英、王昌楷、吴烨君一同拉响了卫宅黑漆大门上的响铃，卫老的女儿把羞怯的来访者引入客厅，那里已有四位同学在听老师讲解一幅黑色的头像。卫老示意后来的客人坐下，又指着墙上另一张人像说："这也是德国画家作品，用它换去了我的一张画。"

师母从卫老亲手种的红海棠树上摘下一盘鲜果，洗净后送来助兴，顿时打破了拘谨，同学们沉浸在听讲的乐趣里。卫老讲到留学期间日本人看不起中国学生，激励了他的学习劲头……他搬出许多画册供大家欣赏，这些都是用奖学金在东京所购，有些早已绝版，特别珍贵。卫老指着凡·高的选集说："他的画很好，可读不可学，因为他的神经有些不止常……"画风成于个性、环境和学识的积累等诸多因素，舍此而仿其皮毛，达不到凡·高的学养，得不到内在之美。先生取出自用的画具和颜料，介绍了一些常识，说"红与绿挨近就变黑，一定要小心使用。红与蓝色可用，群青不行。柠檬黄容易变绿"。

见到学生宋志坚在后海作画，卫老语重心长地勉慰道："你要认真研究风景中的光和色，每一笔下去都要很讲究。弄透彻了将来才能完成大作品，别人从画里找不到懈笔。你擅长写实，千万不要模仿我的画法，那样会妨害个性的发展。一些老师同学对你不太理解，批判你不该写诗，这不对，要坚持写下去，诗写好了，目光锐利，有利于发掘生活，画出情绪。我不会做诗，画受到局限。什么批评不分正确与误会，全都接受，是对自己不负责任，学不好画。"卫老把他领到北海，几次选定最难表现的角度要他反复画。只要看到光与色有欠准确之处，立即要他改正，有时添上几笔，画面就活跃起来。卫老说："把难于处理的场面画活，积累了经验，再搞大型创作就不难。当个出色的艺术家，不依靠近大远小的透视，善于用色，便能把景物推远或拉近，十分自由。不掌握这种自由，就画不出风格个性。我老了，你们……"一种言外的热情让志

坚流泪，老师微微前俯的背影，永远铭刻在他心中。多年来志坚对老师远远地关注。景仰，悟得学做人比学艺术技巧更重要。尊师为了重道，不是慕名盲从。师有离开、死去的一天，道则可以照耀几代人。若干年后志坚也当了老师，有一回工宣队军代表认为有男女两学生过于亲密，似在恋爱，要上报除名。志坚据理力争，在许多教师支持下保住两人学籍，还多次个别劝说，让两人推迟恋爱，集中精力读书。两学生对志坚感恩戴德，志坚说："爱护青年是从先师卫老那儿学来的，以德关心人，从大处拉人一把，是他老人家的一贯风范。你们将来不管做什么工作，都要继承先师的美德。"两青年泪流不止，连称谢也忘记了。

学生郭兴华因所谓立场问题被批判，受到孤立，一些老师不敢肯定他的作业，使他深感困惑、痛苦、压抑。一天，卫老悄悄走到兴华身后，看他画石膏像《阿古列巴》后慈祥地笑着说："画得不错，只是要注意处理好桌子的平面与墙的立面关系。"学生受宠若惊，频频点头。一位女老师向卫老使了个眼色，先生似乎明白了什么，沉下脸来转了一圈，默然离开画室，这使兴华没齿难忘。学生们阅世尚浅，听惯卫老的长长叹息，有些人还加以模仿，但怎知道先生内心的矛盾和苦痛？兴华想起卫老，感激地说：

记得刚入学时，一位山西农村来的学生家境贫寒，先生把自家的衣服拿来给这位同学穿。当郭富硕生病没来上课时，先生打听着病情，十分关切。先生常常说我的脸色不太好，问我是不是有病；只有一次，先生高兴地对其他同学说："你们看，他今天的脸色多么好！"其实那是毕业会餐会上喝了一点葡萄酒的缘故。接着先生对我和几位同学讲："你们要一辈子坚持画画，不要做票友……"话虽不多，却寄托了老师对我们殷切的希望，同时也暗示了艺术之路不会平坦。这临别赠言，多年来激励我在困境中不断地拼搏，才走到今天。

先生重视画品、人品，甚至对各种色彩都赋予人的品格。他多次对我们说："钴蓝的品格最高贵，亮而不浮，艳而不俗，深沉大气。你们可以到故宫去看看那些匾，就明白了……"我们去故宫看后，先生说的钴蓝色，正是中国的石青色，的确是高雅、深沉、明亮，却并不浮躁。以后每当看到先生穿着毛蓝布褂子时，我总觉得仿佛那便是褪了色的钴蓝，只是更加朴实。先生认为最低贱的颜色是朱红加白，为此，我们专门做了试验。的确，那种调和是令人不愉快的，就像油漆工刷红漆前涂的那道底漆一样，含混、浮躁而令人生厌。可见先生对色彩的造诣是高深的，对自然的观察是精细的。他告诉我们："画树时要注意树枝与树干的冷暖变化。画树梢要加红色，因为天气是冷的。在室外写生要少用土红，画天空时决不可加进土红。"

先生强调画家作画时的感情，多次提醒我们画人的嘴唇时，不可将上下唇的色线画得太死，唇要画得能够感觉到开、合为好，不要把活的东西画成死板的东西。

先生待人一贯善良，不像有的人那样势利。我因"背上打上了问号"，毕业后被分配到边远的农村教中学。两年后我带着作品《乡村女教师》，长途跋涉来到沙滩椅子胡同时，先生那样高兴！为他的学生没有被吞噬沉沦而欣慰。这天，先生与我谈了许多，给了我很大鼓励；并让我把画留在他的家中，说要请美协的同志来看看。一片真情，令我感动。临走时先生还送给我一本《汉字三体帖》，说："你当老师了，毛笔字一定要写好，这本书是我在日本买的，送给你留个纪念吧！"

卫老担任副院长兼美术系主任，工作极忙，会议多，却仍不时来到画室细看每个人的习作，有时无言一笑，有时说一两句有分量的话，指出长处与不足。令学生陈凯难忘的就是一句开场白："你这个颜色……"要大家珍惜颜色，理解色彩的语言，如朱红、宝石绿、玫瑰红可以单用，起到画龙点睛的作用。每见人用几种色在调色板上混合成一滩泥，失去了响亮和纯美，他就很惋惜、遗憾。陈凯的毕业创作是《新芽》，表现孩子天真的背影，在欣赏自己的儿童画。卫老看毕，欣然笑了。在卫老画室任教的刘亚兰、邵晶坤，在画风上受过卫老的熏陶，她们将色彩斑斓的风景画放在陈凯的草图旁边，启发他的思考。邵先生还帮他改勾出孩子头部轮廓，全室师生感情真挚，反映出卫老让同事们各尽其能的优良风气。陈凯毕业后与卫老寓所相近，夏夜，他领着孩子去河沿街住处散步，常常遇见卫老，老人总是慈爱地摸着孩子的秀发，三言两语，评定前人作品，陈凯也多次去老师

家翻阅各家画册，今天，他悟到在卫天霖画室求学，是最幸福的年月。

1956年10月，王定基白太原考入艺师预科，一位相识的老师把他拉到储藏室，拿出两张静物说："这是卫天霖大师的作品，看得懂吗？"他看了良久，觉得粗糙，几个半红半绿的苹果，绿得发蓝，甚至是天蓝色，便直言回答："不懂。"老师说："你记着，他是印象派画家，印象派在中国画坛上被认为是离经叛道、歪道邪门，他的画在中国吃不开，路子跟我们不一样。"不久，另一位先生告诉他："卫老的画很有水平，国内很少人看得懂。听说有一次几位波兰画家访华，看到几位名家和卫老在一起作画，几位外国同行只看卫老的画，对别的名家看都不看。可见卫老作品在国外一定有很好的观众。"矛盾的介绍使定基困惑，对卫老既尊敬，又感神秘。

1958年10月，全院师生到戒台寺去绿化荒山，卫老画了一张西山田舍风景，吴冠中、李瑞年等先生纷纷表示敬佩。定基一看是黄、群青、白为主的颜料处理景物，但不知为什么把椿树叶暗部画成群青，远山为什么用粉绿加柠檬黄去画。从别人褒贬不一看来，卫老有独特的个性，定基便决定师从他。次年，升到

本科，卫老未来讲课，定基成绩平平。请看他的独白：

先生教我们的第一张肖像，便是伦勃朗的透明画法，我激动得有些慌乱，生怕从先生手里学不到东西。在第一次用锌白时，没有画好，我很气恼，于是把画撕碎，并使劲踩在脚下。正巧，先生进了教室，不仅没有说我，还鼓励我："嗯，是吗，我看你能画出好画来。"说完就走了。同学们一愣，我也有些不知所措，又觉得受到极大鼓舞。于是拿出仅有的钱买了第一块画布，重新画到快完成时，觉得无事可干。先生突然在我背后停下来，从我手中拿起一支小号画笔，在调色盘上蘸了一点粉绿、柠檬黄，调都不调，在我已经完成的肖像的暗部外轮廓上，从上到下画了一笔，之后放下笔走了。

我看着画面发呆，考虑先生这一举动是否说我反光部分没有表现充分？不能用粉绿去画暗部呀！可当我仔细分析画面粉绿时，觉得效果突然好起来，想按先生的提示再画，结果无从下手。先生这笔恰到好处，不仅反映出了反光应有的色度，而且这笔中连不同的结构部位的反光都表现得准确无误。先生娴熟的技艺，使我佩服得五体投地。

先生在色彩上的造诣无人比拟。画家们议论先生学的是印象派风格，不太注意民族化问题，至少在画面上没有反映出来，于是我翻阅了一部分印象派的作品，对照先生的作品进行分析，始终找不出明确答案。不过看先生作画一多，我就突然产生一种想法：去故宫看一看。每到故宫，总是望着屋顶、藻井一坐半天。那些色彩辉煌的建筑装饰和先生的作品似乎有某些联系，但又说不清。只觉得故宫建筑内部，尤其是拱顶，本应是很暗的，但却到处充满光感，而先生的画给人的感觉也正是这样。也许是这种想法，或是爱屋及乌的缘故，我便画了一张西华门的小型油画给先生看，先生突然用异样的目光瞧着我问："你为什么要画这个地方？"我说："那红墙绿柳和建筑特色使我产生一种冲动，可惜没有画好。""你有没有想用西画表现民族的东西，是否想着油画的民族化问题？""没有。"我说出了想法。先生的眼光亮了亮，

1964年，卫天霖在家接待外国友人。

随即又很严肃地说："故宫是最高的殿堂，艺术也有这种殿堂，我们学画的人，什么时候都不能忘记攀登油画艺术的高峰。"第二天，我把这幅画挂在教室里。先生看后对同学们说："你们看，这张画有点意思，他想画红墙绿柳，这很难画，但他有这种想法就很好。"过后他把我和李志杰叫到一位先生的办公室里，拿出几幅画说："你们学油画要在颜色上下功夫，不要见什么学什么，要有分辨能力。什么是颜色？颜色不是土。你们接受能力强，要是把自己的颜色画成土，将什么也学不成。""你们不要误会，这个先生的画画得不错，但颜色不行，他会改的。如果改了，再在颜色上下些功夫，会很有成就。"果如先生所说。这位先生就是美院的罗尔纯先生。罗先生另辟奇境，创造出自己的风格，作品很受人们的欢迎。

有天下午放学时，先生拉我送他上汽车。我很高兴，得到这样待遇是做学生的殊荣，不禁有些踌躇满志。先生边走边说："你快要毕业了，有什么打算？"我不假思索地说："想留校。"先生严肃地说："行吗？"我不知如何

回答。先生接着说："我听说，咱们院里这么多画家、教授，你就尊敬我，是吗？"我说："是。""这是谁教你的？我没有让你这样做吧。你想想，你对那些先生有没有不尊重的言行？"我听了一呆，半天也没有想出个眉目，便说："先生一直嘱咐我要尊重别的先生，我一直这么做，不过有时我碰到一些先生只点头笑笑，算是打招呼罢了。"先生嘴噘得很高，有点生气，半天没有说话。我又说："先生知道我是山西人，不像天津、北京同学那样嘴甜，再说我从小离开爹妈……平时又不怎么爱说话……""不对，你见了我，见了你平常相好的同学，不是很能说，也很能写吗？"我有些惶恐，又有些委曲，低头不语。"你回去好好想想吧，过两天找我。"我一看已经到了东官房车站，见先生慢慢地登上13路汽车，看都不看我一眼。我只看到开动的汽车的车窗口，先生的一对闪光的镜片和那被风吹散的缕缕白发……

先生的话无疑是一盆凉水，浇得我好几天无精打采。连平常最要好的同学，爱打的篮球，都不接触。但一进画室，就会忘掉

1957年，苏联专家马克西莫夫到北京师范大学拜会卫天霖。

一切。不知什么时候，有人拉了我一下，一看是先生，便跟他到了画室门口，"听说你爱抽烟？"我诧异地看看他，脸色很温和，于是点点头。先生笑了："我不抽烟，所以画画不好。画得好的人，都会抽烟，是不是哩？"说着从兜里拿出两盒大前门烟，又说："烟还是不抽的好，如果你不抽烟，我每月给你15元，加上当研究生发的25元生活费，一个月够了吧？"他把烟往我兜里一塞，又说："学油画的人费钱，听说你家里不富裕，做老师的有这个责任帮助你。"听了先生的话我感激得热泪盈眶。吃完晚饭后，我就跑到先生家里承认自己确有瞧不起几个先生的思想，先生一听乐了："是吗，承认就好，你卫先生一辈子没有成就，可咱们系里的先生们都是有本事的。像吴先生（冠中）、李先生（瑞年）、赵先生（赵域）、老先生（阿老）、刘先生（亚兰），还有其他人嘛！你不是跟罗先生（尔纯）学过画头像吗？秦联香（秦艺）的头像不是跟罗先生学画的吗？"话不多，句句实在，连跟罗先生一块画头像的事，先生都知道。我无话可说，心里明白，先生尽管是用开玩笑的形式开导我，却是说：连我都不能有自满情绪，你做学生的又有什么值得骄傲呢？他那种虚怀若谷而循循善诱的品德让我感佩，催我自新。

"工欲善其事，必先利其器"，这是先生经常讲的一句话。他看到我画箱中的笔，好长时间不洗不包，用起来很费劲，便说："不爱洗笔，是想使画的色调统一，可你知道一张画色调（统一）不是靠笔脏，而是靠理解，靠你所掌握的技法。你这种笔绝画不出好画来。"过了几天，我的画箱中多了一套狼毫、一套普通油画笔，这是先生乘我不在时放进去的。可狼毫笔怎么用，我还不懂。正好赶上学画透明画法，先生强调："画完锌白后待干，然后用狼毫笔把调好的稀色，罩在锌白上……"我才知道，先生不仅提醒我要经常洗笔，还把准备用的笔给我买来，感激之余，便灵机一动，对先生说："系里发的画箱太差劲，出去写生很不方便，能不能给我们买个带腿的画箱？"先生说："画箱好不一定能画出好画，笔不好用，那倒是画不出好画来。"我仔细琢磨先生这句话，又想到先生用的是19世纪流行的那种窄条箱、折叠式的调色板，而作品却气势磅礴，斑驳厚重。而先生用的画布、笔、颜料等都是很讲究的。此后，我对画笔、画布等用具也能想方设法尽量好些，也不敢提画箱的事了。

1962年，我被分配到小学，画画的激情冷落了。先生多次找我到他家中，看他作画，还经常问："业务放下了吗？把最近画的画拿来给我看看。"关于政治思想问题却一字不提，但我从先生的"身教"中却领悟到了放下画笔的"不应该"，得到许多无言的鼓舞。有次我去先生家，正巧郑宗錾先生也在座，不久李志杰也来了，先生异常高兴，拿出了别人从南方带来的椰子干，请我们吃，并问："找对象了吗？""可别找画画的，两人都想画，谁去管家啊！""也别找太漂亮的，画画的人很自然要找漂亮爱人，职业毛病嘛！可多少画家吃过这个亏呀，有的还要闹离婚。再说你没有那么多时间陪她，挣的钱又不多。尤其王定基，我听说你在学校时有过要好的女同学，没有成，那也好，今后最好找个能替你管家的，模样儿不要太挑剔啊！"这些语重心长的话，我听

先生说过多次。我按照先生的这种教诲做了，至今回想起来心中还是温暖的。

卫老的老同事、画家庄言先生对笔者说："卫老特别好学，解放初期还和学生们一起画过连环画、宣传画。他说：'凡不懂的东西都可以学。'他和我合作，在师大礼堂画了毛主席大油画像。他去云周西村访问，画了刘胡兰历史画。我在云周西村刘胡兰家乡看到他的画，不知为什么后来没有用。使人尊敬的是他在这种情况下，一点也不气馁，他说：'总是不合人家要求吧！'一个真正谦逊的人，有学问、有修养的人，才能这样严格要求自己。那时没有很好地贯彻'百花齐放'的方针，其实，他也是一枝花，有他自己的风格。卫先生在艺术上的造诣，功力是深厚的，有坚实的写实能力，以前的就不详说了。他常常提两张画布，带一餐饭，在外面画一天，早出晚归。他在师大那狭窄的卧室里支个画架，忙里偷空画他的小幅静物，勤奋、刻苦，有毅力。

"卫先生不但对印象主义的理论、技法、色彩有较深研究，对现实主义画派也进行过一定的探讨。作为教师进修，我和卫先生在一起画过三张画。1949年冬画农民肖像时，他谈到伦勃朗、委拉斯开兹、格列

柯、德拉克罗瓦等画家的成就、特点、风格、技法，一一备加赞赏。卫先生画的那幅农民肖像，无论在造型、色彩、空间感、质感方面，特别对性格的抒写，都是成功的。可惜此画和另一张花卉，后来都不见了。卫先生在50年代初就开始着意探索，运用多种原色排列和组合的方法来表现对象。他用群青和深红色线并列放在盆子前面的暗部，深红色在暗部发亮。他说，这比用调和色或什么赭石、褐色、黑色之类的颜色效果好。他在明亮的部分也试用这种方式。那时还只限于局部的运用，不像60年代以后；尤其是到晚年他用多种原色并列成点线排列，体面自由

纵横那样挥洒，使得整个画面显现出奇异的辉煌效果，像宝石一样晶莹发光，但又是中国式的艳丽风采。和清新高超的境界，正体现了我们民族对于自然美的理解和特有的审美意识。他在国外学习，深受印象派绘画影响，但是善于吸收民族文化。不求闻达，勤于探索，从不标榜超越前人、走向世界，却超出了印象派，创造了卫派油画。根据我参观过欧洲主要博物馆、画廊的印象，卫先生的油画不比那些名作减色。"

自从鸦片战争以来，止于全国解放，仁人志士，前仆后继，受苦同胞，死于天灾战祸者难以数计，仅抗日战争，牺牲的中国人民就超过

1937年卫天霖与吴瑜及子女在画室。

2000万，方才换得建国后一段上升时期。比之战争年代和十年浩劫，解放初期的生活值得追忆。后来卫先生每同后辈谈起这段工作，眼睛便顿时变得明亮起来。

人非万能。在历史的进程中，发生一些不愉快的插曲，我们不必谴责导演们缺少预见，更不要做事后诸葛亮，放一阵马后炮。但"前事不忘，后事之师也"，完全否认哪怕是点滴的失误，只会蒙蔽自己的眼睛，无助于认识的提高。

俄国绘画起步很晚，古代没有出过震惊世界的大师，画家多追随西欧。近百年来为了提高俄国人的民族自豪感，才将一辈子只有一幅创作的契斯嘉柯夫的教育方式，总结成为体系。作为俄国院体教育重要代表人物，契斯嘉柯夫教出过苏里柯夫、列宾等杰出的俄罗斯画家。苏里柯夫作品的绘画性还要超过列宾。这一两代人物，以对被压迫者的同情，对俄罗斯灰色天空、墨绿色森林、黑色沃土、蔚蓝色大海的爱而名垂史册，并且丰富了本民族的绘画文化。

然而，一切艺术都只能处于追求完美的过程中，绝对完美的体系，现在和过去都不曾有，否则人类还需要什么继续探索！用绘画去叙述一个故事，充其量只能画出一幅静中有动的彩色剧照，可以具备一格，而不能代替所有绘画流派。坚持表面的文学性、故事性，会削弱绘画语言的丰富与诗境的内涵。真理再前进一步，立刻变成谬误。

印象派的诞生，源于自然，比起古典主义、浪漫主义，是一个发展。注重形式不等于形式主义。印象派诸大师的用色，是通过无数次失败和习作逐渐积累起来的一套经验，只要不绝对化，它的科学性是客观存在的。无论怎样排斥（想想当初排斥他们的是些什么人，后来攻击他们的又有几个是大画家？攻击的原因同绘画有多大关系？攻击者本身的历史地位如何？便足以发我们深省），他们的作品长存，能给人类以美的享受。

印象派有缺点，它本身也需要前进和补充，以达于相对的完善。塞尚上承格列柯，下启一切现代派。凡·高的热情、高更对原始艺术的追索，在印象派之后创建了过人的功绩。至于现代派则包罗很多支流，包括毕加索在内，全盘肯定或全盘否定，都过于简单。对不同画派要全面具体分析，作出实事求是的结论。即使是抽象派，也有严肃正派的艺术家，喜欢此派艺术的，也不乏劳动人民。死不承认她的存在与盲目模仿，都会增加她的神秘感；鼓励盲目追随者，只会增加速朽的绘画垃圾。

一切学派都是彼时彼地的艺术家，在一定时空条件下的产物。有进步因素，也有局限。

别人送你金拐杖，却不能代替你自己的腿。

从邻人垃圾堆上扛来两件过时的东西，决不能成为我们鸣炮奏乐，实现了现代化的"资本"。每个民族的艺术和审美观、教育体系，都要自己去创造、积累。照抄邻人，只会引起民族文化的萎缩，制造意识上的混乱。

即使一个大城市，用一种方式去教美术，也会引起僵化，培植出一批善于制作、专赶时髦而拿不出传世作品的自命不凡之辈。

中国美术教育体系的建立，还要几代美术教育家努力。人口、历史、遗产之丰富，幅员之大，都会向我们提出正当的要求。照抄任何国家的方法，都要产生长远的消极影响。

印象派和印象派之后诸大家，也仅仅只能是百花之一，而不是百花的全体。卫老的坚持令我们尊敬，他的路也不是惟一完美的路。历史规律只能因势利导，不可人为地抗拒或改变。卫老的作品，是他个人气质感受的产物，深幸有一，不望有二。重复自己、洋人、国产古人，都不是艺术。

向四个现代化进军的中国，发展艺术的条件比十年浩劫和前17年好得多，看不到这些变化，便不知道珍惜，然而也要看到前进的道路上还有许多困难。几千年来的封建思想残余，使我们习惯于人云亦云，很难产生独特见解，更不敢扶持带有彻底改革精神的新意识。所以，认识卫老的艺术是艰难的事。

西画东来赶上鸦片战争之后，半封建半殖民地的中国人，饱受列强侵略，反抗的先知先觉源源不绝地奔上历史舞台，而奴颜婢膝丧失民族气节的买办，麻木愚昧的不知不觉，都同时存在。中国人民对待西画，不复有汉唐时期对待丝绸之路与印度佛教艺术那样强大的脾胃去消化。盲目抗拒与被外来意识改造的危险，没有引起国人足够的重视。中国太大，人太多，历史太久，西化也化不了，本来具有的长处又在局部消失。总结近70年来以西画改造中国绘画(也包括雕塑)的教训与经验，还需思考的时间。

承认一位艺术家，一种流派风格，认清西方院体对艺术家的误导，仅有善良的愿望是不够的。思维运动的飞跃，也有惯性，我们还应当宽容那些曾经对真理极不宽容的人。当年攻击印象派与印象派之后诸大师的人，也多是我们兄弟姐妹。消除这种意识给民族艺术带来的严重后果，也不是短期之内可以奏效的。

真正的人道主义者讲大度。如果卫老活着，如果我们站得更高，对于那些折磨过他的人，也应当怜悯。这些人物没有一个比卫老画得更好，便是最好的说明与结论。那些人的才气也未发挥于艺术创造，浪费了年华精力，为别人制造了痛苦，同样是另一种不幸。以我个人的管见：对这些人也应当感谢，没有他们的冷淡与折磨，便没有卫老后期的成功。"国家不幸诗人幸"，大艺术家是历史用左右一双手搓出毛坯，再请时间去精雕细刻出来的。中国有卫天霖式的艺术家群，卫老式的艺术家群生在中国，都是幸运。再过100年，卫老的作品尚在，历史地位会更高。非难过他的人，连同我这赞美过他的人与这本小书，都应沉入被遗忘的大欢喜之中。再过几千年，卫老的名字也被人忘却，只能说明将来当画家的条件更高，大师们更多。被忘却者的不幸，正是我们中华民族的大幸！如果一位艺术家被人一纪念就是几个世纪而无人超过，只能是一个民族的大悲哀。即使卫老的遗产毁了，物质不灭，画会变成营养品而存在于后代的作品中，同样表现人类的喜剧。不灭的是人、泥土与艺术本身！博大襟怀者，其乐无涯，超乎得失存亡！

中国艺术，如果以霍去病墓上的石刻为代表，中国古典美学，如果以老子庄子为代表，同希腊、罗马、文艺复兴的欧洲，以至整个西方现代艺术与美学著作相比较，可以客观地说比西方高明！现代西方艺术家追求的变形、割裂、抽象，就内涵丰富、形式完美而言，与殷周殉葬玉雕、青铜器造型不可同日而语。中国人的伟大，不需要、也不必拒绝外国人来发现！笔者努力去平视世界，更希望炎黄子孙从平视中发现新自我，获得合理的利益！自信不是慈禧太后信徒，承认西方科学技术有比中国先进之处，物质生活上有差距是事实，并不鼓吹中国月亮比外国好，也反对说月亮是外国的好，这与"月是故乡明"并不矛盾。

轻率否定遗产的人，不会是懂得遗产的人。

中国画历史久远，流派纷呈。粗笔有大写意，工笔何尝无意？一样在写意，否则何谓意在笔先？一位著名的油画家、美术院校的领导人，在报纸上撰文号召中国画家要学习梅尔尼柯夫的写意手法，不免使我迷惘。历史事实是，中国人最会写意，写意能力是世界第一流的。如果我们把李铁夫、刘海粟、林风眠、关良、卫天霖、吴大羽（年龄为序）的代表作放在欧洲、美洲同辈画家中比一比，未必逊色。掌握油画技巧的速度，显然比200多年来，由郎世宁而后，学中国画的西方人要快得多，成绩更不可相提并论。欧洲任何一位中国画家，用毛笔都谈不上松秀、刚健、婀娜，也无法摆脱匠艺。何况中国还有很多很好的无名大家，等待着慧眼去发现呢？

1957年，苏联画家马克西莫夫在上海批判过刘海粟的油画为形式主义(他永远画不出刘海粟的《巴黎圣母院》、《印尼佛塔》、《漓江》那样有力度的作品)之后，回到北京开办油画进修班，由他主持了一次大专院校教师与名画家们的专业考核。卫老最后走进教室，在最后面的一个角落摆上画架，比较亮的位置已被应考者占领完。卫老对模特端详良久，努力进入她的内心，找出她对自己处境的反应，寥寥几笔，便勾出她对职业的不习惯和比较习惯的二重性，然后层层深入地剖析。马克西莫夫从卫老身后走过，皱着眉头看了一眼，不无责难地说："典型的形式主义！"这种评语在当时可能会带来灭顶之灾，这在马克西莫夫是想象不到的。

等到全体受试者结束了作业，马克西莫夫逐一审视，忽然被一股强大的艺术力量打动了，他毕竟是艺术家！默然很久才问道："这画作者是谁？"

"卫天霖！"卫老估计要拿他当作形式主义的代表来批判。

"这张《少妇》画得最好！是惟一的一张画。可以看出血在皮肤下的流动！为什么不出版你的画集？"马克西莫夫大为激动，万万想不到两小时前被他指责的对象成了赞美的对象。为了不使"大人物"难堪，没有人戳穿这一点。苏联画家说："我要去看看你的画！"

起初，卫老不想见马克西莫夫，后来，经过劝说，才出面接待。画只拿出三张，把庄言、李瑞年、张秋海、张松鹤、左辉、辛莽等人的画一并陈列，表现出尊重同僚与中和恬淡的心胸。

马克西莫夫真不懂绘画语言？不。完全不懂可以原谅，懂得而仗势欺人，故意抬高自己，就是品质问题。我非外国美术史家，只有时间才能作结论。我对苏联文艺并无偏见，不仅喜爱俄罗斯文学、乌克兰文学，也爱《静静的顿河》，爱赫玛托娃的诗与萧斯塔科维奇的交响乐。后者听来虽然没有柴柯夫斯基的聪明与才华，却更加扎实深沉。坦率地说，马克西莫夫在苏联也是二流画家，在中国所作风景与郭沫若像比较平庸，也许是不熟悉表现对象的缘故。就艺术修养而言，马克西莫夫先生未必高于卫老。今天，我们应当真诚感谢这位专家教导了卫老，让他从此沉默寡言，不在任何场合谈自己的创作体会和作品，闭口不谈印象派，使他比较顺利地度过了1957年。但在当时，卫老的心不是秋水澄潭，静如古井。继续走什么路，自有一番痛苦的思辩与自我较量，才能作出正确的抉择。我们能责难他心胸狭窄么？学生们对这番考试有什么看法？请看姚保瑢的回顾：

这次考核，对卫老的评价是不公允的。我们这些艺术学徒在感到不平的同时，头脑中也产生许多问号：卫老在色彩上吸取了印象派的某些长处，这些东西有色彩科学的根据，难道应该否定吗？再进一步，印象派是不是形式主义流派？这些在我们的头脑中都得不到解决，因此，在学画时就谨小慎微，不敢越雷池一步，尤其在形式上不敢有一点创新的想法，也不敢坚持和发展自己的个性，连艺术生命也枯竭了，这实在是惨痛的教训。

当然，即使在那个岁月，苏联专家的水平也不相同。师大来的是莫斯科的一位中学教师，每画静物必摆上石膏像之类白色物体。卫先生对于这位刚过而立之年的同行，曾经用行动加以抵制，武器是强调色彩与生活的多样化。那年月高等教育也一边倒，不允许有和"老大哥"相反的看法，卫老的努力就很难得。这位专家比起马克西莫夫又等而下之。虽然马氏说卫老的佳作为"惟一的一张画"，对别的画家不公正，但在天津看过关良大师的个展后，还能写出赞颂之词，比斥关良"不会画"的炎黄子孙还客气得多。

今天，我们可以心平气和地谈论这些喜剧式的"盛世"轶闻，历史翻过了一页，我们已经付出了昂贵的代价。

50年代之初的毕业生，卫老曾为他们画过油画头像，每人两小时，画得很生动。章文澄兄至今珍藏着一帧头像，真实洒脱，嘴部有意识地作了点移位，与眉眼一呼应，便显出热忱、聪明、自信、倔强、坦率等特点，写出了一位青年艺术学徒的风采，真实、可信、可亲。画外的想象余地很宽，足见卫老对于这位命运坎坷的高足理解之深。文澄大兄近来发表几篇研究卫画的专题论文，甚受学术界好评。

1957年反右派斗争，章文澄、王焴二兄被扩大为受难者，政治上的彻底孤立，在人们眼里比麻风病毒携带者还可怕。几句话的交谈，同吃一餐便饭，就可能被打成小集团而永受株连，危害亲友。作为恩师的卫老，超越了普通师生之爱，对二兄从不歧视打击，不断在人格上给予信任，生存的动力上给予补充，学业上不放弃督促勉慰。

今天，从热心为卫先生遗作展览、出版的诸兄姐身上，不难看出恩师往昔的春风，否则，又何来后辈用崇敬和汗水汇成的秋雨？

复旦之前

故天将降大任于斯人也，必先苦其心智，劳其筋骨，饿其体肤，空乏其身，行拂乱其所为，所以动心忍性，曾益其所不能。

——孟子

但愿不幸的人，看到一个与他同样不幸的遭难者，不顾自然的阻碍，竭尽所能地成为一个不愧为人的人。

——贝多芬

"打倒卫天霖！"

"打倒反动学术权威卫天霖！……"

带着红袖章的孩子们扛着梭镖，自命为革命家的青年们举着红旗和领袖像，手挥着红宝书，一路叫喊着，向椅子胡同冲过来。

卫老脸色灰黄，银发枯焦，两眼球上布满血丝，赤红如火，眼窝陷得很深，像突然老了10年。只要不喊他去开会、受训、挨斗，他总是兀坐在灰暗的小窗前面。窗子的确很小，犹如一只半阖上的眼睛。那民族危机沉重的漫漫冬夜，屋里睡着为解放中华而不惜抛头颅的志士，他们是先天下之忧而忧、后天下之乐而乐的民族精英。是过分辛苦还是宾至如归的安全感？他们的鼾声鼻息，对于通宵达旦兀坐窗前的主人来讲，是美妙的音乐，伴奏着他的思维运转，构思着新画，也构思着祖国复旦之后非常富裕、文明、自由、平等、博爱、人的价值能得到彻底尊重和

发挥的美好日子。白天讲课、买药、送信、作画的疲劳太渺小了，仿佛一片轻纱似的流云，被自豪的风吹散，被鼾声的协奏曲（由妻儿的呼吸声协奏）所冲走。被朋友信任的夜啊，夜中圆睁的哨兵的眼呀，你曾经是一位老艺术家欢乐的源头，而今安在，为什么舍他而去？

他兀坐在老地方，姿势无异往日，不同的是被信赖的笑容换成了平静，无可奈何而又自我强迫的平静，也是自我拯救别无良策的麻木。这与老人的个性本来水火冰炭，只是修炼久了，后天的收敛成为一部分自然，渗入性格，就带着悲剧色彩。

门外骄阳当顶，并不似当年那种铁一样沉、墨一样浓的夜。他从来就缺少幽默这根弦，怎能感受到历史的嘲讽？

这脚步声等得太久了，"一天等于20年！"甚至一边期待着侥幸，一边又盼望它火速光临，多么矛盾！

我在小学学习历史课。讲到中国……

辛亥革命、孙中山、黄兴、袁世凯……（革命成功、孙文造成大……）

日本的田中内阁、签订的二……

听知后春思之下……

积极的参加示威请愿、……

日本化货、抵货好几个月天天参加游行……

已经到了日本……学校、国内……（不平等的条约）

抗议游行示威、去大使馆……

……时认识了北京师大……

以后、我还给在上海的鲁迅……

学刊物，我在那时……文化大革命运动……

的腐败、卖国、袁权辱国、签々也
与极之。提倡——

袁々尤其 袁世凯国世堡章和

卖国条约。我是在中学时代
抗日侵略军的一些窘
题一由学生 不卖日本货、抗争
已经知道了有共产党。后来我

了二十一条 在日本 跑西学生组
因为在大街游行
了 和日本警察冲战、我参加

、（去年死了）他是日本京都帝大、

创造刊物更对针真、应
被鲁迅先生 翰历史、摩纠

当水深火热、生灵涂炭、元勋被害之际，个人的安宁、被人爱和理解都成了奢侈。你得到的温饱之需，只要超过同胞们的平均所得，即使没有出卖灵魂，也是罪过。想听句真话难于上青天，一个人想的是真的，两个人在一块儿讲的是假的，三个人以上就失去自己的语言。人不应当这样活着，也不该如此死去啊！既然是福不是祸，是祸躲不过，就快些来吧，暴风雪！

脚步声近些了！

他不是预见未来的超级智者，很平常，很现实，不能摆脱眼前的白夜。

人格炸裂为两半：一半是普通人，一半是被普通人批判的艺术家。从睁眼到入睡，两人便刺刺不休地论战，声若雷霆，交叠响于心空。

普通人很强大，他是驯服工具：呼口号，唱语录歌；戴上大木牌子，跪倒在领袖像前，认真地请罪；服服帖帖地写过无数遍检查，自己给自己戴上一系列大帽子也不以为荒唐；"早请示""晚汇报"从不缺席，也不敢迟到一秒钟。他忘了解放之初曾经带着圣洁的感情画过刘胡兰，先是不理解，后来使他若即若离，对印象派本身也疑神疑鬼，从此才不怎么画人物。他的人物画虽次于后来突飞猛进的静物，也还有一定成就，何曾拒绝过工农兵？几年之后，女儿也有幸当了工人，她真能改造父亲么？

艺术家则衰老瘦削，步履艰难，懒于开口，绝不含糊，对于身上的普通人老弟总嗤之以鼻，更多的时候是睁眼做梦……

脚步声更近了，他身上的艺术家醒来了。对这脚步声，不免有些怀疑：

——真是来找我的么？

——我问心无愧，为什么该被冲击？

——会不会是短暂的梦魇，世界革命一时的需要？"须晴日，看红装素裹，分外妖娆"。这一天会来的，让眼前的一切"俱往矣"吧！

——能有奇迹么？这场狂飙酝酿已久，从1963年底，古装剧绝迹于舞台银幕；世界文学忽然变成了亚非拉文学；评论古典作家、艺术家只谈其阶级局限，古典名著、外国画册从书店的橱窗失踪……幻想没有根据，只会增添不必要的失望和凄哀！

这些话平时和老伴儿谈过，正如40年间跟她谈论绘画艺术一样，她似懂非懂，极少插嘴，等于他一人独白，难以交流。他对别人不敢相信。只有她安慰他，相信"沉默"的宝船，能渡他过苦海。

"别折磨自己，少说话！"

"这些年我的话说多了么？就变哑巴也逃不过劫数啊，我有点唯心了。"

"你跟我过一辈子太苦了！"

"别说！我知道你爱日本小姐和全赓靖，我是做饭带孩子的老婆罢了。"

"你说这话太……我对你不好么？"

"不好能在这儿呆几十年？"

"可你说的也是，自'九一八'之后，我自个儿不知道已经爱上你了，胡小姐！当然，我自私，对你的事业没帮助。我对学生章文澄、王崎都说过：可别讨医务工作者做爱人，白天黑夜忙，少沾家，得不到照顾……我错了，老胡！"

"说这些干嘛？可怜的老头子。"二老都哭了。

"打倒卫天霖！"脚步声快到门口了。

在老人心中，那个絮絮叨叨的普通人被自己的预见所陶醉，一个劲儿演说："早听我的，一笔不画，何至于有今天？老卫！老老实实地改造吧，快戴木牌子出门去请罪，这样可以争取从宽嘛……"

"不去！一张不画也在劫难逃！画画无罪！世界美术史上许多大人物都是罪人吗？中国许多大家都是傻瓜吗？"

"呸！跟我吵有啥用！眼看要发配到天涯海角，被人踏上一万只脚，永世不得翻身，还不如承认是汉奸，管他戴了多少顶帽子，求个安稳不

1967年卫天霖与全家合影。

"会过去的。"老伴的嘴很硬，心里并不相信自己的话，否则就成了近年电影中那些在"文革"伊始就断定"四人帮"要垮台的超时代人物。这种人是有的，但我没遇到过，只见过同我一样随波逐流的芸芸众生。再被批判吧……

"你多么可怜！"艺术家看着不值一驳的普通人说："你的骨头太软了！"

"呸，你硬又管啥用！"

仿佛一万只扩音器坏了，听不清说什么，只有刺耳锥心的呜呜乱叫，风吼狼嗥，混成一团，地球顿时停止了旋转。普通人聋了！

"打倒黑画家卫天霖！"口号声声。普通人溜了！

"打倒日本帝国主义的走狗！"声声口号，使艺术家特别清醒，他反而不怕，走不了，也不想走。

——我是坏人么？不是！

——我的画有毒么？没有！

——我反动么？我有什么权威？不，没有！

老实说，他欣赏自己的刚正不阿，缄默不是没有正义感。至于画，见得多了，它们会传世的，比他的肉体生命长得多，杜甫说过："尔曹身与名俱灭，不废江河万古流！"江河行地，没有偌大格局。一条光色瑰丽的小溪，不算夸大，也于愿足矣！

——我是懦夫么？

回答也是否定的。

皇军的刺刀、训育主任的恫吓，固然微不足道，近来行为也有些出格的"惊人之笔"，与谨小慎微的表象并不一致。

是的，卫老不是口吐豪言壮语成天像在舞台上"亮相"的英雄，他很普通，普通的父亲、教授、挚友、丈夫和艺术家，对身外的要求十分有限。

1966 年 7 月底，江青带着一大帮人马来到师大，学院造反派头头点了一大串名字，其中有老朋友赵擎寰，也成了专政对象。

"去看一看，还是不去？"就同哈姆雷特王子在生与死的交界线上徘徊一样。值得高兴的是思想斗争中艺术家又胜利了。他犹豫过，但没有退却，犹豫该由普通人负责。

他到赵宅的周围，由远而近地踯躅了几圈，一圈比一圈靠近，终于破门而入。友人的亲属在欣慰中大觉意外，怕他受到株连，要他立刻回家。

"我没有做过怕见人的事，一切都明摆着，盯梢也不怕。老赵是好人，我了解他！他也没干过亏心事，让我见见他！"卫老从来没有那样固执。

"不……不在家……"

"真的？"卫老不免狐疑。

"嗯。"回答变得很干脆。

卫老信以为真，带着一点自我欣赏的情怀，回到那挤满油画的屋里，又兀坐在那张椅子上。

过了一段日子，他坐在椅子上说："老胡！给我找出100斤粮票来！"

"干嘛？"老伴头发白了许多，声音特别温存。

"拿来！我去看看李念先，这孩子挨冲击了。"

"还是让我去吧，我怕你会……"

"怕什么，能怕得掉么？哈哈哈哈！"他很久没有这样爽朗地笑过，这笑声是自我庆祝，因为在"去，还是不去"的矛盾中，默念了一夜独白，还是没有让自己失望，能不敞怀一笑么？让别人（也包括老伴儿）替自己担风险的事，他一辈子没干过，能不笑个畅快么？

李念先抬头望着慈父般的恩师，好迎风流泪的眼睛怎能抑止热泪？不向亲人长者痛哭，哪有值得一流的所在？虽然祖国的大地还是那样辽阔。

"这世界上除了老师，谁肯在我挨批判的时候上门？如果您受了冲击，我敢去么？不敢！不敢啊……"

"我……"老人哽咽一阵，又纵声笑了，那泪光莹莹的眼睛特别慈爱、明净："孩子！你把我估计得太高，我没有那么大的胆子敢来看你，是……"

"是什么？您骗我！"当年的弟子不断地摇头。

"是来借书的。从前我替你到日本买的《支那名画宝鉴》还没有被烧掉吧？里面有些东西，写检查要看一看，剜剜根子呀！"卫老振振有词。

"老师，烧掉了，红卫兵们干的……"

"哦，我老胡涂了，破四旧嘛，该烧，该烧！哪儿能保得住？赶明儿运动一了，我给你重买，外添一部《南画大成》什么的，走啦！保重！"

"粮票带回去！不然，弟弟妹妹们吃什么？"

"老胡自有办法，别见外。总有一天，这玩艺儿要取消，千万别哭坏眼睛，留着它日后好画画呢！"他笑着，回到家中，面对尚未完成的屏风，依旧呆呆地坐在椅子上。小窗睁着不惹人注意的独眼，帮他看到非人世间的墙外。

脚步声更近了，一片喧嚷。

脚步声进门了，一阵嘈杂。

奇迹没有发生，皱着眉头的老教授被拉到青年们的对面。

匆忙间，胡大夫递给他一本红宝书。

"打倒卫天霖！"呼声一致了，体现团结。

老人垂下斑白的头颅，再也不动了，体现了安定。

"打倒汉奸文人卫天霖！"

卫老很难相信自己的耳朵，但这声音又千真万确地撞击着冰凉的四壁和他火热的心胸。

"打倒汉奸！"一股烈火冲出卫老的咽喉，他也跟着喊了一声。

"你不服么？屋里这么多的日本书，是确凿的罪证！"这声音似乎是从红袖章底下冒出来的。

老人要申辩，比日本人刺刀要钝得多的木制红缨枪头对着他的脖子。他记起了：在故乡，他还是个孩子的时候，就在舞台上演出的山西梆子中见过，自己少年时也耍过，过了30年，儿子女儿陆陆续续地耍过，又过去了好多年……但目前演出的喜剧不在戏台，而在大地上，在大多数是善良者的中间。叫喊辩论，有什么用处？等于配合要置自己于死地的力量，提前死去。

沉默吧，别装莽，维护人的尊严要紧。

"这个女的是谁？除了伟大领袖，谁也不该有石膏像！"

"我的学生全赓靖！"

"解放前的打扮，肯定是资产阶级的臭小姐！砸！"挥小红旗者大叫。

"不能砸！她是革命烈士！"卫老对自己的大胆感到意外。

"汉奸能教出烈士么！胡说，造谣！"

"我一世不造谣！"老人的低音很坚定。

"砸！"红袖章们一涌而上。

烈士遗像粉碎了。

作者皱着眉，盯着雕像背后她的指甲印，不觉双目蒙上一层灰布，什么都看不清楚。

"把黑画搬出去烧！"石破天惊的一声来得并不意外。

老人感到窒息，一条无形的绳套住他的心肌，越拉越紧，两耳雷鸣，金星飞出眼眶，化成一片火海，铺天盖地，直扑银河。

"……"他想狂叫，但嘴里发不出声音。

一个哭声在很远的地方，幽幽地，从地心缓缓挣扎出来，宛若一缕游丝，抽不尽又抽不出，不似人声。他明白，那是自己的心在哭！

主调凌空而起，狂飙疾卷，海啸山呼，大地在摇晃、下沉、碎裂、抽搐，引出古迹、名胜、书籍、字画、雕刻、刺绣、古典戏曲的衣箱子、舞台、教室、纪念碑、天安门城楼上的国徽，用战栗、悲愤、狂喊、捶胸来加强画家心中的主调，而伴奏的是进步人类的嚎啕大哭，泪雨滂沱……

他要和这群梦游病者拼搏，质的优势不是量的优势，否则，悲剧何以诞生！被催眠的梦游病者们，得意吧，哺育你我的中华民族将沉痛得昏迷十载，后遗症要拖几个十载，耽误的时机也许是几十个十载才有一次的大好岁月！

十年，小苗长成了树。

十年，红小兵们变成了小父亲、

小母亲。

十年，不朽的十年，世界上重大发明多至二千余项，和二千年来的发明总数相等！

十年，被毁的东西两万年也无法再造出来！

十年，多少可以成为新的鲁迅、新的爱因斯坦、新的贝多芬、新的哥白尼、超越元四家明四家的大画师……成为泛泛然的众人而已。

十年！十年！十年……

从北京到全国，多少书画在燃烧，多少人，不，多少代人的血在烧，世界在烧。

这些画，除去支持革命卖过一批，他一张也舍不得卖，全让愚昧"买"去了。

前年，学生王焅登门来拜访卫老，问到作画的经验，卫老打开三间房子，屋里堵着门堆到屋顶的画排排层层，人难进入。

卫老有点自负地说："就得画出这么多，不光使手，还得用心去画，功夫一到，瓜熟蒂落。现在画没地方摊开让你看，里边可有几张耐看的呢！总有一天，大家会被少数精品吓一跳！人不能白来世上走一遭！你老实，没有大才气，没有57年那一下子也只能有点小成就。现在也不晚。不怕慢，最怕站，日子不等人，躺在伤口上叹气不是汉子……"

而今，画怎能追回？

他仿佛看到，屋里立时变成炉膛，火舌乱卷，舐着墙，烧着人的皮肉。画在火上炸开，色彩化为青烟、布臭，烤着老画家的心窝。如果用生命能换回这批珍品，他又何惜一条蚁命！

火，鲜红的火，像旗帜，像热血，使他想起慷慨赴刑场的先烈们，他们没有看到这一切，步子走得那么坚定，仿佛走在石块上也会留下脚印。不朽路上的英雄们，怎能梦想到这场火灾……

傍晚，闹过了瘾的少年和壮士们走了，他们是整队喊了好久口号才离开胡同的。兴许是院子太小，烧起来怕引起火灾，或者是嫌搬运出来太麻烦，也许个别有心人在起缓和作用，画没有烧，抄走了三大卡车作品和收藏品、图书与创作资料，这是卫老一生心血的积累啊！虽然卫老在几个广场上看到过烧画，闯进他意识中的烈火，并非虚构的东西。这些闹腾家们一走，小院子又变得"宽敞"了。也不过是几分钟前目睹耳闻的事实，顷刻便推入记忆的深渊，好像是很久远的往事一样。

老艺术家悄悄回到屋里。这回普通人没有啰唆，废话何用？他心里的一块石头落到了地上：自己还活着，做旁观的评论家是可耻的。他估计这时候老艺术家会呼天抢地大放悲声，然而没有泪，它干了，话也说不出，全忘了。

"哭出来会舒服点儿！"胡瑜似乎是独白，又像安慰受难者。

老画师摇摇头，要做的事很多，他没有功夫哭。

痛苦超度了凡俗的小牢骚。从此，卫老清静得多，内心的矛盾淡化了，一致对外，对付时间和冲击。

不创造，当行尸走肉，不如死！

伤不能愈合，就沿途洒着血前行……

满地是书、纸片、颜色、碎碗……

老伴像他一样无言，交换一下眼色便达到了默契，一张张纸条，一本本破书，一张张画，静悄悄地收拾着，表情凝固、冷漠，在疯狂的边缘建树着精神。怎么收拾？是处理还是复原放好？不知道。只有机械的动作在重复……

一位十几年前的学生悲戚地走进来，四顾茫然，想帮忙又无从插手，也忘了礼节与安慰。太上忘情，或许是这种境界？！

"你去找找吴冠中先生，我活不久了，这三折屏风还没有完成，走了对不起要去四川的孩子啊……"

"老师，你千万保重，别难过……"

"走吧，让别人看到要遭殃的，我不爱自己，不敢不爱护你们年轻人啊！……"

"老师！师母！……"突然，那学生在自己脚边看到了被几十只脚踏过的半张漫画，另外的半张已不翼而飞。

一段往事浮上学生的心头：

"1956年，我们十几位同学一起去卫老家，卫老穿着中式棉袄，非常高兴地迎接我们。领头的同学说：'我们代表全班49名同学给您拜年来啦！'卫老说：'那咱们就不磕头了吧？'把大家都逗乐了。大家边吃糖，边喝茶，卫老讲自己学画的经历，并把各个时期的作品介绍给我们。他说：'去日本上学，开始时，人家瞧不起中国留学生，尤其我这土学生(言外之意是提醒北京的学生，不要瞧不起外地来的同学，他们来北京不容易)。后来我努力画，只要谁有长处我就虚心学，偷着学。以后同学们逐渐好起来，彼此画漫画像。你们画吗？'同学说我爱画。卫老说：'那好，漫画就是夸张，学会抓住主要特征。'说着从书架上取出旧时记账的小折子（比现在的册页小），每页上都有漫画，是卫老上学时画的。大家互相传阅，都忍不住笑，当然我看的时间最长。记不起来哪位同学有意小声说：'怎么脸上画了一个个小圈圈？'大家都听见了，却装没听见，强忍不笑。卫老非常开朗地说：'圈圈是麻子，大家都管我叫卫麻子嘛！'屋里一下爆发了哄堂大笑。"

他拾起漫画，细细端详，掸掸泥土。

一切犹似昨天，一切又恍如隔

"文革"后期的卫天霖

世。

今天与昨天，太不协调。

"别看了，晨明！你喜欢麻子像就拿去吧！"

悲剧中来点幽默的味精，只会增加痛楚。泪在晨明的心中汪成温泉，他连连鞠躬，带着不知明天怎么过的大哀痛去了。

画可以补好，破碎的心是补不好的。

大女儿卫迦从地质学院毕业就分配到成都，长年爬山越岭，寻找矿石和水资源。她热爱专业，以苦为乐，卫老夫妇从来也没有想到过托什么人、找什么理由把孩子调回身边。1969年，四川发生几次武斗，单位工作停顿，她便请假探亲，躲避混乱。

一推大门，父亲正在扫院子。院内住有几户人家，大院子里套小院子，包括王二一家五口，裁缝一家四口，还有街道积极分子等等各家盖了几间小锅屋，拥挤不堪。一个半大的孩子说："老头！门外扫得不干净，还不去重扫一遍？"就是这批顽童，在大人的另一种身教言传的氛围中长大，已经学会了玩赏无辜者的不幸，冬天把水搬来填在老人门口，让他出来扫街时滑倒在污水中，然后发出残忍的大笑。

卫迦呆了，良久才喊一声"爸爸！——"热泪夺眶而出。

"哦，老大回来了！好孩子，爸爸不是挺硬朗么？"

"我替您老人去扫！"女儿放下行李。

"……"卫老连连摇头。

卫迦刚问过妈妈、哥哥、妹妹们的近况，门外有人在狂喊："狗汉奸卫天霖，他妈妈的反党、反社会主义、反毛泽东思想的三反分子，反动学术权威，站出来！"

卫老默然，转身往外走，卫迦强忍着泪把他推进屋里。

稀稀落落的十多个带红袖箍的人闯了进来。

"不对，我爹不是汉奸！"她奋不顾身地拦着这些人。

巴掌拳头纷纷打在她的身上和脸上。

有人在念小红书："……从来没有无缘无故的爱，也没有无缘无故的恨……"

"打倒包庇坏人的反动家属……"

"不要碰她，要批就批我！"卫老扶起长女，让她坐在小凳上，她倔强地站在父亲身旁。

……

爷儿俩等这拨人走完，定定神走进屋。

"躺会儿，爸爸给你倒点水喝……"

"我自己来。"

"我来，你先洗洗脸，莫让妈妈看到……"

"您先坐下！"她给自己倒了水，走到厨房去洗脸。

"就在这儿洗，厨房被人家锁了！"

"洗澡间呢？"

"堆了涂去画的旧框旧布……"

"画都毁了？"

"嗯，免得流毒也好嘛！"

"爸爸！"

"不是好爸爸！"他颓然地摇着双手。

"爸爸好！"

"爸爸太相信学校里的老师，认为他们教得好，可刚才来的这些人也都有老师呀。我对你们关心不够！记得美专有个毕业生姓赵，一解放来找我要介绍工作，我跑了几天，拿着他的素描创作找到文教局，结果上一所中学当了美术教员，我连名字都忘了……可你们分到外地，考的不是什么名牌好学校，我怎么从来没想到托人走走门路换一换呢？那年月我是副院长，也有点条件……"

"爸爸！这才是您最好的地方，不这样就真不好了！"

"怎么？"

"爸爸从不重男轻女，一再说这房是五个人共有的，都可以来住，儿子女儿一个样。"

"可眼目下我跟你妈快没地方呆了。"

"谁能看那么远？爸爸妈妈让我们自由，尊重女孩子人格，谁带回个男朋友，爸爸和自己的学生孩子一样看待，可有些人家不成，自己婚姻不自由才去干革命，革了几十年，又讲门当户对，包办儿女的事……"

"唉！——"卫老有所触动，接着是久久的沉寂。

"学生还有谁来过？"

"有！今年风声这么紧，拜年的还有爱画民俗的侯长春，画速写的赵士英、章文澄、赵一唐、王琦。一进门就撵他们走，幸而是春节，监改爸爸的人也松了弦，不然就让这些年轻人遭灾，文澄、王琦头上还有右派帽子……"

"等平静点儿进四川住到我那儿去？"

"那儿是世外桃源？不可能！"

"那里形势大好，跟报上讲的一样。"

"报上几时讲过形势不好？永远是大好，大好，真好你干嘛回来……"

"想家里老人和哥哥妹妹们……"

"爸爸糊涂了……"

街道上派的戴着红袖箍的积极分子日夜监视卫宅，只要有人登门，警察立即来盘查。老画家只能任人摆布，全无自由。1970年，卫老被下放丹江农场，工宣队拍着桌子，勒令胡瑜夫人户口随迁，"不去就是对抗中央的反革命"。

"就是打·成反革命也不去丹江！"平时低声细语的老夫人一反常态，不知哪来的胆子居然以拍案回击拍案，声似铜钟，大义凛然，用顽强的态度保护了卫老，暂时没有被学校强迫遭送湖北。

卫迅说："爸爸大妈妈12岁，婚后不久，10年生了一儿四女，妈妈任劳任怨，老俩口儿从来没有红过脸，但在妈妈拍过桌子的晚上却发生了惟一的一回争执：

爸爸说：'我随大流上湖北去算了，别人能去为什么我一个人就去不得？猴子不上树，多敲一遍锣。既然在劫难逃，跟他们申辩个啥？'

妈妈说：'你事事自觉，当一辈子好人，海外同学来封信都不拆先送支部书记审查，为什么下乡就饶不过你？'

'那也甭拍桌子打板凳！'

'他能拍我为啥不能拍？你不问清楚谁先拍的？怎么胳膊往外拧，帮他们讲话？'

'拍桌子总不好。'

'很好！不拍你就死在湖北！'

'我……'

'你比人矮一截？'

'我老了，快死了！怕他们报复你！'

'能把我报复成什么模样？拍了就不怕，怕就不敢拍！'

'为我，不值！'

'值，大树不倒家不垮！'

顶了几句爸爸不吭声，妈妈哭得挺伤心。爸爸说"别哭，我错怪你，可没安歪心……'

'知道你心好……' 老太太哽咽着。"

不久，胡师母被她的学校下放到天津山岭子农场劳动，她向领导者反映自己身患癌症，但头头拒绝照顾，只得含泪离家，卫老追到大门口，目送她上了汽车，心情凄切。幸而儿子卫述在天津工作，到火车站迎送了母亲，让她得到些安慰。她记得当初儿子投考技术学校，不继承父亲热衷的艺术事业，后来下放到工厂干活，老俩口儿欣然同意，待至逆境降临，仍悄悄去天津看着儿子开动庞大的机器，很不放心地问道："你行吗？"

"爸，妈！不但能行，坏了还会修理！"

二老忘了自身处境，眉开眼笑。

卫述想起：头两次回京探亲，买两盒点心给双亲尝尝，卫老就生气，认为太奢侈，后来背着大白菜和青菜回家，老人挺乐。多年来父母亲从未红过脸，他们各自住在自己的单位努力工作，周末回家，妈妈做饭洗衣缝补，父亲收拾东西。她配合他，受他支配，慈和贤良。1964年后她几次动手术，父亲到此时就心慌，望着母亲的衣物发呆，好不可怜。他写信把孩子们召回，轮流去病房守护。直到出院，仍要她卧床静养，力求彻底康复。

卫老情怀索寞，不能作画，花了很大气力穿针引线，将一根刮得挺光滑的竹片编成门帘。挂帘的木板上写有一行字：

文化大革命已数年有余，又打倒5·16反革命集团，学校下放农场，我也即将离开，闲着无聊，修理门帘。1970年6月9日。

天霖

中央工艺美院师生要下放石家庄农场劳动，天霖奉命参加。到农场后，部队负责人见他年高多病，不肯接收，这样他办了离休，时年70岁。他回家后甚觉孤单，就动员夫人也办了退休手续，和他相依为命。在离开工艺美院时，负责人说："离休不是回家享福，是做好准备，等一声令下，继续下乡去劳动！"

尽管大环境仍充塞着黯云惨雾，鸡犬不宁，地狱若真分十八层，从十层上升到四五层也相对少受窝囊气，上门找岔子的人不像前三年那么多了。

女儿卫迅早已下放到房山县，那儿算远郊，再下放的机会略少于首都，经过单位街道掌权者同意，她将父母亲户口迁到县里。按当时规定，任何人不得离开户口所在地两个月，故而二老几乎月月要去房山住几日，呆久了又怕被县城造反家们疑为逃避斗争的黑人，即或查无实据也会株连女儿，招来横祸。

离休时宣布解除政治审查，不再作为批斗对象，至于结论，则未公布，谁也不知黑箱子里装些什么。

户口费尽周折转回，管理关系由工艺美院转到街道，扫厕所马路之类劳作豁免了。

卫老想收拾画具，找出小块画布缝在一起（其中一块用于自画像，以窗框子为界，东边花卉占一半，窗子窗下各占四分之一。拼合痕迹，油彩未能掩盖，看了令人痛心）。这类活动被老伴一发现，就找出种种事来打岔，他明白亲人的好心，萌动的创作欲迅速压下。

就在他72岁、师母60岁的1970年，卫迦在成都生下一对双胞胎，奶水短缺，瘦小的婴儿食不果腹。造反派派仗还在热火朝天地打下去，老百姓生活艰辛。二老尽量多吃瓜菜，省下粮票支援产妇，还不断买奶粉打包裹到大府之国。卫迦说：

"没有外公姥姥勒紧裤带相助，两个小外孙很难活下来，更谈不上健康成长。所以他们不到3岁，都从照片上认识了二老，我一指照片他们就会喊：'姥爷！姥姥！'而今长成了强壮的小伙子，我们提到救命恩公，孩子还会流泪。他俩并不理解外公的成就和人品。

"父亲还买猪油和肥肉，精心地炼出来，加盐，放进铁罐子，用塑料膜严密封妥，钉好木箱，由广安门外

桃（油画）41cm × 55cm　卫天霖　1970 年

火车站货站寄给我们。平时常常钉画框，父亲做点木工活还算拿手。送货进栈大多是他骑自行车独来独往，他不爱小妹代他做这些事。只要我接到包裹单，一看写得很工整的字迹，就仿佛双亲的心也同邮件一道寄来，说不出的感动。我受爸爸爱大自然的影响，从来不以登山涉水为苦事。二老帮我很快恢复了体力，当孩子们满了8个月时，我又到野外去作业了。

"从'文革'开头，几年凭户口供给的过冬煤都因政治歧视而分配给了红五类居民，二老手都冻裂了，腿关节酸痛红肿，只能吞声忍受，无处申辩。

"父亲是个闲不住的人，想看的书，抄家抄光了，书店里也只卖八个样板戏、一张《毛主席去安源》，他对戏曲一向不热衷，所以不跑书店。

"有两回带着小本子和铅笔，想找个地方画点风景，警察认为他是画地形的特务，反复盘查，枉费口舌，招来不快，这条路也行不通。

"俩外孙的照片几番寄回家，二老忽然动念，要入川看看这一双小小的亲骨肉，办出门的证明要赔上一串笑脸，没有它哪儿也呆不住，买车票也难。这些障碍被排除，妹妹哥哥都盼望他们出门散散心，看看沿

菠萝与苹果(油画) 55.5cm × 54cm　卫天霖　1970 年

途风景。那年月火车比现在慢一半
还多，他们还是成行了，辛苦三昼
夜，还是实现了目的。

　　"孩子们已经会吃些稀饭、米粉
糊糊，加上奶粉，长得不差，老人家
呆呆守在摇床边一个劲儿微笑。

　　'我看都像他们姨娘，迅儿、迁
儿、迹儿小时候都是这模样，挺像小
男孩，不像这两个小东西长成女孩。

你看呢？'

　　"我看像他们舅舅……' 姥姥抿
着下唇注视着双婴。街上乱哄哄，杜
甫草堂、诸葛亮祠堂、峨眉、青城、
都江堰都是父亲向往的所在。但仅
有一回机会到四川南方旅行，天气
大变，遇到大雨，汽车停开，又累又
脏，兴味索然，再也不想出门。

　　"特殊年代留下他平生惟一无画

的行程。

"两个月时光过得极快，在川中他们又惦记北京的家，等我和丈夫抱着两儿送二老上了火车，父母都泫然。

"'爸爸妈妈很快会再来的！我们等着二位老人家。'

"'是嘛？哦……会再来的！会……'后语转的弯子太不自如，掩盖不住前途渺茫不祥的预感。

"火车开出了，我心里空下一大片……

"回到家中，父亲母亲老是惦记儿女外孙，眼看造反家们忘了他们。爸爸惟一排遣积于胸臆的郁愤方式还是作画，不能画外光下景色，便悄悄画些果蔬：《西红柿》、《菠萝与水果》、《苹果山楂》、《白芍与红果》、院子角落里花色似血的《朱顶红》。"

《朱顶红》给了画家跟自己较量、并且偷吃了禁果的欣悦，他庆祝心头上的笔未变得白发苍苍，龙钟蹒跚。创作欲压抑愈久愈重，反弹力愈泼辣。叶片如喷泉伸向阳光，阴影骨气峻厉，绿中藏褐黄，几色交叠，一笔写出，不打虚拳。笔路见人胸臆，下得肯定，画前已见成花在布上，也不乏随意的临时效验。前景四朵花，左三右一，旁边用色略暗，使明处两朵靓艳丰盈。暗处两朵近乎背景，故意处理得漫不经心，但呼应关系明确，横斜的线压着直线，蓄势酣

饱。比之旧作，丝毫不逊色。

作画怕人发现，可能如写草书，急于成篇，画上的情绪连续而完整。

反复心写造就腹稿多样化，战胜了单调。

不画，忧火如灯耿耿于怀，炙得心肌不时抽搐。

人在自我矛盾中前进，幻想如潮升潮退，他懂得克制与放弃得宜也是美。

经过几番查询，抄家时三大卡车的东西仅仅发还一小卡车破烂，几张油画画布断裂，内外框被砸碎，颜色霉腐，面目全非，惨不忍睹。一向和气朴讷的卫看得怒不可遏，大叫道："这些东西不是我的！不能搬进屋里！"

卫师母和开车的工人，还是把这些劫后残画搬到了屋内。白天，他一坐几小时，哀痛地谛视美的废墟。一连几夜，连续失眠，一世心血凝结成的作品还能归来的幻梦，彻底破灭了。

也有好心人来看卫老，说："东西丢得太多，完全不对头，可以写条子列上目录请造反派查一查！"

卫老拿出纸和钢笔。

胡瑜连忙夺过来锁入抽屉："吃这么大苦头还不明白，要画和古物有什么用？人家拿着条子批判你反攻倒算，东西回不来，人还要倒霉，何苦呢？"他长叹连声双目湿润垂下头去。

然而，他不是悲伤可以压倒的懦夫，一息尚存，还要跟时间跟自己较量，创作的冲动悄悄在心底复苏。

"我还是艺术家么？倘若还是，作品在哪儿？"

"我还能画出好画吗？"

长夜漫漫，或倚墙而坐，或在小院里仰看群星，回答是肯定的。

他要不由恒蹑，再创造一批证明自己格调的画，交给明天。

长江出三峡、黄河过龙门，一泻五千里，阻力都让路。

灵感泉涌，心与手相师，相克，相生；色与色撞击，拥抱，拔河，曼舞。

一笔生动万笔来，轻重、提按、砍刮、纵横、刚柔、扭旋、交织、枯湿、疾缓、藏露锋，块与点线，联想着东西古今，冲刺再冲刺……

从破烂里找出些木条子，锯齐钉成内框。

有些脱了色的旧画刷上底色，可以重画。但这样的画难以保存，用新器材又没有钱去买，无可奈何！

院子里的白芍在画幅上饱吸着阳光，凝挂晓露。

忘记劫难，是向时空交了白卷。

长年累月沉浸在个人痛苦的回忆中是渺小；

为家族亲友一小群人悲痛是狭隘；

用虚幻的美去粉饰丑恶是对吾土吾民的犯罪。

只有把灾难当作磨刀石，使精神升华到博大，由钝变锐，披荆斩棘——尤其是内心的荆莽。

郁结的情绪，必须找到宣泄的闸门。个人不窒息，祖国母亲将粲然一笑。个体与群体的息息相通便是幸运儿。

常见的桃、杏、柿子、菠萝，被彩笔注入诗人的激扬，农夫拥抱丰年的欣悦，对大地的眷恋，从暗夜苦苦等到黎明的憧憬，平凡岁月的美好，便值得忘记。一个孩子一张画，一张画是一个孩子。精神儿女与卫迦、卫迁、卫述、卫迅、卫迹平等。花，人格化；孩子，艺术化。都是小命芽儿！

他想再为葵花造像，对着洗得灰白和色未净的画布久久沉思，脑海茫茫如脏画布一样构不成图。

他骑上车子向玉泉山方向驰去，过了颐和园，也没见到葵花。腰酸腿重，不似往日轻灵，便喝了几口自来水，经回沙滩住所，换下汗湿的衣服，泡上一杯茶坐到凳上小憩片刻，无意间一扭头，窗外邻人屋前小路边立着一株向日葵，向夕阳睁着巨眼……

得来全不费工夫，他忘了饮茶，伏在窗上凝视着她。

次日一早，他没有出门溜弯扫院子，而是放笔开怀地写、写、写……

他忘了灾难、旧作、身在何处。

只感觉到阳光的亮箭纷纷射向他。

回想青年时期作画，夫人做好了午餐，和孩子们围桌坐等他来就餐。

"马上就来！马上！"他抱歉地回眸一笑，挥毫不止。

"爸爸！"是迅儿在呼喊。

"爸！"迹儿在催。

夫人用筷子敲敲桌边，"叮当""叮叮"……

"马上！马上来……"他像登山者猛攀山巅……

等他放下笔，一小时消逝了。

"别等我，吃吧！下回再不要你们等候……"

"你的下回太多！"夫人和久久绷着脸的孩子们笑了。

今天屋里仅他一人，带歉忱的追忆反刍出甜味。

花大如轮，夸张的花瓣四面怒张，一绺绺金发簇拥着鼓胀的花心，一团点彩是大瞳孔里数不清的小眸子，细细审视，各属于不同色阶，一只古代跳神女巫的面具，藏着斯时斯地的她非喜非哭亦哭亦欢的神秘表情。

叶被绿血涨得要炸开了，大若石块，叶脉是扭曲的嘴。多声部唱着光明的赞礼，但又不全是。

是控诉么？也不全是。

花四周的绿，亦点亦线亦块，什么物象，已不重要，只是符号，在可

黄桃、蓝布及黄漆盘(油画) 46cm × 61cm 卫天霖 1972年

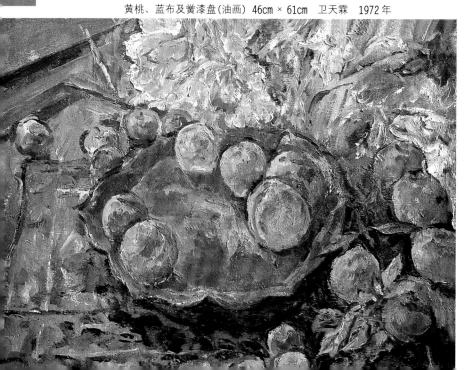

知与不可知两极间穿梭，必然与偶然中扭着秧歌。笔——命运的指挥棒，受到画布颜料抗拒的顺从，犹同吹响起跑哨子或冲过终点线那一霎时的运动员，分不出动静，或兼有对立的二者……

几天后，葵花被播种者收去，他还想画。

女儿们到同学同事家去找："妈妈病了，赤脚医生说要葵花头煎水喝，帮着找找吧！"

几天后，几株葵花头插在瓶子里，帮画师作再度冲刺……

几张画完稿，长期积累的即兴应变才能仍在；生疏的笔触另有一种不听话的倔强味儿。对今念昔，格外缅怀旧作，那些画带走了他的部分血肉，是不可重复的生活留痕，再也画不成。勉强重画，也是另外一张。

他把自己跳高的横杆不断上移。虽说费劲，还是过了杆。

他要跨越新的高度：再写一帧自画像。

全身的潜能在集中，在思索，准备一件宏大的冶铸工程。

画什么，不算最重要。

怎么画，是关键。

元朝初期的大师们、明末朦胧地寻求个性解放的文人画师们、清初的遗民画家群，都会以真乱假，他们打着"仿××之法"的旗号，形式接近仿古劣作，骨子里是嘎嘎独创。那些线条寄托着情感密码，使千秋后的知音读后仍能看见对神州文明夜祭的篝火，听到民族志士捶胸顿足哀哭于大野的壮音。今朝不同于古代，劫中切肤剜肝之痛，历久犹新，亦不同于古代大师的感应。即使在假丑恶横行之日，真善美从未在人们意识与行为中死去。对祖国前途、中国人品格的自我完善，仍充满信念。

未画之前谁是我？

画出之后他是谁？

此画与往年作的三幅自画像有什么不同与内在联系？

三张作品出世的时空条件和作者心境迥异，相同的是追求有我与无我之间的自在状态。

古希腊悲剧名作《奥狄浦斯王》中便号召后代："认识你自己！"汉代学者留下名言："人贵有自知之明。"

认清自我，谈何简单！

"有我"，在直剖灵魂，笔触见个性。

"无我"，摒弃自我崇拜、隐恶扬善等习见弱点，保持冷峻客观，找到作者画中人神往相通之处，最艺术化的距离，适度便是美。

1928年的创作，单纯真挚、涉世甚浅，与那时社会风尚年属而立即算中年的持重、渴望生活的激情、害怕情海浪波的宁静、期待创作丰收，事业顺利，又愿意直面复杂险恶世途积累真知灼见，有一番拼搏的预感，共同展示朦胧的憧憬。

第二张画像写于 30 年代，和修古藩等的头像大体同时，前伸的鼻沟纹、嘴唇、下巴非常灵动、奔放，夸张了前额的方和直，眼神敏锐而含蓄。较之初上讲坛，他已不想美化自己，略带知人知世的自负，这自负到"文革"年代就浅陋可笑了。右眼用虚笔点到为止，连镜片都画成过场，衣领耳部漫不经心，仅作宣叙，不再咏叹。就造型能耐与抓不美之美的悟性而言，高于前作。

第三幅大于前两张（45.5cm×28cm），完稿于 1939 年，如吴昌硕所教诲的那样："大胆落墨，小心收拾。"构图坚实，结构完善，脸上用光娴熟，立体感强，明暗相辅而行，头发与水墨头像的用笔有发展，剪去有鬓角，洗尽铅华，一双堪负重担的肩膀，正是中年教授的风采，后景干净，背心大块蓝色是全图重心，统一中藏变异。细节如领口的动感，也标出风力，更说明人的稳厚。此画与第二图比较，相对矜重，抒情成分包括乡土味有所削弱，油画的技法运用自如。

在自写第四帧画像时，为什么用一块拼凑的画布？

这个决定显示在他心中久久响过的二部合唱：

——我的画有"毒"，不该用家藏的少量好布好色，留给别人用吧（这点藏品到死也没舍得用）。我只配用破破烂烂的器材。

——既然有"毒"，不画拉倒。

——不画管不住脑子，会想到许多令人痛不欲生的烦恼，只有挥笔动刮刀，才是天地间最佳的镇痛药。

——既然作画，何必用孬材料？

——说真格的，我还在练本领，等时机，将来用好布好色画他人画不出来的东西，传给后世……

——孬材料不能保存，将来后悔！

——等不到将来画毁了才没有后遗症，免得一人无福，拖累一大屋。再说材料是死的，人是活的。也许搞出点想不到的名堂……

——做出点名堂跟孬材料一道完事太可惜。

——倒霉也认了！

以上对白不是对现代文学手法生吞活剥的卖弄，故意颠倒时空，这些矛盾的独语都是他后人的亲耳所闻。以画忘愁，又怕惹新愁，欲罢欲画两不能，全身神经送入混凝土搅拌机的大哀，未曾亲历的大天才也写不来。

每笔要下得考究、肯定、真诚。可需要添些人为的亮色，光明的尾巴？

不用！造反派爬得再高，文化水准仍在井底，看不懂画！真有文化素养的人不会打抢砸抄，烧古书

菠萝与蛋糕(油画) 53cm × 65cm　卫天霖　1973 年

古画，毁掉庙宇文物，心安理得地播种血腥悲剧，令善良者苦于死不了也活不成。人过古稀，还能活 70 年么？何苦违心失真！

人，飞上了月球，还将飞出太阳系。我们只为人巨大的智慧或破坏生态环境的盲动力惊讶，而不为人这部"机器"的存在惊愕咏叹！自画像和一切高等艺术品一样，是对人的奥妙来一次探险。

什么是人？没有抽象的人。

在为人类利益而苦斗的时候是"神"；变得自私自利伤害同类的时候是"鬼"。

从神到鬼的桥梁上浮动着人。

人的脸上、手上为什么会生出皱纹？破除相面者、手相家的迷信，用不了一万年，总会有妙人儿作出科学的破译。天霖不是自觉的破译者，他只想把隐秘的心灵活动记入线条。

我从哪里来，往何处去？

我为什么从艺，这条路走错了吗？

艺术是什么？到底有什么用？能改变客观世界么？我对世界有私心么？也许有，占的分量很重吗？世界对我是公正的么？

为什么我成为了我?

蛾扑火,火烧蛾。为什么火蛾相生,不完不灭?

一个终身培植人的人,会不会像马克思说的那样:"我播的是龙种,收获的却是跳蚤?"

事与愿违者是少数人么……

人,应当如中流砥柱,还是损人利己、随风转舵、没有个性、有奶便是娘、吹牛拍马、毫无道德观念与羞恶之心?

窗外一片浓绿,地上阳光血红,桌上瓶花含春,我能走出去?新世界会不会接纳我?她会不会衰朽变旧?

我为大众祝福,为什么大众不理解我?

坚信世上好人多,总不会错吧?

当希望与悲观握手,欢乐与痛苦合唱,光明与劫难搏斗,勇敢和彷徨接吻,倔强跟失落吵架,安之若素的静态与苦闷困惑的顽强碰杯之际,一切没有说清,又尽在不言中说得明明白白。

红瓶中的白芍(油画) 45cm × 53cm 卫天霖 1972 年

法则、规矩、造型语言，时而牢记，时而忘却。

笔与色，时而拘谨，时而恣肆，时而点到即止，时而细刻精雕，手不由心。于是有了澄澈的朦胧，含蓄的直白，不无矛盾的率真，忘却的记起，记起的忘却，目的不直接表达的狂舞，僵直里颤动着柔韧的和弦……

从形式讲，虽未完成，已是杰作。

从写意高度而言，意到笔不到即为上品。

自画像，画出自我是成功；仅仅只画了自己又是失败。

自画像，画了一个人，一个典型时代的典型人物；又画出了一群人。

自画像，画出熟悉的陌生人，陌生的熟悉者。熟悉的是常见的外部现象，陌生的是吓得艺术家自己也不能再往下画的隐秘小天地。

自画像，画的是一片年轮，呈献给聪明鉴赏家的是一棵树。

自画像，孩子们会叫他"爸爸"，但不全是冯玉兰、美代子、全赓靖、胡瑜都爱得极其深沉的普通麻脸男人。是有识者心目中的历史人物，学子眼里的导师，造反派痛斥的"汉奸"、"地主阶级孝子贤孙"、"崇拜西方颓废艺术的洋奴！"

自画像，画出了中国文化最高的农民。具有农民所欠缺的造型力、审美力、见识，有农民的勤劳、质朴、善良。有没有农民的落后、封闭和狭隘？

最优秀的艺术品总能跳过叙述的局限，上升到表现，再蒸馏到思考。

关于一个民族、东西方文化、人类命运的思考。

东坡说："意足不求颜色似。"

人，是人又不是人。

花，是花又非花。

桌子、瓶、窗，抽象又具象。笔笔是笔非笔，转化为情感的音符，又沉着，又躁动。有无形的雷雨风云，又是人间烟火。

作者忘记了自己是在作画，笔下苍苍莽莽，是生机，是历史的元素。是泥土的轻歌，花的叹息。是生命行将失去时无可奈何的留恋，是虚掷岁月对父老姐妹和后代的悔恨不安。是不甘于沉沦苦海的呼号，是"文革"逆行倒施行将结束的预感。是人的尊严被重新肯定，对人曾经是人的历程，作了揪心的回眸。

艺坛奇迹总是不求高妙而自然高妙，无象可寻，不可复得。

求态失态，无态而具众美。

无技巧是最高技巧。

天霖有幸受到七千年来最丰厚的生活赐予，才有此画。日本的黑田清辉、成就至今无人超过的梅原龙三郎、藤岛武二老师，稍后的野口弥太郎、猎熊弦一郎、里见胜藏，没有天霖的亲身体味，写不出此像。

印象派的巨匠们马奈、莫奈、毕沙罗、西斯莱成就高于天霖。后辈画不出前人佳作，他们也不具备写此幅自画像的背景与氛围。德加、雷诺阿笔下脂粉气更多，是另一类美感，离此像更远。谁幸谁不幸，由后人去评定。

自画像产生于中国油画异常歉收的10年中，他填补了自传性绘画的一段大空白。

残缺是对完整的征服。

全而不全，不全而全。写心述怀，无全无不全。

有点挽歌情绪，惟其真切，便能与陶渊明《自祭文》一类妙文相通，是中国油画史上一阕《悲怆奏鸣曲》。

天霖的作品很丰富，惟此作"得时独厚"，抒情性、自传性最强，记录的东西最多。他本人就是杰出的未成品，人与画一体。

愿史家、评论家多用慧眼审视貌似无奇的自画像，他经得起开采！

有位学生给卫老送来一把芍药，并且发问："您为什么不画牡丹而爱画芍药？"

"我喜欢芍药，尤其是白芍。因为它纯朴美丽，牡丹太富贵了。你送来花，画起来方便多了，已完成的画稿可以重画。"

卫老连画三张白芍、两张粉芍。他对章文澄说："油画表现花，特别是花瓣的薄度和水分，是最难的。"

"作品中必须有作者本人。艺术只有表现了作者心境，才具有生命。""纯美的作品，必然是永恒的。"有几十年的甘苦体验，这批静物才会成为卫老油画作品的塔尖，后来也未超过。对弟子们脱口而出的箴言结合他实践去领会，才见深广度。

工艺美院阿老教授请卫老作画，据卫述回忆："父亲非常激动，给我写信说这是周总理的指示。他不敢到外面去写生，只得小心地躲在家中最暗的小屋作画。批斗过父亲的学生又来探问，父亲回答：'我一直在学习改造，没画画。'虽然这些画曾挂在国际俱乐部，但时隔不久，又作为黑画，不知在哪里又遭批判。"

卫老的另一个孩子说："这批判雷声大，雨点小，害得全家吃不下睡不安，几张新作也无处可藏，打算转移到房山，父亲怕拖累别人，不肯把画送走。批判久了，人也疲塌了，一方面害怕，一方面听天由命，逆来顺受。阿老叔是笃诚的美术教育家、知名的画家，在报刊上发表过大量插图与速写。在'文革'中对爸爸同情，从不发表批判言论。政治审查一结束，他就到我家来访友。父亲信任他，拿出几张近作请他批评，他深刻理解父亲作品的历史价值，看了很久，赞不绝口。

"父亲谦逊地笑着，摇摇头说：'不算好，不算好，刚试着练练手！还生哪！'"

"'我来还有要事相求！'接着提出请父亲作画。

"'不行，我……'

"'您不行谁行？我认识的画家当中，您的油画颜色最丰富、最响亮，放到国际交往的场合够气派，不能让外国朋友小看咱们中国画画的……'

"'不，我……'大概他想说怕因画肇祸……

"'考虑一下，答应我帮帮忙吧！内容随便。'

"'好吧！'

"'算您同意了？这是尺码单。'

"直到把客人送出胡同口，父亲都没有明确是否接受任务。晚饭后，全家围坐在一起，商量画还是不画的事，看法不一。屋里的灯亮到两点，父亲不时发出叹息，或者和母亲叽咕几句，他们睡不踏实。

"一连两个早晨，他在给画布涂底色，不是一口气涂完，而是涂涂停停，若有所思。

"他面对真花，用原色勾稿，画画改改看看，像在画中找什么东西。

"等到成熟，找出与画稿等大的

粉芍药(油画) 46cm × 53cm 卫天霖 1975 年

画布，放笔疾挥，几乎是一气呵成。

"阿老叔又来造访，父亲仍未表态，只请客人看几张近作。

"父亲说：'我用了一点传统写意的手法，力求鲜艳明亮。'

"阿老叔：'好极了，有独创风格！这些花哪里找来的？'

"'找不到，凭记忆和想象中的样儿画出来的。'

"'莫推辞，挨批先批我，我背后还有周总理。就这么定了，过几天再来看画。'

"这是父亲晚年创作的高峰，不久就病倒了。"

纵观卫老70年代之初的新作，保存了此作品的长处，体现了老人把自己的不幸扔在一边，用重上战场恢复创造性劳作的喜悦，去抚慰同时代人。

画的基调明艳沉静，骨清神健，仿佛是剪来晚霞片片，做成浮雕，画面颤动着似有似无的绿纱，让全图深远湿润。鲜嫩的老辣，飘忽的气流，用光拓展出的空间，笔端洒出的彩色斑纹，有金石感，又不限于古青铜器上的锈蚀残痕，抓人视野，耐得审读，上了一层台阶。

朱彦光登门拜见，问及近况。

卫老说："画册（资料）和大多数画都被他们拿去，我本来也是要交出去的。""交"，有贡献、献出的意思。

"老师，我想看画！"

卫老取出一幅小画，上面是一只蓝边白瓷盘，内放三只桃子，冷暖色辉映，散发出清新的园林气息，给沉闷的小屋打开一扇空气洁净的小天窗。彦光心旷神爽，先近观，再退后几步遥看，光感、空间感、色感都好。

卫老说："画上去的每一笔都要很讲究，要考虑到远效果，其实就是欣赏效果。但明白人还要近看，而且每幅画都是画家靠近画布画出来的。认为油画只能远看，那是不明白的人的观点……"

"刚去看过1972年的全国美展，作品有好有差，内容太单一！"

"我还没有去看，听别人说过一些情况。油画可以用来画历史画、通俗画、宣传画。但油画要被大家认识，在我国还要40年！"

彦光心里受到震动。

"过去在解放区到处都讲的一句话是理论联系实际、实事求是，不知为什么，现在越来越不实事求是了。"老人默坐良久，愤慨之情溢于言表。

和往昔一样，每次临别，卫老都要客人在一本厚厚的簿子上签名，彦光下笔时心中悲伤，不知还能见上几面！老师爱回忆往事，说明太孤独，健康状况也差。

"你看看，这个女学生很不幸，生活不愉快。这是张瑞芳的签名，她来看过我，我还记得她报考北平国立艺专时的样子，胖胖的……"

人固有一死，想到尊敬的导师虚耗岁月，不能发展才华，突破旧我，犹如一支红烛立于风前，乌云怒涌，大雨将来。烛光日益微弱，学生们爱莫能助，无可奈何地看着他灭去，那是人间的大痛！

艺术教育家从切身遭遇出发，总想对于形成现实的因果作些思考，自觉地加以总结。

1974年8月3日，卫老给学生赵一唐写了一封信，对美育提出了看法，这种参与的热情特别可贵。他在信中写道：

一唐同学：

……

解放后，除体育课而外，手工和美育等于消灭，成为最小的课门。也是因为搞美术的人自己先没有重视起来，所以形成被动。现在社会主义社会，究竟如何看待美育教学、时间如何分配，这些国际常识，群众应当如何认识，责任在于我们。从师大到建成艺术师范学院，当时设有美术、音乐、戏剧，后来走了弯路，最后关门大吉了。不知我写的意见如何、对或非。搞美术教育方面的同志应当科学地研究这问题，然后将意见归纳出来，向有关领导提出，最后可请示郭老（科学院）或国务院。这不是一件小事情，是建设社会主义美的普及教育的方向。

我想要从幼儿园开始进行美育

的指导和教养。我不知道全国有没有过这样的科学研究，要没有你们开始搞好不好？

用油画方法在阶梯形屏风上画出《孔雀牡丹仙鹤松梅图》是油画史上的创举。此画后来由弟子佟育智先生补成。佟先生也已追随卫公作古，他在生前写出的回忆就更珍贵。出于尊师、自谦，他不肯在文中提到自己，这样的高风才不愧是卫公门人：

147

晚年，卫教授的身体健康情况不好，家里人劝他多休息。他还是顽强地与疾病作斗争，争分夺秒，不肯放下画笔，实验如何把过去对国画和油画的技法理论融会贯通在一起。既讲究国画传统笔法和布局，还要表现出油画色彩的特点，以致历时较久。忙到1977年3月中旬将近完成的时候，而教授病笃。他把早年的一位学生召到床前，嘱其代为完成。年逾花甲的学生，看到老师卧病在床，心里很是难过，在理解了老师的意图之后，立即开始补画。不久，卫教授住在医院中，听到这幅画已经完成时，很是欣慰，要求学生在画上签名，表达师生的情感。1977年3月24日，

青花瓷瓶中的白芍(油画) 41cm × 31cm 卫天霖 1976 年

我们尊敬的老油画家即与世长辞了。

卫老虽是油画家，可是他对我国传统艺术，如国画、篆刻、雕塑、陶瓷以及工艺美术都很有研究，学识渊博。在教学中，常常运用我国传统艺术的理论与技法，有时还拿出古代名画给学生看，论证古今中外的异同。特别教育学生尊重我国历代的艺术成就，希望能够运用发展。在这幅画中，体现了师生共同的志愿。

松、鹤、孔雀、牡丹，是我国绘画的传统题材，常常被运用到屏风上去，是为人民群众喜欢的。教授作这幅画，是为了研究日光下和月光下所产生的不同效果与环境气氛，有意地减少了《仙鹤松梅图》部分的色彩变化，把人们引入月轮初上的境界里去。以绿色为基调来体现生命力，两只仙鹤是刚凌空归来，还是要在皎皎的月光中乘风而去呢？看来，白鹤没有休息的意思，至少，也是在欣赏伟大的自然景象。在静穆的月夜里，松因鹤而更加苍老强劲，鹤因松而愈显高洁自在。当人们结束了一天辛勤劳动之后，走到这画前，无疑地可以得到安慰，忘掉疲劳。

《牡丹孔雀图》部分的色调表现出在初夏温暖的日光中，美丽的孔雀栖止于盛开的牡丹之间，色彩缤纷，光华夺目。在这幅画里，画家把他一生中从事艺术实践的技法理论尽情地运用出来，但又非常含蓄。如色彩的呼应，笔触的灵活，远近景物的融合恰到好处……孔雀从头到尾，金碧辉煌。左角下的牡丹花和叶的色彩富有变化和层次，与孔雀配合成为完美的一体。这是画家一生用色彩经验的体现，绝不是自然的翻版，更不是简单的一幅花鸟画。孔雀牡丹这幅画给人以绚烂、生动的感觉。体现画家乐观的情绪，向往美好的未来。希望看到这幅画的人们对之产生共鸣。

149

吴冠中先生来看望卫公。他们的初识是在北师大教工盥洗室里，没有见外的客套，所谈不外是作画之难。这次见面，卫老已经退休，并将被迫离开儿子和他居住了大半辈子的北京到丹江去。"那天我照例去看他，他老眼昏花中正在查看地图。问我，'丹江在哪里啊？'尤其致命的是，说他的画充满毒素，必须毁掉。我亲见他在一幅一幅涂刷毕生的心血，手颤抖着。我忍不住向他要

桃与李(油画) 50cm × 60.5cm 卫天霖 1974年

一幅留作纪念，替他隐藏保存。他让我在全部作品中任选一幅，我选了一幅粉红色的《芍药》，这幅是我亲眼看着他画的。我们第一次见面时他正在洗笔，就正是在作这幅画。"（引自吴先生为《卫天霖油画集》作的序文）

我们非常遗憾的是吴先生拿去保存下来的画未免太少，否则也少损失一些好画。这幅《芍药》吴先生精心珍藏多年，1985年"卫天霖艺术研究会"成立时，他特地将画捐献给研究会以表支持。

弟弟卫垒来看他，只能默然静对，谈话极少。哥儿俩都知道这是一回相见一回少了。卫垒后来回忆道："他送给我的一幅很大的油画《菠萝》（约1米许），画面上有两三个鲜菠萝，好像能让人嗅到水果的香甜气味，背景是一束芍药花。这是他画得比较成功的一幅。后来，画被'文革'抄家时毁得只剩下一节画框。

1977年我国赴瑞士开画展，要展出他的这幅作品，哥哥向我问起这幅画，我伤心地把画被毁的经过告诉他。他听了以后心里十分难过。后来哥哥又要送我一幅画，让我在他的作品中自选一幅，我不忍考虑，有愧于他！我怎么还能要呢……"

天庄把哥哥的作品看做是国人共同的财富，有他支持，后来才能集中到北京师范学院去保存，可以看出他的卓识和魄力。不似有些人家，老画家一死，亲属间遗物遗产的争夺战就开始，使旁观者寒心冷齿！

卫老被封闭在狭小的无形樊篱之中，寂寞的虫啃着他敏感的心。等死太无聊，一息尚存，不容稍懈。找出剩余的颜料，洗掉画上的油彩，改绷成小幅画布，画成小稿。先在夜里画，后来胆儿壮了一些，白天也画，其紧张程度不亚于往岁给地下工作者偷运药品！

找不到真花，养花是"玩物丧志"、"资产阶级生活方式"，学生便找来纸花，象征性地插在那儿，让卫公回忆起真花的模样与精魂。这类困难，前辈大师何曾领教过？画得自认为成功，再放成大幅，其实也还是很小啊！

卫老病了，老友庄言去看他，相对无言，唏嘘何用？庄老是延安鲁迅文艺学院的教师，视野广阔，画风厚朴亲切，人如其画。留在他心中的最后镜头是："画室被人占了，屋里

和台阶上零乱地散放着很多画，有的已残破，我几乎惊叫起来，这些画不是用油画色画的，是卫先生用心血画出来的。这是艺术！……他显得无力，老了，房子里所有的物件、陈设，都蒙上了一层灰，它们似乎也衰老了。惟有空着的，他带病画成的屏风……仍旧闪烁着青春活力和传统精神。"

"文革"的梦魇终于过去，但卫老的身体完全垮了。1977年初，他终于病倒。夫人和孩子们多次找到中央工艺美术学院革委会，请求为老画家平反。负责政工的人说："我们天南海北调查花掉大量经费，难道全是假案错案？他在日本干了些什么没法儿去查，不能平反。"夫人很顽强，继续奔走呼号，虽然无效，并不灰心。

长期的迫害、批斗、夜审，没完没了的检查交待，被红卫兵按成"喷气式"在广场飞跑，一次挨斗至少弯腰4小时。一名当过旧警察的地痞押解卫老去栽树时，挥拳把老人耳朵打聋。在遭到扣押时，去探望的子女也先后被打，使卫老精神特别痛苦，又无处可以诉说，只能憋闷在心中，加重了病情。他在病榻上反复叮咛儿女说："我死之后，作品对习画的学生还有用处。'四人帮'虽倒了，造反派还有势力，千万不要让我的画落到这些人手中，免得再被毁坏。艺术师范学院的老师和学生在我离校

之后，对我仍旧很关心。我的作品请吴冠中先生交给师院朋友们处理。"

章文澄先生清楚地记得，那是在1976年唐山发生大地震期间，一天，卫老不顾年迈体弱多病，抱着一包画册，来到他家中慰问。卫老一点不怕政治株连，展现了慈父般的美质：

卫老见我不说话，就站起身来察看我那用教室隔开一半的房子，像个大方块，一目了然。他说："这房子太糟了，幸好没有塌。"然后，又到院子里察看一番，说院子当中是防空洞，千万要注意安全。如再有震动，还是到外面去为好，晚上睡觉别拴门，照顾好孩子等等。

我忙问他的情况，他安慰我说自己一切都好，不要担心。其实，经过一场浩劫，一位年逾古稀的老人，怎么会一切都好？

时近中午，留他用饭，他说不能多呆，还要去看苏民生老师和吴冠中老师，并要送画册给他们。

我一直相送到宽街13路汽车站，正好一辆车从西边开过来，下车的人很多，隔着马路也看不清人。忽然，他往前赶了几步，招招手。原来他已看见我妻子从车上下来，过了马路正往家走，卫老在招呼她。她回过头来见是卫老，便急忙过来问好，卫老亲切地对她说："我来看看你们，从背影上我就看出是你。"她还没答话，眼里就充满了泪水。

从东往西的车来了，我们送他上了车，目送着车远去。

卫老在"文革"之前体质很健康，有点伤风感冒，总是由夫人替他到门诊室拿点药，倒好开水，守着他当面吃下去。如果她忘了督促，他就记不得吃，拖上几天，照旧忙着上课作画，迅速好转。

1972年冬天，夫人发现他长期低烧，就陪他去隆福寺街道医院去看看。离退休人员的生活费与医疗关系全都转到了街道委员会，不得擅自到非指定的医疗单位去就诊，卫老久不光顾诊所，半天才找到医疗证。

喝过小米粥，他们赶到医院挂了号。

当时医院里强调治愈率占就诊者的百分比。一问病人年龄超过60岁，就开点药打发走，怕入院治不好降低了比例。这种片面追求数字，将患者抛在院外的做法今天看来极其荒唐，谁也不会摆在桌面上去批判，在十年洗劫中却在默默地执行。

皮肤癌没有查出来,给了些黄金散之类的外用药,敷上全无作用。

接着,手脚有些浮肿,左边心口不时感到闷胀与阵痛,大夫说:"胃病! 上了年岁的人得这种病的不少,吃点药会好,不用大惊小怪。"

"老头发烧呢!"夫人在旁边提示。

"吃了药会退烧,没事。"大夫极有把握。

1973年,皮肤癌从右肩向右臂及背后发展,大夫才确诊。并未采取什么措施,只是几天去烤一次电,疗效不显,但卫老是极坚强的人,他从不消沉,作画特别勤奋。

这样又拖了3年。

1976年"四人"帮被粉碎,他欣喜若狂,去看学生、朋友、同事,整天笑得合不拢嘴。

章文澄还下放在干校,期间有过结核,气管又不时哮喘。19年的精神压力和沉重的劳动,使他累得瘦弱不堪,但只要有一天休假,都去看望老师。

卫老说说笑笑,忍着疼痛安慰文澄。全凭一股毅力,仍坚持着画三曲屏风《孔雀牡丹仙鹤松梅图》。背后的皮肤切除未能收口,人一天天衰老下去,几乎油尽灯枯。只有那双炯炯的眼睛闪着生命的真焰。

文澄已预感到老人的时光有限,泪往心中流,不敢表露出悲痛,走出师门,和陪他同来的夫人一起哭了。

文澄兄告诉我:"在我饱受歧视打击的年月,只有卫老给我以父爱,勉慰我安心治学,受了委屈,早晚会作出正确结论。他以身作则,一行一言,都在教我如何做人,不仅是学艺术。受他的启示,我才十几次奔赴山西考察雕塑,龙门、天龙山、双林寺、五台山数以万计的古代名塑使我大开了眼界。使一个普通青年找到生命的意义即对民族遗产的爱。我活一天就对卫老感谢一天,有点微力,从事教学之外,努力研究卫老遗产,宣扬老师。最后一回在老师家看他画画,简直是拼老命。我觉得他会死在画架前,以身殉艺术,直到最后一息……"在十年浩劫大批师道尊严之后,听到这真挚的肺腑之言,如在梦中。没有他与王琦、鸿林等兄的慷慨相助,我不可能写成此书。师道接力昭示出民族文艺复兴的曙色,文澄是无愧于卫老的弟子!

"老卫! 大夫要是提出手术——切除右臂呢?"

"不能画画,活着不如死! 不会那么严重,前几天切下两小块,说是良性肿瘤呢……"

"该手术还是听大夫的!"

"呵呵呵呵!"笑声未落,眉头紧皱。

1977年2月初,他知道最后一张画完不成,就对夫人说:"这屏风……只有吴冠中先生帮着画完……"他扔下笔气喘吁吁,胸廓发

1970 年的卫天霖。

紧，如同被布捆住，越收越紧。

他需要氧气！没有！

夫人看到他病情危重，通知外地的老大、老二回到家里过年，在信中叮嘱卫迁、卫迦进门不要哭泣。

卫述、卫迹、卫迅说服父亲要住院医治。这时，追求治愈率的"紧箍咒"已然松动，虽说对艺术家老教授还谈不上尊重。

当时，首都已有少量的出租汽车站，孩子们去要车，听说拉病人，没有司机愿上门。

卫公勉强能站立，两腿发软。他坚持步行入院，试走几步，体力不支，一头虚汗，干喘着粗气。

一代名教授，是用小孩坐的竹车推到北新桥医院的。县长们早已有了专车，10年后乡长们、经理们又大都有了小车。……

7人一间病房，连痰盂都没有，空气污浊，各种呻吟此起彼落。

长子卫迁一见卫公面色苍灰，呼吸不畅，主动向大夫提出抽自己的血输给父亲。

大夫为卫迁的请求所感动，验过血型，血也抽了，但为时已晚，输不进去了。

夫人回家，痛哭失声，孩子们的安慰何益？

刘亚兰老师到医院看望卫老，见治疗条件差，就和她在日坛医院当大夫的弟弟联系，不管街道如何限制，也得转院抢救要紧。

日坛医院设备较北新桥医院好，病员住得满满的，没有小病房，先在大观察室接受检查。

刘亚兰先生和弟弟回来探望，建议按危重病人护理需要换间静室。卫师母对刘先生再三致谢。

除夕前一日，匆忙自干校赶回城的章文澄来到椅子胡同，见到师母在饮泣，只有病榻前的孔雀用凄冷的眼神盯着他，他用什么话来劝慰老太太呢？

文澄来到医院，孩子们希望他不要说话，免得卫老知道他的到来而激动，老人的心脏非常衰弱。这样他只能无言地望着老师，知道卫老行将进入弥留，但还未想到已是最后一面。

卫公站不起来，只能连人带床一起抬入另一间病房。文澄和弟妹们抬完老师，忍泪而别……

老人喝不下一碗小米粥，昏睡时间多，清醒时光少。

有一天，他悠悠醒过来："他们要消灭我的画，还要消灭我这个人……"

"不会，'四人'帮倒台了，再也不会……"老伴清瘦的脸上现出笑痕。

"……"他长叹一声，泪水夺眶而出。

癌细胞向全身扩散，他奄奄一息，有时望着天花板发楞，他在想什么，梦中还画画么？这是永恒的秘密。

3月18日，卫迦的假期已过完，心留在病房，辞别父母，由兄妹送上火车，含悲而去。

3月21日，天霖忽然睁开了眼睛，对几个孩子说："爸爸这一生总算办对了一件事：没让你们走我这条路！"言罢阖上了双眼再也不曾睁开。

这最后的遗言包容着多少对后代和对艺术的爱！虽然，爱有时是用恨的形式来表达。

公历1977年3月24日冬夜漫漫，凌晨4时，卫天霖先生停止了呼吸，离日出还有一段时光。

156

追悼会开得不太顺利，但这与卫老已经没有多大关系。

人事处的一位干部宣布对死者的结论是"一般历史问题"。

卫师母已经说不出话来，她几乎虚脱，因为也是一位癌症患者。比起丈夫的死和自己被黄土埋过了眉毛，什么打击也都平平淡淡，弹簧挂着重物过久，失去弹力了。

那时重返岗位的，多是受过"四人帮"迫害的人，也有少量未受迫害的一直走红的人，还有些自己挨整一肚子苦水而他整死别人却永远正确的角色。

每个时代都向历史定购了一批她需要的人物。

刚到成都才4个夜晚，得悉慈父仙逝立即返回母亲身边的卫迦提出质问："何谓一般历史问题？"

"凡属在日伪或国民党政权下工作过没有去解放区的人，都算一般历史问题。从宽处理，不予追究。"

"四亿半人都上延安，延安装得下么？人都死了，还要背着历史包袱，请问怎么追究？"

"这是公事！"回答义正词严。

然而，此公配为卫公作出结论么？

如果老人健在，他会拉着面红耳热的女儿走开，付之哈哈一笑。他听到种种非难太多，异口同声，全无新意。

真正的结论的作者是时间与老百姓，因为这二者最公平，并且永垂不朽！

当学生们再到椅子胡同卫老故居去顶礼的时候，卫老和胡大夫都不在了。只有那熟悉的小窗还依旧睁着眼睛，墙粉刷过了，稍亮一点，似乎给眼角添了几缕笑纹。

椅子还像昔年一样放着，愿它永远放置在世界美术史上，等待着超过卫天霖的新人物！

1983年，卫公忠实的老伴胡瑜先生去世，终年73岁。她和丈夫一样没有般叫到出租车、救护车前来送入医院。她受尽了乳腺癌、糖尿病、气管炎的折磨，苦苦为患病的师生们服务了50年，自己却未享受到像样的治疗。

1987年4月26日，刘海粟先生和笔者应当时的文化部长之请，在北京饭店会晤。当天报上发表了刘老的短文：呼吁建立关良和卫天霖纪念馆。会谈内容与此文一样。

王蒙先生坦率说：他是第一回听到卫公名字，更不知故居即在文化部附近。

笔者向王先生介绍了卫公其人其画。他吩咐秘书立即记入手册。临别时说："我尊重刘老和你的建议，回去先跟同僚商量一下，这涉及北京市的规划、纪念馆的建制经费、征用故居，都很复杂，还要上报。我只能说努力去做。成与不成请刘老先生和你理解。"

我说："平生办事准备失败，力争办成。或许前者是必然，后者是偶然，所以得失恒温两淡然。"

到我修订这本从未发行过的评传时，20世纪行将告退。卫公故居早已被开发公司拆去8年，只剩下一株臭椿树孤立草丛中品味它的寂寞，还有一个大坑，朝苍天瞪着无光的独眼。

12年前的我太无知（今天也依旧糊涂），世上没有不倒的故居。让一组人终身守着一个假古董的"王羲之故居"（王主民未到过临沂），对中国文化有多大益处？黄帝、老子、庄周、墨子、司马迁、陶潜、吴道子、李白、杜甫、王维……故居安在？

艺术家的故居在他的作品里，在后代的怀念中。

画会坏，卫公也会被人忘却。而忘却正是历史最有内涵的删节号，其功绩会使后代活得轻松。

中华儿女两千多年来轻松过几个百年？

帝王、官僚、大地主，富商为了强迫后世记住自己，不知费了多少民脂民膏。古希腊的那个爱名狂为了个人不朽而樊去神庙——古代艺术的殿堂。

卫公如果健在，他将以微哂来迎接被忘却的大安宁，从本质意义上了却涅槃的大欢欣。

辛亥革命前后诞生的大家们纷纷辞世，世纪末的商人去媒体炒出成批的闻人，但炒不出进入文化史的名作。越印越精美的画册躺在大橱窗中，不读书的富人和死爱读书的穷汉子都跟它们无缘。

开宗立派顶天立地平视天下的大师难以联袂而生。

俯视者多为夜郎骄子，仰视者每有洋奴媚骨。

放大自我以大师自居、靠非艺术因素享名的喜剧人物，各尽所能，各慕所需。用短暂的成功史，招徕着后续人马。

造就凡·高等悲剧人物的陋巷，塞满了无用的广告，供天才吮吸的灵乳，弱化了文化与人情的含金量而逐渐稀释。

1971 年的自画像（油画） 68.5cm × 55cm　卫天霖

一代代苦耕者、沉思者、摹仿家与观众心理学家们两手空空地被送入火葬场。商人们发了财再破产，破了产再发的循环……数不尽的前车之鉴使明智的后代清醒地悟得：

帝国主义文化侵略并非空谈。激素兴奋剂的使用，使受害者貌似"进步"而封典忘祖。

没有一个文化古国成为经济上的超级大国。

抛却传统只会为殖民地思想开道。

一劳永逸的万能处方，现在和将来都不会有。

重复西方思想家的话语，跟重复中国古人的话一样不能代替当代人的创造。吃祖宗的饭、邻居的饭、子孙的饭都乏味！

创造，离不开继承。

脱离传统，无翼思飞。

传统或进口糟粕，有时和精华同根。剔除它并不像割阑尾、剪指甲那样简单。

从东西方文化的源头走出来之前，必须走进去体验她，熟知她，慎思，明辨，选择，消化，吸收。

终生在门外批判的人，批不出新招，只能迎合风向修改自己的面具，往往前后抵牾，不能自圆其说。

知古出古，知民间又升华民间艺术，通西方各种艺术发生、壮大、停滞、衰朽，立体的思想与生活状态，不再是院体末技的转贩。

要造就一批批学者型的艺术家，艺术家型的学者。把握规律与现实，因势利导，高瞻远瞩与万里之行始于足下相结合。以强大的肠胃、健全的体魄和灵魂，把外来文明当补药吃下去，决不被洋绳古锁牵着鼻子走。

科学的、民族的审美观会推动学术与生产。

提高大众素质，首先提高教育者——培植人的人。

不要急着扬言走向世界，世界上慧眼比势利眼少得多。就算万人看过一位画家的展览，一万人比起几十亿人仅是大牛一毛。

洋伯乐是稀有金属。如果能在寻常巷陌碰到他们，凡·高会穷死？类似命运的人又何止一个凡·高？

看懂中国画要花几十年的浸泡其内去大彻大悟。画学家可能只是画家的分之几。在通外语比写文言文的人多的年代造就画学家谈何容易！

画了几十年而不懂线条中情绪密码的人比比皆是。苛求于洋人及新闻工作者无补于事实。

民族审美观的丧失，看古典作品处处"不科学"，怎能接受遗产？

艺术院校只教一技之长，离艺都远，更何言道？

脱离民族教育之长，（谁敢说育才千万的中式教育一无所长？）造就过多少货真价实全球公认的巨匠？垂至今日，以训练技式工方式造就学者成功率之低已由百年史实证明。还要再踏步几十年来试验一番？

不必妄自菲薄，有眼应识泰山，看到成就。

也该有勇气直面今天没有大师级书画家，培养学者型大艺术家的师资奇缺的严峻事实。尽管当前书画家队伍之大史无前例。

卫老的足印告诉人们：造就一个人要遭受多大阻力；毁掉一个人易如反掌。

才华与承受痛苦的能力未必对等。

珍惜被大时代用各种方式（包括折磨）雕塑出来的人，让人的光辉映大地吧！

即使人口少大师成堆的土地上也经不起折腾！

对于折腾过神州的浩劫，不能归过于极少数几位野心家，每个有良心的人都要勇于承认自己有一份责任。没有几个人拿生命去制止浩劫多数人加以默许，放弃尊严与思考，盲目随大流给祖国带来的不幸缺少沉痛的懊忏悔。我就是这样麻森不会仁的偷生者健忘者之一，没有权利站在高处指责－兄弟姐妹！血写此书，内疚不已。超出时代的先知，太罕见，有些受难者也曾给他人制造不幸。

祝福新世纪刷新我们的昨日，让中华儿女在世界上享受到应得的尊敬，显示身手不凡的创造力！

也许会有人提出这样的问题：

——卫老为什么不抛开教学去画一些伟大的史诗，以表现我国半个多世纪来诗的历史？

——在"文革"之初，为什么不把自己的作品加以转移，妥为保存，减少损失？红卫兵没有烧光，为什么自己要把画都涂掉？

——退休没有人管着，挺自由的，不是更有利于创作么？为什么要恼怒伤身，没有忍耐等到复旦而重上艺坛大显身手？

——未当座上客，受到批判挺光荣，何必为毁几张画痛不欲生？

这些高论无疑是正确的。要求一位普通的教授，具有高度的历史预见，未免太苛刻。但是，某些画可能欠完善，即使不是代表作，比如一个屡弱的孩子，母亲对他的爱也不会比对别的儿女少。只有经历过艰苦奋斗，度过无数不眠之夜的作者，才理解文化被践踏的痛苦。至于红卫兵认为那样做是拯救祖国，伸张正义，那是受蒙蔽，出于无知，应该谅解。而他们自己，似乎不应该忘记那一切！

卫先生是个内向的人，除了画，没有对象可以倾诉。西方人说无助是一种痛苦，我们中国古代的思想家同样把无告看做不幸。只有理解了这类感情，才能懂得天霖式的艺术家放下画笔有多么孤独，而战胜这种孤独，仍然要靠艺术。有形的画笔被剥夺了，心中的画笔还在不停地挥动着，不停地酝酿、修改、创造作品，否则他一天也活不下去。人在逆境中挣扎，更需要勇气和能源，艺术确实是补品。正因为拥有这些，他才能在抄家之后又留下那么多佳作。

严格地说来，浩劫中父老姐妹们的痛苦，卫公所尝到的很有限。他仅仅是在地狱的门外跌了一跤，并未体验过刀山剑树。家虽破，人未亡。近80岁病故，已是上寿。后来对他的批判也放松了，甘于淡泊为他减少了对立面。对他未竟的遗业可以惋惜，但不必杞人忧天。短暂的后继无人，不是卫派油画的结局，时间自会作出安排。

人死了，留下不死的作品，已经幸运。生命的意义不在长短，而在贡献。

个别人恶意地打击过他，暗暗地妒嫉过他，许多好心的糊涂人也曾对他的不幸起过推波助澜的作用，这无损于他的成就。历史造就大艺术家的方式是多种多样的，也允许他老人家用折磨来表达厚爱，打击者、妒嫉者也仅仅是老人家手上的锤和钳。从反面看，锤和钳在完成伟大人格的过程中，也有爱与理解不可代替的"功劳"。惟有痛苦才能证明正直生命的存在，才能清除良心

上的债务，更何况雨洗虫泥花更艳，无情青史反多情。生活对他不薄！

辛亥之前姑且不论，民元之后，画家数以千计，绝大多数已被时间忘却，受到美术史的白眼。高于天霖的人是极少数，这就值得我们会心一笑。天霖残存诸作，足以奠定他的地位。多虽益善，少又何妨？

天霖晚年作品是同死亡赛跑的战利品。10年沉思，前几年交了白卷，说到后几年的油画，除去天霖，谁的成就最高？现已不难测定。用不着盛大的油画展、巨型画册、高八度的赞歌，画本身会现身说法。仅仅是填补那几年空白，天霖就立下首功。除去凡·高（他身强力壮，心情比卫公舒畅，虽然也有大烦恼），很少有人处于痛苦和精神打击高潮的最后4年，把作品的质量提高到崭新的层次。

敢于肯定卫公的人和画，不是理想化和偏见。我很乐于为包括自己在内的凡夫弥补过失，用忏悔之情来寻找卫公被冷落的原因，也愿为自己的快语而付出代价。

天霖的画不能解说，语言实在太贫乏，只能反复看，逐步加深理解。要泡进去才能找到大欢喜。

《玉米》歌颂了成熟、收获的诗情，春华秋实，那枝上的绿意是唤起我们对幼苗的联想。玉米的一生被浓缩在盘子里，穗头的火焰是情绪之花。田近宪三说：

161

剥开的玉米(油画) 46cm × 53cm 卫天霖 1959 年

《玉米》是 1959 年创作的一幅静物。作品巧妙得好像无隙可乘，画面中的玉米有如牛羊的双角被分开，下部长得颇为健壮茂盛，叶子好像在舞蹈一般。《母亲》画得很厚重，而这幅在用色上则较为轻巧。

但是卫先生并非是想追求华丽和漂亮，玉米是淡黄色的，一切用色都很素雅，在简朴之中显示出有敏锐精神的光芒。从玉米的形状到叶子的动态，已把早期作品《鱼》的那种敏锐，以谦虚的精神包含了起来。《玉米》表现

了他饱经磨炼后在写实手法上的严谨。中国自古以来，就有那种高格调的静物画，卫先生是非常稳健地继承了这种优良传统。

卫先生既然带头走这一条路，就要把油画雄辩的力量发挥出来，他越到晚年，作品就更辉煌。归国以后的卫先生以全力教育着后进者，自己的环境虽然那么不如意，可他仍然不断进行着创作和革新，所以他是不断地从光照朝着色的交响乐的方向去探求着，奋进着。

1975 年的《静物——色的交

天霖、胡瑜的爱家人及朋友。自左向右为卫迟、刘迅、刘来夫、叶果、阿老、巩俊、文漾、章文、秋海、张至宁、王逊、胡瑜、克霖、刘亚兰、田利、来二。

响》，在桌上有许多水果，中间有暖水瓶，旁边放着酒和酒杯，前后的洋白菜好像在发光，左右是西红柿在成群地转动，这一切正是他的深奥之处。

这幅作品也是画得非常深厚的，只有这样使用油色，才能使油画表现出热与力来，画中才能显示出物品的存在。画家好像在尽力强化出对象的轮廓，不过强调轮廓也很可能产生僵化的效果，但这幅作品是以强光引入，使色彩生动而强烈，所以也就活跃了画面。作品一方面显示出少有的强韧性，另一方面又表现了物象充沛的生命力。

卫先生极为深刻地了解印象派，对此进行了慎重的切磋。油画的描写本来除了表现质与量之外，还要表现光。印象派在表现光的方面，已不限于过去的只表现明与暗，而把光变成色的语言来描绘。卫先生也是在桌上把光融化在色彩之中，使光很生动地产生了音乐的韵。……

他在画上的署名，总是画一个红色的圈，内写一个篆体的"卫"字，看起来像盖了一个形似古代瓦当的图章，与整幅油画非常调和。

拿1973年所画《静物》中的西红柿同塞尚的苹果相比较，可以看出天霖多想发掘泥土的香味！那不易看出的变形中，包含着塞尚之后多少画家探索的脚印，人们多想把自己的情绪，极为自由地通过自然物象来诉说！如果卫老没有修养，靠近红花旁边的水瓶上，再加用大红色块多么容易露出俗气！通俗而又脱俗，这里面就包含着青藤、白阳、八大、石涛、扬州八怪以来，中国艺术家造险破险的本领。化俗为雅，是天霖的成功处之一。否则，画上的光就不会流动得那样从容诡谲……

1973年画的葵花，与其早期同题材作品迥异。写意的成分增强了，画家的懊恼用色来倾吐。蓝底色很沉稳，用笔的骨法，立即被作者所肯定。

粉色用得不好，就轻、柔、娇、媚。1975年画的芍药，粉色处理得重而不浊，花瓶周围的色乍看很"脏"，它使画面变得质实、和谐，化脏为净。

1976年他又画了一张白芍，把白色用得很微妙，未用一块纯白，层次复杂，色网交错，似花还似非花，流露出作者对玉洁冰清境地的神往。

技巧，只有藏在色块线条之中，眼看不着，但又能感受到它在幕后"把场"时的呼吸，才有感染力。

画家做到忘我，忘记自己是在

作画，毫无炫技之心，笔随情到，意摄笔魂。随心挥洒，不知何处起，几时止；何者为笔，何者是我。神与笔合，心与天游。无法而万法生，突破旧矩，不背规律。这是所有大艺人都梦寐以求的灵界妙境。

大作家最无作家气。沾上习气，无须十年寒窗；一朝感染，终生难洗干净。念念不忘自己是大名家，放不下架子，招来一批愚蠢的崇拜者、具有昆虫那样吸附能力的寄生者，结果种瓜得豆，作品注定摆不脱小家子气、方巾气、酸气、铜臭气……

日本民族是个优秀的民族，团结，善于经营，能吃苦，有开拓精神。但有一利必有一弊，善于精打细算，经济头脑太发达，在绘画上不免带来麻烦和负担。求甜、求巧、求工艺性、装饰味，以制作代替灵气，雕琢伤神、元气不旺，格局小，给日本艺术带来不良的暗影。也有人误将粗率当作大气磅礴，谨毛失貌当作现实主义，柔媚为平和，肤浅为冲淡。这类短处中国艺术家也未能免疫，善意地指出绝不是成见。日本经济膨胀继承了早年的军事膨胀，客观上需要把岛国打扮成文化大国。70年来，他们不惜工本到欧美办大型展览，出版印刷精良的巨型画册，努力扩大影响，收到明显效益。30年代欧洲最渊博的美术评论家，也未见过多少中国宋元大师的杰作。老

实说以欧洲为世界的成见，使这些聪明人在哲学史、文学史、艺术史上夜郎自大，顽固地、势利地看待东方文化遗产。对他们300年来没有出一位擅长用毛笔宣纸的大师一事视而不见，对东方人的油画则居高临下，看不到中国书法润含春雨干裂秋风的巨大抒情能力，进入油画后引起了西方大师们无法并肩的裂变。某些人穷志短的炎黄子孙一味崇洋，学中国画也要到大西洋彼岸去吃面包。使毕加索、马蒂斯震动的东方艺术与中国绘画的伟大遗产相比，是动物园里的猴子在和《西游记》中的孙大圣相比较，毕、马等大师见到的中国画佳作同样有限。而中国民间艺术的精品，如陵墓雕刻（尤其是霍去病墓的石刻），完全可以与古希腊罗马的巨匠分庭抗礼，平分秋色。

正是在这样背景下，日本绘画使德国人、法国人倾倒过。这些倾倒者不知道日本绘画源于中国画的事实，误流为源。当年在柏林、罗马轰动过的日本画家，都没有进入世界美术史中那些大师的行列，而今在60岁以下的日本人当中，知其名者已是寥寥。抗战之后，我国古画大量外流。美国美术史家高居翰在北京说："50年代欧美专家评论宋元作品多凭印刷品，罕见原作。现在美国藏的古画不比中国大陆少，可以和日本、台湾并驾齐驱，比较有发言权了。"日本人也不大向西方介绍南

画，近30年大力宣传的都是西画家，作品内容多是西方人陌生的风景。这是明智的。但是，拿现在受到推崇的人物和梅原龙三郎、石井柏亭、桥本关雪、小室翠云……相比，气度不足、制作味有余的弱点，并无多大改变。我以为日本人借用中国的儒释道在他们的历史上有过丰功伟绩，今后也有实用价值，还可以上升到新的局面，但无助于日本本土出现大哲学家、大艺术家。借的东西再好，也有局限。土生土长的东西都要革新，何况从邻居那儿来的！中国伟大的哲学，在一定程度上束缚了日本人的哲学与艺术方面的创造性思维。这类客观史实，不知可曾引起国内某些西方现代艺术摹仿者的注意？倒是今年我从上海飞往北京时，遇到一位同机的日本作家，起初颐指气使，洋洋自得，听到我说起世界哲学史与日本人无关的时候大为收敛，变得特别客气而要求"多多关照"了。

跳过日本艺术的局限是很大的困难！从开创岭南画派的优秀人物高奇峰、高剑父、陈树人等先生身上，可以看出日本艺术的积极作用，这种作用在傅抱石先生的山水画中也有迹可寻。一两代人后，画家的气度修养，尤其是画外功夫不如这四位先生。前辈之长恰好变作后辈之短，不值得思索么？傅先生画的人物得唐人三昧，与日本画无关。

朱屺瞻老人完成这个飞跃的原因是他在东邻习画时间不长，学的油画又是欧洲产物，用眼下流行的俗话说：日本人仅仅是"二道贩子"，够不上批发商。朱老与莎士比亚专家林同济教授莫逆，自己也爱阅读莎剧。在一般人业已停滞的80岁之后，他临了几十张发表在《故宫周刊》上的宋元名画，有些还自出机杼地着了色。老人还喜爱昆曲、交响乐，不停地练习书法，写出腴而弥淡、枯中见弹力的火候。西画的色进入国画，中国画的笔法进入西画，吸收得当，势必引出宁馨儿。我强调"得当"，因为朱老在中、西画都是能手，与我反对的用西画改造中国画并不矛盾。

卫老作画时间比朱老少，朱先生比卫老长寿20余载。卫老不像屺翁兼作国画，又没有临过大量古代名迹，靠什么条件来跨过日本艺术家一些常见的不足之处呢？

一、卫老有耿介厚朴的北方人气质，积健为雄，具大民族风度。

二、山西雕塑遗产之宏富，居于全国第一流，北魏石刻而外，宋元明塑像有数千躯之多，其中不乏鬼斧神工惊世之作，卫老得天独厚，在精神上饱饮过这类法乳。以华丽表现清气的美学观，渗入他的意识，使他的作品艳而脱俗，气息雍和，何况还有书法、篆刻、民间艺术等多方面的营养！工艺味、制作性、装饰性为大气所驾驭，都成了美。

三、每当考验来临，他能从不自觉、半自觉到完全自觉地将个人苦难，融入民族巨大的不幸之中。在大我面前，小我势必微不足道，迅速被消化。

苦难不仅能毁灭人，也能造就人。能从炼狱中跳出的，大多是强者。

痛苦证明了奋斗的必要。

痛苦使邪恶者更邪恶（少数能变为善良），善良者更善良!

痛苦超度美化了卫老的灵魂和艺术。我知道日本人也有痛苦，尤其是无名的穷艺术家。但其内容不同，承受的方式也有差别。

四、卫老的作品不算多，可见每成一画，要费很多心思。除去对景写生一次完成之作只需2至4小时外，好些画都一画几个月，干了再加，层层堆积。说他的画是深沉响亮的彩色浮雕，也不为过分。这和黄宾虹先生写山水，多次铺水，层层积累，明一而现万千，浓处透光，淡处发亮，行隔理不隔，异曲同工。这与印象派画家强调刹那印象，力求再现外光的多变，有些不同。印象派的用色方法较为准确，其构思和捕捉美的方法有偶然性及浪漫主义的一面。卫老作画虽然不是"吟安一个字，捻断数茎须"，"二句三年得，一吟双泪流"，"觅粘天应窄，穷搜海欲枯"，至少也和现实主义的老杜一样："为人

性癖耽佳句，语不惊人死不休。"这正是卫老独到之处。

印象派大师们都以对景写生为能事。作画应当"搜尽奇峰打草稿"（石涛语），但写生带回的东西，还可以加工变通，假若终生离开实景便不能下笔，这种纯抄自然的作画方法就不能欺造化。写生只是吃桑叶，创作是吐丝，卫老晚年摆静物只是象征，极善于用想象去补充实物之不足，想象的基础仍是过去的积累，但是已经变化过了。

《花瓶与花》是他一生当中最华丽、最绚烂的佳作之一，每种颜色周围都浮动着一层金子般老辣的光!日本出版的画册用她做封面，笔触甚美，而色未印好，不够准确。有些小幅，色彩有《热情奏鸣曲》的旋律，奔涌不息的回荡，矫健、腾跃、激越，可以看出他力图超越旧我，打破精神物质的局限，以老年人稀有的青春激情（这是一切艺术家心灵内的自留地）来赞美生活。

痛苦中渴望欢乐，花卉画得妍丽华滋，正是反抗痛苦的呼喊。

秾艳、欢乐，不是用美去粉饰丑恶，而是他心地善良，急于安慰别人，也是为了安慰自己，才用欢乐的调子来表明信念。

对同胞的爱、对祖国明天的祝福、对疾病不幸的蔑视，都化进画中，溢出画外。坦诚恳切，实在感人。

艺术不仅表现作家看到的世界，

瓶花 60cm × 73cm 卫天霖 1974 年

也曲曲折折地表现他们想看到的世界。花，欢乐的花，美的世界，正是他在弥留之际希望大地上出现的奇迹。

理想不同于乌托邦，它立足于现实。

抱病完成的作品，正是献给明天的蟠桃。

涂在画上的不光是颜色，还有心血与意志。

"我死也要死在画架前！"他实践了自己的豪言。

那么，"卫老能否称得上艺术大师呢？"好多位崇尚天霖先生及其艺术的人这样对我不耻下问。

首先要弄清何谓大师。

解释"大师"一词很难，不同场合有不同的含义与用法，当然都是褒义的：

一、大众，《诗经·大雅·板》："价人维藩，大师维垣。"（大意：众人即围墙）据《诗集传》："师，众。"

二、大部队，《易·同人》："大师相遇，言相克也。"

三、太师，周代官名，三公之一。《诗经·小雅·南山》："尹氏大师，维周之氐。""大"可念"带"，"大王"可读"带王"；亦可音太，如周文王之祖父大王，即读"太王"。

四、掌乐官名称，《周礼·春官·大师》："大师掌六律六同，以合阴阳之声。"《礼记·檀弓》："旷也，大师也。"师旷为古代著名音乐家、智者、

能"闻弦歌而知雅意"，推测国事兴衰。《论语·微子》："大师贽适齐。"《荀子·王制》："使夷族邪音不敢乱雅，大师之事也。"

五、学者，《汉书·伏生传》："山东大师亡（无）不涉《尚书》以教矣。"

六、尊称僧，《晋书·鸠摩罗什传》：姚"兴尝与鸠摩罗什曰：'大师聪明超悟，天下莫二。'"杜甫句："大师铜梁秀。"（《赠蜀僧闾丘师兄》）。

七、指佛，《瑜珈师地论》："能善教诫，声闻弟子一切应作不应作事，故名大师。"

八、据牛津大学《现代高级英汉双解辞典》一书，称艺术界名家、教授、作曲家、指挥家等。王沛伦编《音乐辞典》，解释与上书略同。

九、法国人对画家的尊称，如路易·赖鲁阿（批评家、教授，曾来华研究古代音乐，与孙中山友好）撰文称刘海粟为"中国文艺复兴大师"。

十、安庆迎江禅寺住持本僧法师生前见告：印度每年集高僧五千做佛事，诵经时领诵者称大师。

我认为艺术大师要做到：

一、提出前无古人的审美观；

二、形成学派，在当时和后来均有很大影响与权威性；

三、作品在艺术史上经得起时i光考验。

近代学术史上的章太炎、王国维、欧阳竟无、弘一法师、马一浮、吴昌硕、黄宾虹、齐白石、陈寅恪、

梅兰芳等都符合上述三条，并为国内外学者所公认。

仅仅作某种职业的代称，弄得多而滥，失去权威性、国际性，反而贬低尊称。

对照上述三条，卫老是否应该称为大师的问题，就可以作出实事求是的回答。

实至名归，争称号不如认真研究。一时的称号未必是千秋定评。

中国科举史上，状元数百，除民族英雄文天祥等少数人名彪青史，大部分已被后人忘记。李白、杜甫、唐宋八大家、陆游、司马光、郑樵、李时珍……巨人夥颐，皆非状元。鲁迅、王国维、梁启超没戴过博士帽，却无损于知名度。馆阁体书家上千，题的榜书上万，誉的考卷几十万张，终于灰飞烟灭！替乾隆皇帝代笔的张照，也有溜须拍马者尊为"大宗师"，但在艺术史上没有地位，至少是流品很低的俗书家而已。伽利略、哥白尼、布鲁诺、达尔文等人生前饱受攻击，未享尊称，他们的学说并不完美，今天甚至已经过时，但在人类思想史上留名千古。这两类例子可以说明一切。

我们热爱一个人，不必在称号上做文章。个人浅见：不称大师无损于卫老，戴上桂冠不能为他的画增色。称号是画外的东西！卫老很超脱，我们不必执著。

他的静物在中国是第一流的，在世界艺坛上应有一席之地。在这方面他做到青出于蓝，日本画家乏人能与之并肩。但是，印象派画法非他所发明。他的画有民族情趣，还不能脱离印象派而另造一套语言符号，独创一派。他具有这种能力须再前行两步。却没有完成最后的变革。他的不幸毋宁说是现代美术史上的遗憾！

我的话是坦诚的。

同样称号的艺术家之间，也允许人品、作品质量上千差万别，这是客观存在的。有人获得大师称号，他们同卫老的成就不可同日而语。艺术作品不是数学题，评价可以有不同标准，很难做到绝对正确，用不着多议论。

卫老的业绩还有多半体现在教育上，他在教书上花的力气比作画要多！

遗憾的是他的实践尚未加以全面科学地总结，用于再实践，使之再丰富、再发展！

卫老是英雄么？

是，也不是。从以下拙诗的意义来讲则是：

> 言传身教贵由衷，
> 画入精微哭道穷。
> 欲海横流天地改，
> 存人本色即英雄。

但他毕竟不是愤世嫉俗或挺身

拯救不幸者、反抗假丑恶肆虐的风云人物。不是罗曼·罗兰笔下的贝多芬、米开朗琪罗、托尔斯泰；革命者心目中的秋瑾、雷锋。

凡夫的尊严，普通人的光焰，祖国山川的一草一木，文明交响乐中一个饱和的音符，便是不朽的卫公！

芍药（油画） 53cm × 46cm 卫天霖 1975 年

复旦
——还不是尾声……

日月光华　旦复旦兮
——古诗

创造了惊人的美而不知道自己身在史册的悲剧角色，大多是生前寂寞，死后热闹。

依靠非艺术条件炒出的名气，作品重弹他人旧调，以大师自居，也真显赫半世的喜剧人生，注定生前热闹，死后寂寞。

也有生前身后皆热闹的少数幸运儿，如王羲之、李邕、董其昌、拉斐尔、米开朗琪罗、毕加索……

更多的人生前身后两无闻，等于没有诞生。

四种人汇成不朽与速朽的两条大河，各有后备军。流水有交叉的时刻，个别的水珠、浪峰有机会进入另一条河，体现必然的偶然，不公平的公正。

卫公便是第一种人。

真正的艺术家不怕被埋没，也不会被埋没。肉体生命的结束，不过是人们重新认识他的开端。卫天霖不会例外。

真正的艺术品同样不会被埋没，犹如醇酒，时光只会增添它的香味。卫天霖的画也不会例外。浮尘洗去，精光自然会进射而出。

在卫老涅槃后的第三个金秋，中国美术馆展出了他的力作 89 幅。作者真诚炽烈的心，邀请我们分享他用勤奋、忧伤、贫苦、疾病、孤独中的狂热所换来的大欣悦，召唤我们进入光、色、形、意交汇成的大花园。

园中，人和人是兄弟姐妹，没有谁会夺去谁的什么。美和爱的甘泉四季狂涌，汇成神奇丰富的河流。春风时时向你生命的小舟吹拂，心帆胀鼓鼓的，被晨云托起。

纠缠在平庸、琐碎中，缺少创造力的小我，被摒弃在园门之外。你成了一条光箭，一滴油彩，跃入感情的旋涡，遨游于童话般的世界，理性被漂白了，诗情油然注入脉管。即使你写不出一句诗，也是大诗人。局限被你跳跃过去，你珍惜自己是大海的一滴水珠，人类中一个普通的儿女，懂得了爱别人和被别人爱的真谛。

观众们趁着对10个峥嵘岁月记忆犹新，痛定思痛之余，怎能不扪心自问："同样的韶华似水，为什么卫老的人和画都得到升华？我们比他年轻，处境比他好，又没有受到癌魔的威胁，为什么不能创造出美来献给自己的兄弟姐妹？"你将会理解：真正的人总是直面人生，在别人难以活下去的环境中活得不失人的尊严着；在别人无所作为的时刻，让生命结出硕果。歧视、误会、打击、忧愤、生理与心理上双重的煎熬都是有限的，只有创造无极的。

苏醒啊，阔别的审美力！

复活啊，被扭曲的良知！

回来啊，人曾经是人的记忆！

快长啊，甘霖爱抚下的灵苗！

民族热情的火山爆发，一群再生凤凰，振着彩虹编成的垂天之翼，飞出烈焰，冲起的火花飘上九霄汇成的银河。其中有一只白凤便是卫老其人，凤翎上的一群小星星便是卫老其画。

老艺术评论家常任侠写了一首清远中略带陈词的五律来祭奠同辈的卫老，表达了仰慕与公正的评价：

早年艺大成，东国有高名。

笔底千花放，镜中两鬓星。

孤怀如皎月，多士坐春风。

永世葵心向，光明老一生。

1980年11月，《美术》杂志发表了草梦、章蚰联名写的评论：

卫公的作品，解放前23年可作为他的第一个时期。20年代他在日本学油画时即开始吸收印象派的色彩和他们的理论，但仍忠实于物象的写实表现，强调物象的固有色和质感。卫先生所画的《母亲》(1943年)和《裸女》(1939年)可算是这一时期的代表作。无论是肖像或人体，卫先生都在努力探求表现黄种人的肤色，力图区别不同躯体结构在用色上的不同。他用微弱的色调来处理虚实、明暗、远近等关系。这时期他又进入了以色造型的新风格，并且开始对印象派之后三大师塞尚、凡·高、高更作品的研究，画了大量的风景和人像。

解放以后到"文化大革命"前，可算是卫先生油画的第二个时期。这时他吸收了后印象派的方法和表现技术，发展了画面光点的表现和变形处理。这一时期已经脱出了写实画派的空间透视法，而采用了上述三大师的色彩与形体相结合的方法，利用形与体的相互关系、色和色的相互关系表现空间。卫先生在这时期画了不少的优秀风景、人体和静物，充分表现出他对印象派和后印象派艺术的理解，并变为自己独特的艺术风格。

卫先生逝世前的最后十几年，

葵花（油画）41cm × 32cm 卫天霖 1975 年

是他的艺术的第三个时期。这是卫先生风格的成熟时期，绘画民族色彩浓厚，重心灵世界的表白，使作品具有独到的境界。但10年史无前例的浩劫，损毁了卫先生大量的作品。他70年代的创作，成功地运用了油画的重叠法和透明法，来表现对象质的变化，用色有的地方是透明的，有的地方是不透明的；有的地方必须以堆积处理颜色，而有的地方颜色稀薄得透出画布。他善以色调表现物质感（如黑发中加蓝色，白盘子、白墙中加黄色等）。野兽派的弗拉曼克（1876—1958）批判印象派时说："如果叫印象派画家的白布桌上摆白碟子，一半放糖，一半放盐，叫他们画这样的静物，他们决不能画出它们的质感和盐与糖的味道来的。"此话正中印象派的要害。但卫先生已脱此弊病，他的静物表现出质感，他画的水果及花至今仍保存"新鲜"。这说明了他技巧的丰富。

卫先生晚期的静物画，有时先摆好静物，在画布上给以色彩草绘成稿，然后除去静物与画稿，以同大的画布，单凭回忆与想象，一气呵成而绘出色调鲜美、用色绚丽斑驳、笔法精湛、苍劲有力的画面。

在这期间，他还突破了过去的构图法，采用了现代艺术所用的画面剪裁开来扩大空间感，例如，把画面的重要对象、水果，甚至人的一部分只画到一半等等。卫先生从宋代马远的山水构图，联想到近代艺术的特点，从而突破程式得到创新。

卫先生这时期的作品脱离了自然光线的约束，自由自在地依创作的理想使色彩从物体本身发出光来，仿佛在画面中有无数的萤火虫在闪耀着、飞舞着。有时利用颜色的突然堆积，使它发出绚丽的光彩。他的《瓶花》（1974年）以绚丽的色彩与光给我们音乐般的美感。《芍药》（1953年）采取预先在画布上打红底子的办法，这是拿波里画派和野兽派德朗（1880—1954）所采用的手法。

卫老的友人末田利一看了展出说："他是有能力克服和排除一切困难的。从作品所反映出来的那种辉煌气魄，我深信它只能给观众以心胸开阔的感受，而不会有痛苦之感。"

由于末田利一先生的努力，中国驻日大使馆和日本美术界的支持，1982—1983年期间，卫老的代表作先后在日本的东京、仙台、群马等地巡回展出，震撼之深，影响之强烈，在日本美术史上也属罕见。

末田利一在他的《通过卫先生加深了我对中国人的亲近感》一文中，讲到了展览筹备的经过：

在中国对油画的认识，一般比较浅，这是可理解的。甚至日本人对中国今天有没有油画都很难得出答案。就是驻日的中国机关，对卫先生的名字谁也不知道。

1980年，卫先生的遗作在北京中国美术馆展出，我荣幸得到中国美术家协会的约请和接待，才非常幸福地看到卫先生的遗作。很遗憾他数十年大量的作品，在他晚年所遇的动乱中，被"四人帮"、红卫兵等破坏，余剩的只有小品80余幅。先生看到心中自然痛苦遗憾之极，然而不能将它单纯地看成是青年人的行为。

在北京遗作展的座谈会上，他可爱的高足对我寄以希望，大家一致认为："若有可能，将余下不多的作品，能送到先生学习过的日本展出，那将是安慰卫先生在天之灵的最好方法。"我也有同感，于是就立刻接受了大家的期望，愿为此作出努力。

我与近代美术馆交涉时，刚好能与正在日本的左辉先生研商，因会场的面积太大，与作品数量不相称，感到不适宜，于是就放弃了这种想法。又到东京艺术大学与山本校长商谈，想使用国际交流基金会在校内的正本（直彦）先生纪念馆，这里的会场面积是没有问题了，但考虑到一般观众很少来这里参观，却又是问题，还是没有结果。大家知道现在中国的外汇不多，会场虽然够用，但费用太大，这是不允许的。卫先生的作品又是国家所有物，是不能随意售卖的。而一般百货商场的私人画廊，要负担这样一位不知名的中国油画家的遗作展，那是很难办的。这样我一时就绝望了。

这时，比卫先生较早些的佐分真代的遗作在丸之内画廊展出，我在青年时也曾与佐分先生相识。会场上挂有一幅以藤岛武二先生为中心的，在画室与学生们的合影，中间有一位像是卫先生青年时代的人，但我很难确认。可我还是非常兴奋，急速找到了画廊经理柴原睦夫先生，我不能不将卫先生的事情向他讲了。

意想不到，没过几天就收到了柴原先生的回信，带来了好消息，表示愿意承办这个展览。办这样的展览花费是要很大的，我将种种困难都向柴原先生讲清楚了，因为不说明将来也许会反悔的。柴原先生了解了一切之后，还是答应承办这个展览，真是可喜的事，我真感谢。

卫公在日本的故友柳原控七郎写道：

卫先生的崇高精神使展览取得成功。死并非是人生的终止，死后还要大大开花，并且反复开放，永远怒放。因为神总是要将优秀的灵魂显示给人类的，我是这样想的。长年思慕的卫先生，果然按我的期望，作为油画大师，在世间显现出来，多年来我追索他的心情上的谜，今天得到冰释了。上面所说的浅薄的插话，能对日中文化交流燃上一盏小灯，是我最大的希望。

老同学西田正秋先生撰文谈到自己的观感：

15年间无消息，日本油画界从后期印象主义逐渐向现代性的作品转移，倾向到抽象主义了，多数学生的画风在转变，也有处于迷惘和彷徨之感。但是远在中国的卫先生，他却独自一人坚持着在日本所学的手法和发扬汉民族艺术的精神，不顾一切地专心努力进取，我过去对此就深有感受，非常敬佩。我今天已80多岁了，能在东京看到卫先生珍贵的遗作，当然无限感慨！

田近宪三说：

在卫天霖先生遗作展之际，我被这位不屈的先驱画家高洁的为人和创作上的诚实精神所打动，写了这篇文章，用以表示对他的尊敬。

中国建立了亚洲首位的文化，她的传统像长江一样的宽远，把东方精神的堂奥，在各个不同时代的诗、书、画中展现了出来。有如秋夜的群星，闪烁着灿烂的光芒。

然而现在发生了变化，在长期与西欧隔绝的条件下，若想使国家发展壮大，就不能不汲取西欧的文明，中国也不例外。当时西洋艺术有预想不到的发展，对它给以关注，这也是很自然的现象。

日本的文化较中国后进，它的整个历程，一直在追随着中国的文化。在对西欧文化上，也和中国一样接触得很晚，不过后来日本算是先走了一步，这是我们的情况。卫先生怀有大志，他选择到日本来留学，是因为日本距中国近，也比较便利。从留学时起，他就想到了应该在中国开拓油画的道路。……

卫先生胸怀大志，他不单要完成自己的油画事业，而且想开拓中国油画的道路，把这一宏大的理想看成是自己的任务。大概滕岛先生也了解到自己学生的心情。因为艺术是无国界的，然而艺术的核心却是很严肃的工作，它能启发和教育人们。藤岛先生是注意到这些的。艺术可以向四面八方去发展，也可以变化无穷，然而它的本质是不可变的。

从卫先生的创作中，始终能看出他没有炫耀个人的才华，作品可以显示作者的教养和人格上的光辉。因此，他的作品中没有俗气。

他画了许多静物画，这些作品非常典雅、优美，从内容上继承了中国画的传统，把花视为崇高的存在，除了眼能看到的物象外，还表现出画家的心灵。不过他所描绘的是彻底的油画技法。如茶几上桌布的纹样，也是被光所深化得好像在流动着，空中的光有如光波在颤动。由于画家谨慎谦虚又恰当的观察，从他笔下所表现的空间的光也显得非常之华美，一个光波一个光波产生了芳香的世界，同时画面也给画家的人格增加了光彩。

卫先生归国后为后进者的教育而忙碌，注意培养油画的根本力量，所以这一点是非常可贵的，对个人与社会都是很幸福的事业。

卫先生扎实的生涯与创作，一定能在中国美术史上以"当代一人"这样难得之誉，永载史册的。

中国人鉴赏绘画的能力在地球上是第一流的，我们无须迷信洋伯乐，也不会轻视异邦友人的真知灼见。

卫老的画境是雪峰之巅的红莲花，达于斯境的艺术手段是雍容高洁的华彩乐章。

卫老作画不是为了名利，也得不到名利，而是遵从良知的吩咐，是心理和生理的自觉要求。

被作品拱卫的卫老自身，是他

最出色的人物画。

满园桃李是色彩丰繁的花卉长卷。

假如把他的每件作品都看做一位演员，他就是一位优秀的导演，虽未出场，却又无所不在。每个光蛇攒簇的笔触，都和他呼吸相通，心律相等，体温相同。

他生得充实，死得无愧。他给时代的东西，比时代赠与他的珍宝要多；留给我们画外的遗产，比画内的要多；想画的东西，比画出来的作品多；被毁坏的力作，比健在的佳作多。

他的画证明中国人绝不比外国人笨。

以文学为喻，他不是浩瀚的江河小说家，而是梅里美、莫泊桑、契诃夫、鲁迅博尔赫斯式的中短篇小说家，以精纯见丰满、独特。

天才给勤奋以发现新境的喜悦和滔滔不绝的原动力。

勤奋给天才以土壤、水分和恒温。我们中华民族的文化源远流长。卫老本来可以更深地开掘遗产和生活，技进乎道，用婴儿的纯真，老子、庄子的深邃去观世、观心、观音，把每种油彩和传统墨法结合，写出数以万计的色阶，更自觉、更自在地进入写意诗境的高度，将金文、汉印、汉碑的笔韵引入外来艺术形式，彻底地跳出印象派，创造出浑涵如史诗的杰作。然而天不假年，晚年最成熟最短暂最有为的大好岁月，被消耗于非艺术的事情上。

经过一个半世纪的艰辛求索与苦苦反思，今天，我们初步悟得，如果上不知先秦思想源头，中不入生活最深层，下不通民间艺术，光在技法上跟在洋人后面走，永远超不过洋人。一定时空条件下起过积极作用的东西，很快因源泉枯涸而显露出局限性来。

中国人需要有自己的文化所积淀成的眼睛，与西方和西亚、拉丁美洲人的眼睛完全不同，个性独特。淘去了百余年西方文化侵略的暗影，有着强大主体，去积极合理地吸收外来营养。借鉴不能代替创造，创造又不能拒绝借鉴，汉人、唐人成功的先例会对我们有启迪。卫老对西画进得深，走出之后必将更具有开拓力。

20世纪的科学与政治空前发展，中国慷慨地提供了舞台，让外来意识试验、扎根，企盼着开花结果。新的思想与古老文明初晤，撞击出一批名人和名著，是时代的恩泽。浮躁、短视，受到列强侵略的岁月，使人们重流而轻源，顾眼前而不见久远，重技而忘道。崇尚西方文化的人，对希腊罗马文化的源头与产生现代思想的社会生活，缺少深入研究与切身体验。或用西方框架组装中国古董而趾高气扬；或剪龙袍为西服穿在身上招摇过市而两败俱伤；或钻入院体末技，拾取过时的东西归国来换得高级多财者青睐。对传统文化缺少辩证尺度，没有加以整理、丰富。事实是，20年代以后出生的学人，对本土文化发表的创见不多，在驾驭外来艺术形式上每每有一定成就。而书法、散文、诗词、国画领域里的闻人，大抵是古文言哺育出来的。民国的诗歌成就除个别突破者，总体看来不及清代大家辈出。国画界也没有出现清初六家、四大画僧、扬州八怪，以及晚清的虚谷、蒲华、赵之谦、任伯年与吴昌硕之类的人物。外来学术除有打开视野的积极作用外，有没有消极作用？"文化侵略"不是抽象词语，总有具体内涵。

大艺术家可以不是思想家，但最好有思想者的气质。他们不一定是大学者，而完成外来形式民族化，以东方文化精髓统帅外来技法，更新艺术语言，创建符号体系，则非百科全书式的学者型艺术家办不到。妨害我国名家完成最后冲刺的，仍是文化的限制。

艺术语言的独辟蹊径，首先是文化积累的产物。

中国油画没有产生震撼世界的学派，哪怕是派而不流，流而非派，均是正常现象。

东西方艺术互相借鉴固然重要，拉开距离更重要。两者相成，才有独立思考。

凡·高对浮世绘的理解，庞德对中国古诗的领悟，黑格尔对老子、庄子的评论，坦率地说很肤浅。所以，苛求国人一到西方即抛却院体，深入生活去结识凡·高、高更式人物，实际上办不到。

借鉴者本体强大，才能实行拿来主义，吃掉进口食品，消化掉事。否则尖兵最易成为俘虏。

比较一下，虚谷、黄宾虹都是吸收过西画的养料，一斧无痕地体现东方的精神风采。模仿西方超级（照相）现实主义的画师，只有迎合低级审美趣味的商业成功、炒出新闻名人，而没有立足史册、表现东方文明的名作。李金发移植西方现代诗歌走入牛角尖子，读者很少，殷鉴不远。

留学生没有创作出划时代的，哪怕是"能品"的文人画。神品、逸品则无从梦想。

得西画启示而自身风格卓著的任伯年，习西画出身、勤奋挥毫将近90年的朱屺瞻老师，才气皆不凡，又都非文人画作者。

画以写形始，以写修养告终。

50年代初，锐气十足的五老：徐悲鸿、蒋兆和、李苦禅、李可染、叶浅予立志改造中国画，结果如何，史有明镜。我一向非常尊敬五老，他们有自知之明，扬长避短，都不会写诗词和长跋。

后辈不能超越五老，与五老不能超越旧我一样是受多面素养的限制。

悲鸿先生，中国一流素描大家，小画甘地、泰戈尔写出圣者风度，清雄朗润，襟江带河，才气横溢，以素美之形，涵盖了不屈多慧的民族精神。前者尤苦涩博大，境地不低于西方大师，惜者无多，颂非其长。其书法饶有碑味，成就高于侪辈画师和他本人素描味十足的国画。无心插柳不同于有意栽花，何况插柳也花过艰辛的劳动！

八大是有诗的诗人，画品之高古人罕匹，他以大气磅礴的空白填满画面。有赤子心与诗人感受力的苦禅老师，下笔率真无遮饰，以物形填满画面，堪称无诗的诗人。高低一目了然。苦老想跳出八大、白石，实干了一生。

可染翁辞世前夕，画上写生的精到仍在拓展，山川气息扑人眉襟。他是天才，却不信自己是天才，西画用光与宾虹长老"明一而现万千"似二而一，实为似一而二。声誉日高，而对自己画中板、结、刻成分时时刻刻苦斗不止。流连又厌弃工艺制作的特殊效果，欲似阴柔出阳刚之美，而甩不掉个别阴暗的噪音亦是现实生活折射。同是层层积墨，苍润有光，较之乃师宾虹老人，格局大小，显而易见。善经营，未若天籁不经营。可染翁用浓墨较白石老人透明；

生活情趣的诗意表现，又是白石老人长项，无一弟子可及。可见大师的高徒也不易当！

《流民图》是再现苦难年代的不朽史诗。我们硬要蒋兆和先生再画一段强调反抗日寇的英雄群像，就忘了"求全"，按鲁迅说法，也是棺材钉之一种。他画人物，面部表情过早定型，太少变化，反映历史人物的心灵感受方面欠厚实的华采。水墨素描形式的大同小异，供后世开掘的美学天地狭小。他去世前不久对我说："抗战胜利后我一张好画也没有。"我说："穿大红袍的曹阿瞒颇有气概。"他说："太外在了，你不懂，那是毛病啊……"这种律己之严，使我肃然起敬。

1984年后，叶老多次大声疾呼："用西方素描教国画是失败了。"他正在苦思改进方式，不幸疾病缠身，加上老年人逃避自我而清醒地参与些热闹，未尽其才。我曾求他画一张渐江造像，纪念大师逝世320周年。他说："只要你能从碑刻或木版书上抓到几根线的依据，我都敢动笔。可惜没有抓到，不敢画！"这话是大家气象。他真懂舞蹈，把速写整理上升到国画线条情韵，当代无匹。他以反映市井生活阔步踏上艺坛，多才多艺。写白话文时风格运用自如，一碰旧体诗就平仄不分而捉襟见肘。

五大家未曾独创一套知古出古、知洋而民族个性显著的绘画语言符号，一一受到文化等非绘画因素的限制。卫老跳出印象主义而开宗立派，结局会比五老美好么？莫奈的代表作上承蒙田散文的睿智清淡，拉伯雷、法朗士式的乐观，他把平凡物象诗化的能力，即使达不到陶渊明、韦应物、储光羲、柳宗元的高度，也不在范成大田园诗境之下。卫老并没有全面超过他。

青藤白阳、四大画僧皆创一派，而序幕即是高潮，学他们的很多，发展他们艺术的几乎没有。凡·高、高更、马蒂斯也一样。卫派油画可会一代而终，缺少后光与新生力量？我有点杞人忧天！愿明天的现实嘲讽我的愚蠢。

卫老想做的事，在中国肯定有人去做，并且达到举世公认、超越印象派诸彦的水平。在外国画家群中，也会有一支小小的坚定的队伍，和炎黄子孙一同来探索生命和艺术的大道。道统率技，技升华为道的中国学派必然生发壮大，对此前景，我很乐观！因为老庄美学对急于摆脱形的束缚的西方艺人学子，总有丽日中天般的强大吸引力和震撼力。

天霖生前，在美术界远远不是闻人，这使我们感到安慰。实过其名，比名过其实好一千倍。浮名可瓦解人的意志，也可鼓励人的上进心。用其长而避其短，也是人生的艺术。这门艺术并没有教科书可以进修，要实际体会，几乎终生不能毕业，学到老，学到死，学多少，算多少。

天霖是值得纪念的人，岁月将会给他带来更多的知己。愿历史检验我的预告。

因为，生前他不靠非艺术的东西享得光荣，他也没有享受过应得的光荣，东邻的表彰也有溢美之处；死后，光荣也用不着他去抢购，一定会来叩他寂寞了多年的门环。难道你没有听到这越来越近的跫音？

看，他向我们走过来了，还是那颗明澄如水晶的童心，还是那白发斑斑的头颅，还是那身素净的蓝布中式上衣，打着补丁的旧灰布裤子，还是那欣慰中带点岑寂的笑容，还是那稳健坚韧的步子，提着那色彩交错有点发黑的画箱，装的还是那能够泻出美色美声点化过生命的妙笔，从晋中险峻少树的山冈，从他故乡的汾河之滨，从云冈的佛窟，从北京的深胡同，从故宫绘画陈列馆门口，从天安门前急促流动的人群中，从富士山下的樱花林里，从宁静的画室，从春风和煦的课堂，穿过美术史的丛林、永生的艺术圣殿，以父爱凝望着风尘仆仆的当代青年，批改着后辈们那些瑕不掩瑜的画稿。他正在走进我们的心里，走进后世男男女女的生活，走向一个又一个世纪的黎明！

先生去也，留下的背影比作品高，路又比身影高，它召唤开拓者去攀登！

先生去也，太匆匆，没有来得及写下遗著锦言。片言只字，风毛麟角。然而，亲爱的兄弟姐妹们，请将惆怅付东风，一切都留在他的画里。

先生去也，朋友，能不依依？请您也像我一样在展览大厅门口停下步子回过头去，再向遗作投以深情的一瞥吧！那些作品正在用不同的声部和音色，合唱着先生的遗教：

一个画家的传记，应该是由他的作品来写成的！

1987.6.10 师院邻梅小屋
1997.5.5 修订于默锲居

蔬菜(53cm × 73cm)　卫天霖　1958 年

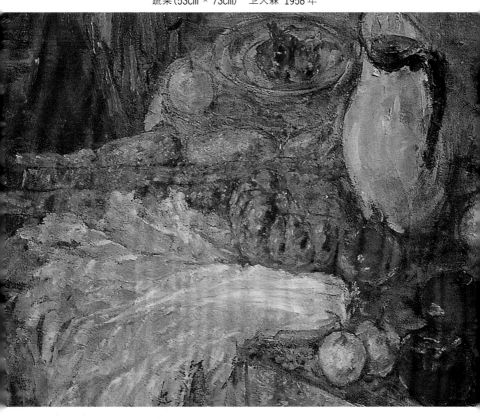

卫先生本非热闹场中人，百年诞辰祭能办展览及学术讨论会，确实喜出望外，又有点忧心忡忡。为什么呢？

因为先生的画开始剥落，目前的经济与科技水准还只能听其自然。明知小人物的忧虑无用，又不能抑止此类情绪，正是凡人的缺点，我自知太不超脱。

其实，亮色还不少，这正是先生品格的回光。如能凝聚为无形的巨画，让更多有缘有力有德的人不断充实她的色彩，延长其篇幅，接力棒似的传下去，对于拜金风摆脱了道德的缰绳狂驰向沙漠地带的时候是何等重要！

湖南出版社拟刊印一册画家马际的选集，马先生谦逊地说："拙作还在探索。不如印先师卫天霖先生有定评的佳作。"这样，画册才有了出版的可能。张仃老先生欣然作序，印得很快。虽然我还未从书店里买得此书，也分享一分愉快。

杨悦浦兄和他的师兄弟们正在着手编印一卷评论集，来阐述卫先生的艺术。研究工作有了良好的开端。我不求把卫公送入颂歌，成为半神之体，只祝愿细水长流，有长期缓慢的开掘，让卫公在应得的一席之地，参与当代人提高绘画水平的实际活动。卫先生反对造神，我笔下的他至少没有偶像化，有人跨过这本肤浅的小书扎扎实实地向前，那成果我是否眼见，并不重要。

感谢王墒，章文成两教授的热情支持，提供许多知情人和史料，使我有可能去访问十几位卫公同事与学生。德高心细的章夫人还不辞辛劳苦将我字迹难认的稿子抄一遍付排，我不会忘记兄嫂的这番美意。写作中王挥春兄提供一间小屋，让我打扰了半个月，写成稿本。邻居师范学院工人梅师傅每晚九点准时送来开水一壶。此稿得到张仃、庄言、刘荣夫、李瑜、朱鸿林、赵一唐及戴永恒、孙朝援等先生的鼓励，在此首先致谢。九十多岁的海粟老人对弟子张望说："这不是最科学最周密的传记，那样事会有人去做。这是'五四'以来个性最强烈的传记。比我的传记写得好十倍！卫老被放进当代画家广阔的艺术史天地中，有眼光！可惜作者见到的西方油画原作太少，对日本油画史缺少全面体悟，但尽到了努力！印精美此有助于国人长志气！书的缺点可以批评，争论才能明确是非。老人约见了杨传伟先生，并表彰他说："你能接受卫先生，难得！"杨先生不负重托，筹集了印费一万元，当时印精装也够用。上海前辈篆刻大家钱居得知此事，写了一张木简表彰杨君的善意。

书稿送审，语言与流行报刊文体不同，一位领导人听了回报，被久久搁浅。人的鉴赏习惯各异本属正常，我毫不介意。多承我尊敬的文学家王景山教授乐于护法，主动审读书稿，他的看法详本书序文，在首都一家报纸刊出，这种扶持后进的精神感人至深，远远不是对一本书一名志小才疏的作者执言，实为继承了民族的传统美德。

书印二千册，仅深圳书店进了三十册，一半被卫老故乡的杏花村酒厂买去做了爱国主义读物发给了职工。美术工作者极少人见到，书店未发行。

有位好心人送出版界前辈王子野先生一册，要求赴日参加书展。王先生说："照片印得不及延安时代的报纸，作者太不负责任，怎么不看清样就允许厂方印成这么模糊，有损于中国出版界形象，不能批准。"王老召见我，表示了惋惜和批评，我从来没有见过他措辞那么尖锐。没有人让我看过照片清样，但不想生出是非，一再认错，对他一团火般的赤忱，写不出像样东西来报答，真是愧悚不已！

我也曾收到过表彰此书的学者、工人来信或称颂卫老逆境猛晋的生活态度帮他抗御癌症，或谓此书结构近乎山谷行书：中宫紧抱，四面幅射，长枪大战，恣肆不散……为免汗颜，不再摘录。

1988年初秋，历史油画名家宋志坚兄提出卫公百岁冥诞将至，将此书印一次送研究者及诸同窗。文联出版协助完成宋兄心愿。宋兄五位同门所捐五张油画相助，可惜仅赵一唐兄的一幅卖了三千元，其余四幅躺在画店一时未遇知音。志坚独力先交印费14000元，我付出不足3000元。邢延生先生义务画了书衣，去印厂七八次，盯着制版，后来印得跑了色，全部偏红，是印厂的事，人也已尽到最大努力，为了卫公！没有后续资金，书成由热心的孙大志先生运去百本，不幸大多毁于火灾。还有二百本送给了卫老故里的父老乡亲。又是一本未入书店，出和不出成为"无差别境界"。

这书的命运在出版史上也算罕见。志坚约我小饮，劝慰一番，我只有半杯之量，酒中品嚼出友情对生命机器的润滑，犹如夏日口冰块铁片，已足醉心。平生失败太多，早已成败两淡然，甚至感谢多彩的岁月对我太多情。

引为快慰的是传记有两册起到了颇为特殊的作用，其一是新加坡某收藏家觅得一本，经过渠道用一笔可观的价格买去卫老遗作一帧，这些钱存在国库，可以替卫老遗作保护上有所帮助。另一本即秉学术大公的几位广西出版家，在资金很困难的今天，甘心赔钱重出此书的修订本，附以彩色插图，开本大，纸彩精良，在国内的不当代家评传中尚属创格。他们敢为天下先的勇气颇为惊人。起初，我不信肉饼会从飞机上掉落我的碗里，拖了一年。承蒙老学者卫俊秀孔凡礼两先生给我增添热能，老友诗人吴拯说他读过十遍以上，不觉烦厌，对读者会有益。俊老又撰了不无过誉之嫌的序文，在九十多岁的高龄笔笔写来都艰辛。我走访了卫老的三个孩子，还有李骏、邵晶坤、董富章、朱鸿林等教授，可惜文献散失太多，连卫老故居的居委会也去作过采访，书稿突破有限，虽极不甘心，又无可奈何！只有敬请方家原谅！

谨草小跋，向卫公告别。但盼新材料有较多发现的那一天，我再上一层台阶，向卫老与出版家作第六次增订。

校完清样，情绪复杂，首先是史识史料的欠缺，使这本书默然，但已将20年的观察心得掏空。须发由黑而全白，愧对岁华。可悲者即使是这类拙作也难以为继。对自己的失望非语言可以表达。仅仅不想扩散低能者的悲凉还是打住。

2002年2月26日，中国美术馆举办前北京艺术学院师生作品展，几十人参加，都是卫老同事与弟子。除朱鸿林兄外，赵一唐兄十年来大有突进，对卫派油画不背离不克隆，画中有个性在，令我欣慰。愿他继续苦耕，与师兄弟姐妹们一道宏扬师德。

照片由杨悦浦兄去觅得，孙今荣先生所撰年表很翔实，对背景资料的收集，史事的考证甚见功力。有些段落因与作材料来源相同，重复字句有几处闪现。为保持行文的流畅，未作任何改动，特此说明。

谢谢广西美术出版社的老友们，尤其是刘新先生仔细编校此稿，又插入图片，为拙作认真设计书衣。特别感激！

柯文辉
2000年清明思亲夜

卫天霖年表

孙金荣　编撰

1898年　　（清光绪24年　戊戌）　　　出生

8月22日，生于山西省汾阳市阳城乡东阳城村。

字雨三。

祖父，名字待考（祖父兄弟多人，名应"昌"字）。曾外出当学徒，经商。山西曾被誉为"海内最富"，在中国的经济发展中有过一个显赫时期，直到上个世纪，晋中平遥、祁县、太谷一带，还是国内商业和金融中心之一。晋中人经商风盛，远走塞北和东部沿海地区。卫天霖的祖父少年时期就投入了这个队伍，去内蒙古呼和浩特，在一家商店当学徒，到30岁才回乡完婚。在学艺和经商中具有了晋商讲求信义、厚实而不排他的品格；重视对后代的文化教育。经过自己的努力，置土地160亩和一些房产，后分给四个儿子。70岁辞世。

父，卫璋，字达臣。进京应礼部试，清末举孝廉方正，参加过同盟会。辛亥革命时，山西枪杀陆巡抚，清政府知县去职，卫璋一时由县人推选为汾阳知事。会古文，通诗画，善书法，与妻兄秦龙兴（字云川，清末举人）同以书法驰名乡里。以教书为业，历任汾阳县立模范小学校长、河汾中学历史教员和汾阳基督教会神道学校文史教员。对子女要求严格，重节操。有土地70亩和一所宅院。

母，秦氏。心灵手巧，擅描花剪样，颇得女工。

有大姐、二姐、弟天庄（卫垒）、妹次媛、淑媛。

本年，戊戌变法（百日维新）的出现，使中国历史发展进程发生了重大改变。6月11日光绪帝召集军机全堂，颁《明定国是诏》，宣布变法，至9月21日，维新派陆续发出数十道改革令。其中文教方面主要有：废除八股，改试策论；改书院和祠堂；鼓励地方和私人办学，因北京设立京师大学堂，各级学堂一律兼习中学和西学；准许民间创立报馆、学会；设立译书局，翻译外国新书；派人出国留学、游历。这些措施，受到具有维新思想的知识阶层和地主阶级的开明人士的欢迎。

卫天霖的父亲卫璋，作为一个乡贤文人，很快接受维新思想，从而确立了他对子女全新的教育意识。这些，对于卫天霖的成长和一生都具有重要意义。

1899年　　（清光绪25年　己亥）　　一岁
婴幼年。

汾阳，位于吕梁山东南麓，面积约1179平方公里。春秋属晋，为瓜衍之县地；战国属赵，为兹氏地；秦建兹氏县，沿至三国；晋改称隰城县，至唐初上元年改称河西县，为汾州所治；至明初，省县由汾州直辖，万历中升汾州为汾州府，设汾阳县。清相沿，至民国裁府，称汾阳县。1997年撤县设市，现称汾阳市。

东阳城村，已见于北魏史的《魏书》，是迄今一千五百年以久的居民点。

1900年　　（清光绪26年　庚子）　　二岁
幼年。

卫天霖幼年的家位于东阳城村前街路北，乡人称"楼院"，坐北朝南三进院，大门为砖砌双层拱形结构，大门刻有"世传耕读"四个大字，亦有对联"世传耕读久，诗书继世长"。前院院心宽6米，南房为卫家祠。二院门为磨砖合缝砖雕工艺结构，上有"钟秀凝辉"木匾，二院南北长13.1米。三院门很别致，外为磨砖合缝砖雕工艺结构，内嵌木雕门框，门首有"奎壁连辉"木匾，三院南北长12.8米。卫宅大院南北总长43.4米，东西宽23米，占地1.5亩。大院约建于清咸丰10年。大院对面还有一处小院，卫璋常在此院读书写字。乡人说，卫家藏书很多，前院东西厢房都放满了书。卫天霖在这样一个颇具人文色彩的环境中成长起来。

卫天霖出生并在青少年时期住过的是第三进院中的西上窑。

本年，新世纪开始。8月14日，八国联军攻入北京，西太后挟光绪帝西逃。

1901年　　（清光绪27年　辛丑）　　三岁

幼年。

本年，9月7日清政府与英、美、俄、德、日、法等11国公使在北京签订《辛丑条约》，勒索赔款，按当时人口每人一两，计4.5亿两白银，分39年还清，年息4厘，本息合计9.8亿两白银，以关税、盐税作为偿付赔款之用，是为"庚子赔款"。1909年美国用"庚款"改充中国留美学生的教育费用，随后，英、日、法相继效仿。第一次世界大战后中国停止对德、奥支付赔款，1920年苏联宣布终止对俄支付赔款。到1938年帝国主义实际掠夺了近6.6亿两白银。

1903年　　（清光绪29年　癸卯）　　五岁

幼年。

喜编扎、泥塑、剪纸等民间艺术。

汾阳城乡以至山村，民俗民间艺术兴盛。室内炕头部分一般要油漆，讲求的要彩画；过年要贴年画，纸窗要画画，城里有人专卖花窗子，或请会画的人作画，窗角门脑要贴剪纸，门上要贴对联；月饼要用木模脱出花纹，做成兔形、葫芦形，正面粘芝麻、红杏仁、绿芫荽；水饺有时也要捏出各种花样；馒头有时做成娃娃形、羊形，加豆、枣等作装饰；小孩鞋帽作成狮虎形；姑娘们要穿自己绣的花鞋；结婚嫁妆、礼品，讲求覆盖红色的剪纸。卫天霖在充满民族民间艺术色彩的环境中度过婴幼儿时期。

1904年　　（清光绪30年　甲辰）　　六岁

幼年。

受父亲启蒙，已会背诵多首唐诗。

1905年　　（清光绪31年　乙巳）　　七岁

习字始于仿影。

本年，同盟会在日本东京成立，之后在国内上海、湖南、山西等地建立分会，发展会员；我国最早到日本留学学习西画的李叔同进入日本东京上野国立美术专门学校学习，1910年学成回国；为反对日本取缔留学生规则，在日留学各校学生代表组成联合会，负责人中有吴玉章、秋瑾等。

1906年　　（清光绪32年　丙午）　　八岁

东阳城村蒙小学堂建立。卫天霖遂入该小学就读。

戊戌变法虽然失败，但一些维新措施还是得到实行。1901年8月清廷诏改科举，废八股，废武科。9月，清廷命设学堂、奖游学，整顿京师大学堂，各省书院均于省城改设大学堂，各府厅直隶州均改设中学堂，各州县均改设小学堂，并设蒙养学堂。9月16日，清廷又令各省选派学生出洋留学。1902年清廷颁行学堂章程。1904年，清廷奏定并推行学堂章程，包括各类学堂的章程及译学馆、进士馆章程，另附有学务纲要、各学堂考试章程等。1905年9月，清廷诏准自丙午（1906年）科为始，所有乡、会试一律停止。各省岁科考试亦即停止，并令学务大臣迅速颁发各种教科书，责成各省督抚实力通筹，严饬府厅州县赶紧于乡城各处遍设蒙小学堂。按此令发出的时间，山西各地的小学建立应在1906年。卫天霖即是新式小学的第一批学生。

1907年　　（清光绪33年　丁未）　　九岁

转入汾阳县立第二两等小学。此校民国后改称"汾阳县立模范小学"，在县城三皇庙。卫璋任校长。

有学习美术的愿望。写字开始临习碑帖。

本年，12月3日美国总统罗斯福于国会咨文中要求国会授权退还"庚款"，作为中国发展教育之用。1908年6月国会正式通过法案，授权罗斯福退还"庚款"余款，共退还1471.7353万美元。7月清外务部以美国减收"庚款"奏请每年派遣赴美留学生100名，1909年9月清廷外务部与学部录取首批"庚款"留美学生47人，10月"放洋"。

1908年　　（清绪34年　戊申）　　十岁

由于喜爱绘画，舅父赠送《芥子园画谱》，开始临习。

本年，光绪、慈禧死。溥仪即位，定建元年号为"宣统"。日本文部省允于15年内官立高等学校收容中国学生每年100名，由中国给予经费补助。

卫天霖和家人与日本画家石河合影，卫天霖在照片上的记录："日本石河光哉画家民国二八年寓于家中摄此以纪念。"摄于1938年。

童戏图（六曲屏风）　（182cm×270cm）　1929年　卫天霖

1911年　（清宣统2年　辛亥）　十三岁

小学毕业。

由于是清廷饬令所建小学的第一批毕业生，所以，卫天霖毕业时，县令专门宴请毕业班的全体学生，以志贺庆。

入省立汾阳河汾中学附设的预备学校，因为河汾中学系汾阳府八县出资公立的唯一中学，来的学生水平不齐，因此设立预备学校。考进的全部是各县的公费生。

本年，辛亥革命爆发。10月10日武汉起义。10月29日山西光复。太原新军起义，攻占抚署，杀巡抚陆钟琦，太原光复，成立山西军政府，举标统阎锡山为都督，温受泉为副都督。各府县均废旧制。

1912年　（民国元年　壬子）　十四岁

入省立汾阳河汾中学初中。

当时中学已有美术课，教科书都是商务印书馆翻印日本的铅笔画、水彩画。卫天霖在美术上的才能得以显示。

读书期间，经常走访当地古寺观，欣赏泥塑和壁画，对民间艺术有浓厚的兴趣，对傅山的艺术尤为喜爱。

本年，1月1日，中华民国在南京成立，改用阳历，为民国元年。2月12日，宣统帝溥仪退位，清皇朝结束。

1915年　（民国4年　乙卯）　十七岁

入省立汾阳河汾中学高中。

中学时期临书魏碑。卫天霖日后学习西画，虽很少再习毛笔字，但青少年时期在书法上所得到的功力和平时不断丰富对中国传统艺术的修养，不但有益于他的油画艺术，而且在文字书写上十分严谨，具魏书神韵。

5月25日，袁世凯政府签署二十一条卖国条约，掀起全国的反对运动，卫天霖在校为反对卖国条约曾参加绘制宣传画。

汾阳县已经有许多学子出国留学。这对卫天霖的父亲有很大的影响，也激起卫天霖出国读书的愿望。

1917年　　（民国6年　丁乙）　　十九岁

与冯玉兰结婚。

冯玉兰，汾阳城读书人家冯世瑶之女，受过文化教育，曾在小学任教。婚姻系双方家庭包办。

1918年　　（民国7年　戊午）　　二十岁

河汾中学毕业。

经校方推荐，入山西大学预科文科。

山西大学始建于1902年（清光绪28年），是中国开办最早的大学之一。校址在太原侯家巷。预科文理分设。据有关资料统计，1918年中国已有众多教会学校，其中教会大学14所，当时中国自己办的大学，国立的只有北京大学、山西大学、北洋大学（天津大学前身）三所。山西大学在中国教育史上具有重要地位。

山西省教育厅考选公费赴日留学生15名，卫天霖获选，遂转入山西省留日预备学校。

1919年　　（民国八年　己未）　　二十一岁

在山西省省立留日预备学校学习日语。

本年，5月4日，爆发"五四运动"；徐悲鸿、林风眼获公费赴法留学；3月17日，由华法教育会组织和第一批留法勤工俭学学生共48人，从上海乘轮船赴法。

1920年　　（民国九年　庚申）　　二十二岁

女儿九莲出生。

以公费留学生资格东渡日本。

临行父亲为其题字："守身如玉"。

初到日本入洋画预备学校学习，学校分上午、下午、夜晚三班，学员以四小时计算学费，卫天霖刻苦用功，课间也不休息，经常一边吃东西一边作画，努力提高自己的绘画水平。

入日本川端画学校。川端画学校由川端玉章于1909年在东京创设。

曾住东京府丰岛郡巢鸭町三丁目25号二楼。

卫天霖像　摄于 1934 年

本年，6月18日，北京政府留日学生监督处与日商东亚业银行签订45万元借款合同，以国库卷、盐（税）余（款）为担保，用于支付留日学生学费。

1921年　（民国10年　辛酉）　二十三岁

9月20日，考入国立东京美术学校西画系预科。预科一年。

东京美术学校于1889年正式开校。是当时日本最高美术学府，也是日方后来指定"庚款"补助留学生唯一可以进入的美术学校。

本年，日本美术院的洋画部独立。

1922年　（民国11年，壬戌）　二十四岁

女儿二莲出生。

升入国立东京美术学校西画系专科，学制四年。

一年级指导教师为长原孝太郎。同班学生有冈田谦三、西田正秋、田清等45人。

结识苏民生，遂成挚友。

署假，回国探亲。卫天霖留日期间大约每两年回国探亲一次。本年探亲时路经京都曾为苏民生画水彩肖像。

曾在回国探亲时为父亲和岳父作油画肖像，为秦云川绘制墙围画、作油画《汾阳城》。

留学期间结识穆木本、郭沫若、郁达夫、成仿吾等。1921年郭沫若、田汉等人在日本成立新文学团体创造社，1922年5月《创造》季刊出版，卫天霖曾为其绘制封面。

作石膏素描：《拉奥孔》、《朱立叶》、《维纳斯》等多幅。

1923年　（民国12年　癸亥）　二十五岁

二年级指导教师为小林万吾。

利用假期到京都、奈良、富士山以海滨去写生作画。

现存当时创作的女人体素描12幅。

1924年　（民国13年　甲子）　二十六岁

三年级后从师由法意留学归国的著名画家藤岛武二（1857.9.18—1943.3.19）。

藤岛武二曾选了卫天霖两张素描作业作为教学示范画，该校一直沿用到1950年。

获"庚子赔款"补助金。

中国自1896年向日本派遣留学生，限于国力，留学生的待遇很不理想。1921年日本议员一宫房治郎说，美国利用"庚子赔款"建立由中国派留学生去美国学的制度，建议日本政府也应有相当的措施。他的提案获国会通过。直到1924年日本外务省成立了对华文化事业部，才由该机构负责处理用"庚子赔款"资助中国留学生学费补助等文化事业。但是当时中国学生拒绝接受。后来中国全国教育联合会退还"庚子赔款"事宜委员会等单位和日方几经周折，最后达成只对320名学生每月补助70日元的协定。当时在日中国各学科留学生数以万计，卫天霖由于学习成绩优异才得到了"庚子赔款"补助金。

回国探亲时为已故村塾恩师作《张老夫子伟堂之遗像》。张伟堂系东阳城村人，在本村教书40年，在其60诞辰时，村中公议刻碑纪念。卫璋撰写碑文。文中赞曰："矫矫先生，教思无穷。四十年司铎，始慎始终。载瞻遗像，缅彼高风。前贤媲美，有道郭公。功全为古，恒占德贞。桑梓泽衍，桃李溪成。曲型不没，虽死犹生。敬仰庄严，各葆令名。砚愚弟卫璋撰书，受业卫天霖谨绘。民国十三年秋"，由乡人宁克温刻于高81厘米、宽50厘米、厚15厘米的石碑上，立于村小学墙壁。

1925年　　（民国14年　乙丑）　　二十七岁

求学期间曾拜访过日本画家横山大观（1869.9.18—1958.2.26）、洋画家梅原龙三郎（1888.3.9—1955.12.14）等艺术家。参观日本各大美术馆、博物馆收藏的美术作品。

本年，林风眠从法国学成回国，蔡元培推荐他出任北京艺术专科学校校长，聘为全国艺术教育委员会主任，后又派他负责筹建杭州艺术专科学校。林风眠办学主张学术自由、兼容并蓄，提倡中西艺术交融，提出"介绍西方艺术，整理中国艺术，调和中西艺术，创造时代

普贤菩萨 （117cm×91cm） 1936年 卫天霖

艺术"的口号。

1926年　（民国15年　丙寅）　　二十八岁
3月，以第一名成绩毕业于藤岛武二画室，获"首席"之誉。

毕业创作油画《闺中》受到藤岛武二的高度评价："这幅作品体现了你在日本学习的全部历程，你的构思和意境独具东方色彩，构图与技法使东西方绘画语言得到极好的交融。"并和卫天霖在这幅画前穿和服照了像。

作毕业《自画像》，留在学校。东京美术学校规定，油画系的毕业生还须有毕业自画像留给母校。有无自画像，是区别是否毕业的标志。卫天霖的《自画像》（东京艺术大学藏）展现了一位28岁的青年画家的精神风貌和纯熟技艺。

4月13日成为藤岛武二的研究生。

好友苏民生回国，在孔德学校代理美术课。

1927年　（民国16年　丁卯）　　二十九岁
妻冯玉兰病故。

做研究员期间，深入研究油画技法。重点研究法国印象派和日本油画家的作品。

作《裸妇胸像》（中国美术馆藏）

本年，徐悲鸿从法国学成回国。

1928年　（民国17年　戊辰）　　三十岁
春，由北京大学、中法大学的教授、学术权威组成的中国北京学术团赴日讲学和参观。在参观访问东京美术学校时，对中国留学生卫天霖颇为赞赏，中法大学孔德学院遂邀请他回国任教。

夏，学成回国。

携日本女友美代子经上海、南京回到北平。不久，女友返回日本继承遗产，未再来往。

原拟赴法深造未果。

秋，任中法大学孔德学院艺术部主任、教授，聘为同学会西画导师。

兼教孔德学校的中小学图画课。在卫天霖建议下，学校始设图画教室，并设立课外学习组织。孔德学校的校址在东城北河沿。孔德学校不但是卫天霖艺术教育研究探索的基地，也是卫天霖工作时间较长的学校之一，在这里培养了许多很有才华的学生。

任大学院古物保管委员会顾问。

结识沈尹默、钱玄同、郑振铎、周作人、刘半农、沈兼士等学者。

住北京东城韶九胡同的东安客寓。

为苏民生编辑的孔德学校《孔德月刊》作装帧设计。

卫天霖从回国直到1948年初赴解放区，期间20年与中法大学孔德学院、孔德学校有不解之缘。有关中法大学孔德学院的发展沿革情况如下：1921年法国向中国表示退还"庚子赔款"，其中一部分作为教育经费，兴办中法教育，每年退回赔款100万金法郎，共计23年，计二千三百万金法郎。在法国里昂的中法大学和在北京的中法大学的经费，都由该款拨付。里昂中法大学于1921年建立，北京也相应建起中法大学作为"预科"（此前系"留法勤工俭学会"在北京西山碧云寺成立的法文预备学校）。中法大学前三任校长为蔡元培、李石曾、李书华。中法大学校部在东皇城根八棵槐。1930年在南京教育部立案。该校的文理法诸学院均以法国历史文化名人命名，其中哲学院以法国实证主义哲学家孔德（Auguste Comte 1798—1857）命名，中法大学孔德学院于1924年成立，院址在北京阜成门外北礼士路。1931年孔德学院改称为中法大学社会科学院，1934年并入中法大学文学院。中法大学另设孔德学校为中学，再附设小学，校址在东华门北河沿。

本年，6月，国民党军击败了北洋军阀，占领了北京。南北统一。国民政府迁都南京，改北京为北平。10月，蒋介石出任中华民国主席。

1929年　（民国18年　己巳）　　三十一岁

在孔德学校任教。

在孔德学校举办油画习作小型展览。

1929年起应邀兼任北平大学造型艺术研究会导师。该会前身系蔡元培1917年出任北京大学校长期间成立的"画法研究会"。在这个艺术研究会担任过导师的大都是当时在国内艺术上颇有声望和留学归来的专家学者，如吴法鼎、陈师曾、姚茫父、李毅士、王梦白、徐悲鸿、郑锦等。

兼任北京农业大学造型美术研究室导师。

兼任女子西洋画学校教师。

卫天霖开始承担起父亲养家的嘱托。弟卫垒（天庄）即来北京读书。

作六曲屏风油画《童戏图》，全画6扇，高1.82米，宽2.7米，画面上人物有29个，有假山，太湖石，远处为山峰，近处为芭蕉和柳条。采用中国画线条勾出轮廓，用油画颜料平涂着色。画面上一群稚童敲锣打鼓，吹喇叭，舞巨龙，气氛十分欢快。其中一个人物手举一块牌子，上书"天下太平"，这四个字，表达了刚刚回国的卫天霖，眼见国内军阀混战的局面已经结束，深盼不要再发生战乱的恳切心情。

作油画静物《鱼》等。

本年，2月，刘海粟启程赴欧洲考察学习。4月，第一届全国美术展览在上海举行，并出版《美展》季刊。在美展开幕时，徐悲鸿和徐志摩就印象主义、野兽主义问题展开了一场不同学见的争论。

1930年　（民国19年　庚午）　三十二岁

在孔德学校任教。

秋，举办首次个人画展。在中山公园水榭，共展出作品120幅，包括留学时期和归国后新创作的作品。

作油画《倚坐的裸女》、《站立的裸女》、《雪后》、《景山》、《北海》等。

1931年　（民国20年　辛未）　三十三岁

任北平艺术学院西画系教授、系主任。

北平国立九校于1928至1929年间合并为北平大学，北平艺专并入，为北平大学艺术学院。严智开为校长，聘卫天霖为西画系教授、系主任。

6月15日至18日与学生全赓靖在东城米市大街青年会举办联展"春花展览会"，展出卫天霖作品24件。全赓靖，原在北平女子西画学校，后转入北平艺专。北平大学教授徐祖正、友人苏民生为此展撰文评论。

夏，参加北平大学艺术学院西画系师生成绩画展，展址在中山公园。

作油画《圆》、《丛荣》、《滴翠》、《树》、《沙发上的裸妇》、《清夜》、《欲待黄昏》、《父与女》等。并在这些年里创作了不少人体画。

卫天霖回国后，在北平国立艺专有着多次任教经历。北平艺专也几经变迁：最早称国立北京美术学校，于1918年4月成立，郑锦任校长；1922年（一说为1923年）改为国立北京美术专门学校；1925年改为北京艺术专门学校，刘百昭、林风眠先后任校长；1928年并入北京大学，改为北京大学艺术学院，徐悲鸿任院长。1931（一说为1930）年北京大学并入北平大学，北京大学艺术学院改为北平大学艺术学院，院长为严智开。1933年夏季北平大学解散，1934年1月恢复北平艺术专门学校，严智开、越畸先后任校长；1937年 "七七事变"后举校南迁，至湖南沅陵与杭州艺专合并为国立艺专，后经贵阳、昆明迁至重庆，历任校长为滕固、吕凤子、陈之佛、潘天寿。1945年抗战胜利后两校分开各迁回原地。1937年北平沦陷以后，北京伪政权重建北京艺专，留用了部分教职员，接受了旧艺专的教具，原艺专未南下又未卒业的学生回来继续上学，校长为王石之。1945年日本投降后，该校由国民党政府接收，恢复国立北平艺专建制，1946年8月，徐悲鸿任校长。1949年12月与华北大学第三部合并，1950年4月1日建立中央美术学院，院长为徐悲鸿。

本年，9月18日发生"九·一八"事变。

1932年 　　（民国21年　壬申）　　　三十四岁

父卫璋逝世。

在北平大学艺术学院任职。

王肇民因参加"一八艺社"被杭州艺专"斥令退学"，由林风眠介绍，转学到北平大学艺术学院，得到卫天霖支持进入该校，并于1933年毕业。

李念先、李瑞年、蓝家珩、郁风、秦威、赵德阁等，是在北平大学艺术学院卫天霖任教时期的学生。

曾作册页一本。

本年，上海发生"一·二八事变"，十九路军进行淞沪抗战。3月伪满洲国成立。

1933年 　（民国22年　癸酉）　　三十五岁

与胡瑜结婚。

胡瑜，1910年3月生，广东三水人，北平市立助产学校毕业，毕业后就职于北平市妇婴保健会，后在华北大学、北京艺术学院、中国音乐学院医务室工作。1983年在北京逝世。

在北平大学艺术学院任教。

慰问抗日将领。

1月日军攻进山海关，3月长城抗战开始。中国军队二十九军在冷口、喜峰口、古北口等长城关隘抵抗日本侵略军。卫天霖积极参加北平画家义卖画展，并代表画家慰问二十九军，见到傅作义等抗日将领。这时去慰问的学校很多，据范长江回忆，"这时长城各口都有战事，以喜峰口宋哲元部打得较好。我与北大同学张镜航等五六人发起组织北大学生长城抗战慰问团，至长城各口（到过喜峰口、古北口、冷口、独石口等处）慰劳，以鼓励抗日士气。"

春节期间，北平大学艺术学院院长严智开生病，委托卫天霖代替他赴南京出席教育部召开的一次会议，会议安排了蒋介石等人的讲话和关于建设国防的报告，在南京参观了军士学校、明陵、中山陵、励志社等。

北平举办"绘画界抗日救国助捐展览"，以北平大学艺术学院西画系为代表，天津以美术馆为代表发起主办，地点在北平中山公园，展出作品110多幅，当时北平西画家都有作品，盛极一时，捐款不少。卫天霖参展并捐献了三张画：《二十九军抗日寇的胜利》、《父女读报》等。

居东城弓弦胡同。

作水彩画《自画像》及胡瑜等人肖像，作油画《三座门》等。为北平孔德学校中学部的同事修古藩画头像，画完之后修古藩在画上题诗一首："故园风雨家何在？满眼苍夷祸未休。苦抱遗编成底事？书生原是蜡枪头。雨三先生为我写真籍作纪念，敬题数语，以博一粲。"卫天霖的画与修古藩的诗，都体现了当时在国难当头的两位文人志士的心声。

1934年　　（民国23年　甲戌）　　三十六岁

在北平艺术专门学校任西画教授、系主任。

北平大学艺术学院解体。各院校陆续恢复原校建制。

一月，"奉部令筹备"恢复和重新组建国立北平艺术专门学校，七月成立，由当时的教育部直接领导。任命严智开为校长，汪洋洋为教务主任，林绍昌为训育主任。

同在该校任教的：绘画科国画组有齐白石、黄宾虹、溥心畬、陈缘督、徐燕荪、王雪涛、汪慎生、吴镜汀等；绘画科西画组有：唐仲明、彭沛民、王曼硕、关广志、秦宣夫等；雕塑科有王临乙、王石之等；图案科有庞薰琹、李有行等；语文有：闻一多、钱稻孙等；专任理论教授苏民生、刘均等。此外还有音乐系。这时期的学生有李念淑、关颂媛、张瑞芳等。校址在西单的西京畿道十八号。

在国立北平艺专筹备期间，严智开安排卫天霖赴日本，为北平艺专到东京美术学校采购翻制教学用的石膏像，遂与苏民生同行赴日。在东京美术学校购得一批石膏教具运回国内，其中不少一直沿用到解放后中央美术学院时期。在日本先后拜访藤岛武二和西田正秋等画界师友，到一些学校参观访问。两人在东京艺术学校参观了各类画室和学生们的作业，并拍了一些照片，留作国立北平艺专的教学资料。

举办一次小型个人展览，租用万国美术会展览室。

参加北平艺术专门学校举办的成绩展览，展出两年作品。

作油画《颐和园》、《破冰》、《北海游艇》、《紫禁城》等。

1935年　　（民国24年　己亥）　　三十七岁

儿子卫迁出生。

在北平艺术专门学校任职。

购置北京东城椅子胡同一号宅院，定居于此，未再搬迁。椅子胡同在文革中改为"鼓舞胡同"，后又改为"嵩祝院北巷"。1992年拆除。

作油画《石榴海棠》、《紫禁城》、《太庙》、《北海游艇》等。

本年，北京发生"一二·九运动"全国各界开展了抗日救亡运动。北平国立艺专学生中学运突出的人物有曹汝成、魏凤章、袁行庄（作家袁静）、张瑞芳、夏风北（夏风）等。

1936年　　（民国25年　丙子）　　三十八岁

被北平艺术专门学校解职。失业近一年。

由于国难当头，学生运动频繁，艺专在国民党的控制下，对学生运动镇压，引起学生抗议，国民党籍在北平搞思想清理运动，调整北平艺专上层人事，严智开去职，由山东大学校长赵畸继任艺专校长，郑颖荪为教务主任，常书鸿任西画系主任，收回卫天霖在该校的聘书。

日本老师藤岛武二及日本画家安井曾太郎等访华。卫天霖、严智开陪同访游，并在中山公园合影留念。卫天霖曾在照片袋上记录："藤岛武二先生和安井曾太郎来平与严季冲摄于中山公园，卫雨三记。约是民国二十六年事变前一年。"

弟卫垒在孔德学院西山中学毕业后考进北平艺专。

作油画《普贤菩萨》、《卫迁童年》、《白芍》、《京郊之冬》等。

1937年　　（民国26年　丁丑）　　三十九岁

女儿卫迦出生。

在孔德学校任教。

7月7日，卢沟桥事变，揭开了抗日战争的序幕。

7月29日北平失守。9月平型关大战，获抗日第一次胜利。年底上海、南京相继沦陷，出现南京大屠杀。北平成立日伪傀儡政权"中华民国临时政府"。次年，改"北平"为"北京"。

国立北平艺专南迁湖南沅陵等地。

日伪恢复国立北京艺术专门学校，由于原艺专的校址被日本空军战领，故这个艺专建在东单东总布胡同。伪政权曾命卫天霖出任校长，卫天霖坚辞不受。后由王石之任校长，教务长丘石漠，总务长张鸣琦。

弟卫垒受兄长常与革命青年交往的影响，自己也参加革命活动。7月1日提前放暑假，卫天霖嘱卫垒回家乡，可参加革命，不一定回北京上学了。卫垒回乡后就在家乡参加了抗日队伍。卫天霖知道后，遂写信鼓励卫垒。

7月6日，应全赓靖要求，随同国际红十字会的工作人员去西山一带救护抗日的二十九军。

作油画《俑》等。

1938年　（民国27年　戊寅）　四十岁

在孔德学校任教。

4月，友人刘荣夫到北京艺专任教。

作油画《胡瑜女士》、《兄妹俩》等。

本年，4月延安成立鲁迅艺术学院。

1939年　（民国28年　乙卯）　四十一岁

女儿卫述出生。

在孔德学校任教。

由于中法大学停办，孔德学校教育经费失去来源，教师薪金发生困难，校方允许教师到外校兼课。9月，经储小石动员，卫天霖到国立北京艺术专门学校西画系兼课。卫天霖和艺专订了个"条约"：不担任行政工作，不参与行政会议，不在伪旗下参加仪式和鞠躬。

日伪主办"兴亚美展"（一说叫"新亚美展"）。当时伪政府规定，国立北京艺专的教员都要参加，请日本名家权威担任审查委员，其中有日本画家梅原龙三郎、安井曾太郎等。卫天霖被指定为评审委员，《新民报》报道他在"兴亚美展"上发表讲话。实际上，卫天霖没有同意担任委员，也没有发表过任何讲话。但有三件作品参展：《兄妹》、《老太太像》、《仰卧人体》。展览中油画很少，国画较多，多是由中国画学研究会、湖社画会、北京国立艺专、北京师范大学工艺系、辅仁大学美术系、京华美专、女子西洋画学校等单位提供。卫天霖曾对刘荣夫说："你别看日本现在这样猖狂，早晚要倒台，到那时我们做为中国人要受考验，定要算帐的日子会到来，你过去立场怎样，干了什么，都要算清楚"。

当卫天霖获知全赉靖为掩护中共地下党员而牺牲的消息后，根据记忆创作了《全赉靖烈士像》（中国美术馆藏）。

作油画《自画像》、《月季花》、《妇女坐像》、《躺着的裸妇》等。

1940年　（民国29年　庚辰）　四十二岁

在孔德学校任教，在国立北京艺术专门学校兼课。

冬，日本画家末田利一来华，在北京艺专任教。

西田正秋来华考察大同云岗石窟艺术，往返途经北京，访问卫天霖，并在其家中小住，以自己的专著《艺用解剖学》相赠。

作油画《茶花》、《浴后》、《故宫角楼》、《西山喇嘛寺》等。

1941年　（民国30年　辛巳）　四十三岁

女儿卫迅出生。

在孔德学校、国立北京艺术专门学校任教。

在这一时期，卫天霖用较多的时间和精力进一步研究油画技法，色彩上更加成熟，并形成自我风格。是他的又一个创作高峰期。

卫天霖和刘荣夫、张振仕、杨凝（左辉）等自发组成"中国油画会"，卫天霖坚决反对日本画家加入该会，是在沦陷区中国画家坚持自立的一个学术社团，曾先后举办过五次画展。会员有杨凝、刘荣夫、徐颖、张振仕、张兰铃、李天福、佟育智、熊先蓬、唐守一、阎剑峰、关剑痕、赵冠州、穆家琪、韩云鹤、韩问等人。这个会的情况，卫天霖1948年到华北大学任教时，曾向江丰报告过。

作油画《婴儿速写》等。

1942年　（民国31年　壬午）　四十四岁

继续在孔德学校、国立北京艺术专门学校任教。

弟卫垒已到晋冀抗日根据地工作。在河北涉县一带活动。

抗日时期，日本许多画家按照日本当局规定，艺术家必须要到中国来为"圣战"服务，因此不少画家常到中国作画。其中有梅原龙三郎、藤岛武二等。但藤岛武二再次来华时未与卫天霖见面。有些日本画家亦到北京饭店等日本画家来京住地回访，有安井、黑田、石河和东京美术学校的老校长大仓先生等。有的活动系当时艺专的安排，有一次王石之和日本人横山央儿，招待日本漫画家服部亮英举行茶话会，到会的有中国画会的周肇祥等，以及艺专的刘荣夫、左辉等几个人。这个漫画家表演画法和讲解不过半个小时，后王石之要求都要发言，卫天霖曾谈了儿童画应注重中国水墨技艺的问题。

作油画《蓝台布上的白芍》等。

1943年　　（民国32年　癸未）　　四十五岁

女儿卫迹出生。

继续在孔德学校、国立北京艺术专门学校任教。

卫天霖曾一度被日本宪兵队无理抓去。只是根据传言在他家附近的北锣鼓巷一个日本宪兵大佐凌晨巡逻时被人刺杀,怀疑卫天霖所为。宪兵这种行为,激起学校师生的愤怒,要求校方出面将卫天霖保出来。宪兵无理,只得释放。刘荣夫去接卫天霖回校时,见他镇定自若,具有强烈的民族自尊心、中国知识分子的尊严和学者气度。

冬,卫天霖拟摆脱伪政权统治,决心投奔抗日根据地,借外出考察响堂山石窟艺术和陶瓷考古的名义,取得艺专的证明信,独自出了北京城,欲到太行山根据地涉县。到达河北磁县后,在西去的路上彭城镇一带被当地伪警逮捕。被关审了八天,因有证明信才获释回京。这次与抗日队伍的联系没有成功。

作油画《母亲》等。

1944年　　（民国33年　戊申）　　四十六岁

在孔德学校、国立北京艺术专门学校任教。

日军在华北大肆逮捕男女青年,平津各大学教授、学生被捕者达6000余人。卫天霖日感压抑。

1945年　　（民国34年　己酉）　　四十七岁

在孔德学校、国立北京艺术专门学校任教。

8月,日本投降后,教育部派陈雪屏、严智开接收、恢复原北平艺专。卫天霖受聘为教授和教务长。溥心畲、秦仲文、王雪涛、于非闇、徐燕荪、吴镜汀、寿石工、陈缘督、王森然、关广志、刘荣夫等在校任教。卫天霖任职期间,经常去看望黄宾虹、齐白石、溥心畲等老先生。

思想进步的日本教师末田利一,在日本投降后一段时间在卫天霖家中居住。

此一时期频繁与中共地下党人士联系、来往。

学生栾克扬是中共地下党员,也是卫天霖走上革命道路的重要联络人。栾克扬，1942年入学，1945年5月去解放区。抗战胜利后返回学校时，经卫天霖的运作才重新上学。卫天霖知道栾克扬是中共地下党员，经常提醒他注意学校内国民党的情况。

10月，在栾克扬的陪同下，到西山见中共中央华北局城市工作部部长、北平党组织负责人刘仁，并长谈，刘仁示其留在北平为党工作。由薛成业负责与他联系。在西山时还接受了新华社记者杜导正采访，发表在《晋察冀日报》上。同去的还有刘荣夫、未田利一。

此后，卫天霖居住的椅子胡同1号，常是城工部在城里的联络点之一，蔡成恩（后任国防部外事局长）、崔使（曾任北京气象局长）等都在他家住过。向阳、毕成等当年的地下党员都曾住过卫天霖家，毕成说她曾从他家往解放区运送一此物资。

作油画《青花瓷瓶中的葵花》、《读书的女孩》、《卫迅像》、《浴后的卫迹》、《西山的柿子树》等。

1946年　　（民国35年　丙戌）　　四十八岁

仍在孔德学校任教。

卫天霖被北平艺专解聘，被解聘的还有刘荣夫等人。

继续大量作画。经常带一点干粮外出写生，从早画到晚。正是在这一段困难的日子里，完成了许多优秀的作品。

作油画《述儿像》、《迹儿象》、《国子监》、《小亭》、《青瓷瓶中的葵花》等。

本年8月，徐悲鸿受国民党政府委派到北平担任北平艺专校长，不久筹建美术组织"北平美术作家协会"，任名誉会长，吴作人任会长。

1947年　　（民国36年　丁亥）　　四十九岁

石家庄解放，华北地区的行政机构成立，卫天霖接城工部通知，代表北平美术界赴石家庄出席庆祝大会。

在北京和平门的一个会馆举办个人画展，展出作品近百幅，筹款捐赠解放区购药。

作油画《迦儿像》等。

1948年　　（民国37年　戊子）　　五十岁

8月，卫天霖带卫迁、卫迦前往华北解放区，到达河北正定，任华北大学文艺学院教授。此前，从5月开始，根据中共中央的指示，北平地下党先后动员安排吴晗、焦菊隐、马彦祥等知识分子前往解放区。

华北大学校党委很重视卫天霖的到来，并为之召开了隆重的欢迎会，卫天霖在会上做了发言。

华北大学的建立，是随着解放战争的发展，晋察冀与晋鲁豫两个解放区已经连成一片，建立了华北解放区。北方大学从太行山来到正定，与从张家口迁来的华北联合大学，组建成华北大学。校址在正定。校长为成仿吾。华北大学文艺学院1948年改称华北大学三部（有的资料称"三院"），地址在正定大佛寺（隆兴寺）边的大教堂。江丰、艾青、王朝闻、王式廓、张仃等在校任职、任教。

随后，地下党又将胡瑜携卫述、卫迅、卫迹送到正定华北大学。胡瑜到华北大学医务室工作。卫迁、卫迦、卫迅到育才中、小学读书。卫迹进入华北大学幼稚园。

闻立鹏、张启、王成、雷正民等当时是华大学生。卫天霖在学校上过素描课、水彩课，曾个别指导过美术系研究生张启。他教学认真负责，因材施教，经常以和青年教师开座谈会的方式讲授色彩等知识。教学之余主动接受社会任务，如画巨幅领袖像等工作。业余时间，努力学习政治时事，阅读政治书籍和文件，积极参加政治活动。他曾感慨地说："真正的文化在解放区，而不在国民党统治区。我只是因为艺术源泉来自人民、来自人民群众的斗争和生活。"又说："我画了几十年画，醒悟到这一点，才是来到这里几天的事。"

冬，因为平津要解放，华大要作好迎接平津战役胜利的准备工作。

年底，随华北大学美术工作队二队回北京。华北大学三部组成两个工作队，一队由胡一川带队去天津，二队由艾青、江丰带队到北京。彦涵负责留守处和家属队。同回北京的有成仿吾、王朝闻、罗工柳、张松鹤、左辉、林岗、伍必端、杨伯达、邓澍、孙治、田零、莫朴、冯真等，是由河北正定步行向北京进发的。三部进城前在良乡停留三个多月，天天画领袖像，以备天津、北京解放后进城用。

全家回到北京。胡瑜与华北大学医务室回北京，卫迁、卫迦、卫迅随育才中、小学回北京，卫迹随华北大学幼稚园回北京。

1949年　（乙丑）　五十一岁

1月31日，北京和平解放。

卫天霖先在北京军管会文管会工作，身着土黄色军服，胸前佩带军事管制委员会文管会的标志，到北京北池子草垛胡同的一个红色大门的四合院里工作。

随后又回到华大文艺学院（三部）任教。华北大学已全部移京，三部设在宣武门国会街原北大法学院旧址（现新华社）。在美术系建制外，成立临时训练补习班，培养出学员160人，三个月一期，学员结业后多半南下。卫天霖在这里工作了半年。

同事罗工柳到卫天霖家拜访。

不久，从解放区来的美术干部受命接管全国性的美术院校。

由艾青等接管北平艺专，卫天霖参加了接管北平艺专的工作。江丰等去杭州接管杭州国立艺专。华北大学旋告解散。

随后，中央教育部委派卫天霖去创建北京师范大学美术工艺系，任系主任、教授。由吴玉章签署的介绍信上卫天霖的身份为"教授"。

北京师范大学校址在和平门外，系解放前原北平师范大学所在地。

到校后，立即着手美术工艺系的筹建和招生工作。为了能够更好地投入工作，卫天霖带着卫迹住在师大南部斋的一间小房里，在食堂与大家一起用餐。主要精力投入大量的行政与教学工作上。

北京师范大学聘请庄言、左辉、辛莽、温庭宽、张松鹤、毕成、向阳等艺术家在美术工艺系任教，原北平师范大学美术系的教师张秋海、孙一清、赵擎寰等继续在新校任教。秋季，新师大美术工艺系招收的第一批学生入学。学生中有李骏、章文澄、温景恒、汪国懿、姚保瑢等。原北平师大1948年入学的学生李含中等也继续在新校读书。

北京师范大学，前身为1902年12月清廷创办的京师大学堂师范馆，1908年改为京师优级师范学堂，1922年更名为北京师范大学，1928年后称北平师范大学。

曾为农民画肖像。

本年，10月1日，中华人民共和国中央人民政府成立。7月2日至19日，召开中华全国文学艺术工作者代表大会。7月21日成立"中华全国美术工作者协会"，徐悲鸿任主席。卫天霖成为首批当然会员。由文代会主办的"全国第一次美术作品展览"7月2日至16日在北京举行，后移至上海展出，展出作品604件（一说556件）。

1950年　　（庚寅）　　五十二岁

到北京师范大学担任系领导之后，他运用一位教育家的丰富经验去思考如何培养合格的师资。在他的倡仪下，将师大东北楼有玻璃房顶的教室改做教师的画室，安排教师们常去那里进修作画。

和庄言合作为师大礼堂画了毛主席大油画像。抗美援朝开始后和同学们一起画宣传画、连环画。夏，亚太工会联合会在北京召开，需要布置环境会场。卫天霖带领学生到北池子美术工厂帮助。卫天霖仍然关注中小学美术教育，暑假，在他的建议下，与北京市教育局合办中小学教师进修班，并请来了多位在解放区从事美术工作的画家讲课。请王文祉传授在解放区工艺课的经验。

在椅子胡同家中，卫天霖手植的枣树、松树、海棠、瓜叶菊、芍药等树草花卉，长得异常茂盛。家中北房的门两侧，卫天霖自己作了浮雕，使家庭有了一个蓬勃、安定、幽雅的气氛。但是由于胡瑜调北京小学工作住在学校，卫迁四兄妹仍然住校，卫迹跟着父亲住在师大，因此，平时都不在家住，只有星期日回家团聚。椅子胡同的家由卫天霖的岳母管理。

本年，教育部任命林砺儒为北京师范大学校长。北京师范大学开始有两名苏联专家在校工作并在教育部兼职。随后陆续到来一些苏联专家。

1951年　　（辛卯）　　五十三岁

聘请李瑞年、张安治、刘亚兰、王合内等艺术家到师大任教。美术专业设绘画和理论两个教研室。理论教学由张安治负责。

继续与在北京的齐白石等许多老艺术家来往。

1952年　　（壬辰）　　五十四岁

北京师范大学美术工艺系根据"苏联专家"意见改称为"图画制图系"。

卫天霖仍任系主任，赵擎寰任副主任。

除绘画专业之外，增设制图专业，由赵擎寰负责。在制图专业的建立、教师队伍培养和教研室组建等方面，卫天霖把制图视为一项新兴的教育事业加以扶植，并为这方面的专业教师举办观摩展览。在他的指导下，制图专业的教师们先后译出了苏联中学的图画、制图教学大纲，然后受教育部的委托起草了我国初中图画课和高中制图课教学大纲，以级高等师范院校数学、物理分科的制图课教学大纲。编写了我国高级中学教材《制图学》（赵擎寰主编），卫天霖将此书向教育部推荐，由人民教育出版社出版。

卫天霖亲自担任油画教学。

戴克鉴、朱鸿林等学生入学。

亲领学生拜访齐白石。

下半年，全国院系调整时，辅仁大学并入北京师范大学，"辅仁"校名撤消，陈垣任北京师范大学校长。由于辅仁大学的美术系已于1950年撤消，所以并校时没有教师和学生转入。

作油画《男孩像》、《陶然亭》、《冼星海像》、《聂耳像》等。

1953年　　（癸巳）　　五十五岁

聘请余钟志、吴冠中来系任教。

率中青年教师赴山西写生、考察，同行者有张秋海、张安治、吴冠中、刘亚兰、李瑞年等。到达太原时，当时山西省省长邓初民和省委刘书记设宴接待。随后带领教师在太原，天龙山，龙山石窟，宋祠等处参观写生。收集山西的美术文物，以供教学使用。

卫天霖为了不耽误工作，仍带着小女儿卫迹住在学校。经常召集开会，研究教学、行政各方面的问题。一有时间就到教师进修室和教师们一起画画，当时学校没有专业人体模特，便到中央美术学院借调。卫天霖营造了美术工艺系的学术氛围，对提高教学质量也起到了重要作用。

到民族美术研究所访朱丹、王曼硕等同仁。

刘荣夫已调到鲁迅艺术学院，从沈阳来探访卫天霖。

师大第一批学生毕业，卫天霖在该班毕业前夕，为全班二十多位学生每人画了一幅像作为纪念，并在学校展出。

第一批学生中李骏、王国懿、章文澄、原魁英留校工作。李骏任系秘书。

作油画《坐在红布上的女人体》、《白芍药》(中国美术馆藏)、《迹儿入队》等。

本年，9月23日中国文学艺术工作者第二次代表大会在北京开幕。

1954年　　（甲午）　　五十六岁

母亲秦氏逝世。

受命参与筹建北京艺术师范学院。出任北京艺术师范学院筹委会副主任。

北京艺术师范学院筹委会主任为苏灵扬，副主任为卫天霖、老志诚。筹备工作全面启动。

由于住所距离故宫、景山、北海不远，工作之余经常早出晚归外出写生。暑期住在101中学，每天去圆明园写生作画。

10月2日，北京苏联展览馆开馆。"苏联经济、文化建设成就展览"开幕，造型艺术展览受到美术界的重视。卫天霖带学生前往参观。

作油画《圆明园》、《荷花池》等。

1955年　　（乙未）　　五十七岁

仍任系主任，张安治、赵擎寰任副主任。

卫天霖亲自给高年级上课，教学中从不强求学生按一个模式去学，根据每人的特点因材施教。同时注重师范生的综合能力的培养和锻炼。尽管卫天霖在油画教学上和创作上有很强的艺术语言个性特征，但他依然主张要强化中国绘画传统的学习，在安排专业课程时，他说要称呼"中国画"，不必叫"彩墨画"。

北京师范大学图画制图系开始设立并招收五年制专科(预科三年)学生。卫天霖主持招生工作。预科教学大纲与当时中央美术学院附中的大致相同。这届学生中有鲁若曾、宋志坚、张佩义、赵士英、毛水

苹果和山楂 （48.5cm × 67.5cm） 1969年 卫天霖

黄桃与花 （32cm × 41cm） 1971年 卫天霖 孙金荣藏

仙、常锐伦等。

3月27日—5月15日，文化部、中国美协主办的第二届全国美术展览在京举行。展览前夕江丰到卫天霖家动员参展，卫天霖创作静物油画《送客》展出。

6月6日，作为代表，出席旨在讨论如何使艺术教育与当前国家建设进一步相适应以及如何提高教学质量问题的全国艺术教育行政工作会议。

本年2月，苏联专家马克西莫夫到中央美术学院任顾问，并在北京开始举办为期两年的油画训练班。在此期间卫天霖与马克西莫夫相识、互访。马克西莫夫称赞卫天霖的作品，并到师大图画制图系参观教师进修画室和教师作品展，该展中有卫天霖三件作品。

决定派送李骏、王国懿到苏联留学。卫天霖让吴冠中专门为他们进行专业辅导。李骏、王国懿在俄语学院留苏预备部学习一年，然后在国内进行考试录取。1956年赴苏。李骏在列宾美术学院学习油画，1962年毕业回国，在北京艺术学院教油画。王国懿在苏联莫斯科教育科学院艺术教育研究所攻读美术教学法研究生课程，1959年回国，在北京艺术师范学院教理论。

北京师范大学图画制图系在七年中共培养学生120余人。

作油画《少妇》、《托腮而坐的女人体》等。

本年，黄宾虹逝世。

1956年　　（丙申）　　五十八岁

秋，北京艺术师范学院成立。

任副院长、教授，主管美术教学方面工作，经常亲自教学。

任北京艺术师范学院学术委员会主任。

该校隶属北京市领导。音乐系由北京师范大学音乐系、华东师范大学音乐系、东北师范大学音乐系合并组成；美术系由北京师范大学图画制图系绘画专业师生组成。制图专业转入北京师范大学数学系。

美术系系主任为李瑞年，副主任为张安治。教师又陆续调进戚单、高冠华、刘福芳等。

应届毕业生王焴、戴克鉴、朱鸿林、吴敬甫、姚熙曾等留校任教。

设七年学制（预科三年）本科。新学年开始招收第一届学生90余人。本届学生中有刘炳森、吉通海、田世信、赵一唐、宋雪扬、李志杰、曹世安、马际等，1959年郭怡孮、韩长明等五人在这一届升入本科时考入。

卫天霖重视对青年教师在传统艺术修养方面的提高，在他的倡导下，请了山水画家吴镜汀、人物画家徐燕荪、花鸟画家王雪涛等来校讲课示范，辅导青年教师学习中国画。

9月1日，出席文化部召开的全国油画教学会议，在会上就油画民族性、思想内容和风格等问题作了发言，被写进会议纪要。他认为"油画专业本身也应该有众多的派别，各派别应该共存，艺术上最忌千篇一律。""风格的形成是思想内容与表现技巧的结合，但思想内容不能代替风格，风格还决定个人的修养。在教学上应该培养风格。"卫天霖在一生的教学中始终实践着这一学见。

卫天霖自1956年至1964年，在北京艺术师范学院和北京艺术学院任职，是他一生中最重要的行政、教学工作和创作时期。北京艺术师范学院和北京艺术学院校址在什刹海西李广桥南街一号（现为前海西街17号），其校舍系原清代恭王府，是清道光皇帝第六子恭亲王奕欣的府邸。这座王府最早是清乾隆重臣和申的私宅，大约于乾隆四十一年之后建成。民国后，恭亲王的后代溥伟于20年代将恭王府及其后花园押给了西什库教堂。后因溥伟无力还押款，1937年德国人代偿了押款，并得到了产权，在恭王府办起了辅仁大学。解放前这里曾是辅仁大学女子部，解放后为师大女部，1956年为北京艺术师范学院，1960年为北京艺术学院，1964年为中国音乐学院，现为中国音乐学院和中国艺术研究院所在地。王府主体建筑没有大的改变，但于1960年北京艺术学院时期在王府前沿修建了两座教学楼，一为美术系一画室楼，一为音乐系的琴楼。

作油画《芍药》（吴冠中藏）、《大丽花》、《孔雀瓶》等。

1957年　（丁酉）　五十九岁

带1955年入学的美专学生到北京温泉北安河响堂庙实习写生一个多月。

卫天霖除了写一些笔记、心得、日志以及信件之外，很少写文章在报刊发表。这一年在中国美术家协会的《美术》杂志上发表了一篇卫天霖署名文章，此文系特约稿，由董玉龙代笔。

教师赵域、阿老等陆续调进。

七年学制（预科三年）本科第二届学生入学，学生80余人，学生有李少文、田克盛、郭兴华、董淑嫔、杨玉明、王昌楷、任景钦、李付元、孙大志等。

作油画《白杨树》、《响塘庙》、《少女像》、《青年像》等。

本年，进行"反右斗争"。

1958年　（戊戌）　六十岁

山西省筹备十年建设展览会，需创作各地建设事业油画十余幅。由卫天霖负责组织北京艺术师范学院中青年教师去太原，分配到各地区去写生、创作。卫天霖去了盂县，回故乡探望，并抽时间探访学生的家长。

在带学生下乡劳动时抽时间作画。

大跃进期间，大学师生都要参加大炼钢铁、植树造林、修水库、勤工俭学等活动，卫天霖已年届六旬，也自动参与其中。美术系学生分三批参加"勤工俭学"性质的社会活动，分别到军事博物馆、历史博物馆、国棉三厂，并有一部分师生留在学校创作"革命历史画"，卫天霖也不辞劳苦奔赴各处看望和辅导学生。此一时期师生创作的革命历史画曾在北海公署画舫斋展出。

教师陈缘督、俞致贞、白雪石、罗尔纯、张大国、吴静波、邵晶坤等陆续调进。

在大跃进的热潮中，七年制本科学制被压缩一年。

撤消预科建制。设三年制本科。并设附中。

开始招收本科生。本届学生中有贾浩义、邓元昌、贾克德、马承祥等。

夏天，在故宫文华殿举办苏联美术作品展览，卫天霖与学生前去参观，他不但对欧洲艺术具有广博的知识，而且对苏联和俄罗斯的油画情况也深有研究，在参观中指导学生仔细观摩展览中好的作品。

作油画《西山》、《西山古塔》、《京西马鞍山》、《农村小景》、《土火车》、《井架》、《山西辽塔》、《哈族少女》等。

1959年 （己亥） 六十一岁

大跃进结束，教学工作恢复正常。为抓紧提高学生的业务能力，学校安排晚上和假日增加课程，加强业务训练。卫天霖也经常为学生开办讲座和辅导。

他对美术史的研究有自己独到见解，有一次到学院资料室看望在那里做研究工作的苏民生和章文澄，曾对章文澄说："一个画家的传记应该是由他的作品来写成的"、"美术史实际上是美的技法发展史"。

作油画《京郊小景》、《柿子树》、《初夏》、《玉米桃子》、《剥开的玉米》、《玉米》（日本仙台艺术馆藏）等。

1960年 （庚子） 六十二岁

北京艺术学院成立。归北京市领导。增设话剧表演、导演两系。卢梦任院长。

北京艺术师范学院并入北京艺术学院。

卫天霖在教学第一线主持画室油画教学。这一年，开始与阿老共同主持1956年预科入学本科班的油画专业丙班画室的油画教学。并给美术系的学生做一些学术报告。本画室学生孙金荣所整理的《卫天霖油画教学笔记》，主要是这一时期卫天霖主持教学的学术见解选录。

美术系李瑞年任主任，张安治、赵域任副主任。在北京艺术学院成立前的美术系任教的美术家有：卫天霖、李瑞年、吴冠中、张安治、刘亚兰、郑宗均、左辉、毕成、栾克扬、赵域、阿老、戚单、彦涵、姜燕、高冠华、陈缘督、俞致贞、白雪石、刘福芳、戴林、梁树年、张秋海、孙一青、殷恭端、邵晶坤、萧肃、董玉龙、章文澄、王国懿、王燨、戴克鉴、吴让宾、张大国、吴静波、罗尔纯、黄金声、董福章、丁慈康、陈静、陈谋、王景芬、罗枫等。

在北海公园画舫斋举办卫天霖个人画展。被美术界誉为"炉火纯青"的油画家。

4月21日—5月20日 由全国美协主办的"肖像、风景、静物油画作品展览"在北京颐和园举办，共展出作品147幅，卫天霖的静物作品参加了展览。参加展览的还有吴作人、罗工柳、林风眠、颜文梁等。

7月22日，中国文学艺术工作者第三次代表大会在京召开，7月30日中国美术家协会第二次会员代表大会召开，卫天霖作为文代会代表出席。

作油画《鱼和蔬菜》（朱鸿林藏）等。

1961年　　（辛丑）　　六十三岁

继续主持画室教学。

10月10日至27日在北京艺术学院举办了"卫天霖先生画展"。

10月，北京展出丹麦康纳绘画展，卫天霖回答学生的提问时说："学习研究一个画家的作品，要研究他的生平，看哪些作品是哪个时期画的。多找些材料。"

作油画《画前的葵花》等。

本年10月，周恩来出席苏共22大回国后，曾在北京市领导、红学家和上海越剧团陪同下到恭王府参观。周恩来与学院领导卢梦以及学生们交谈。

1962　　（壬寅）　　六十四岁

继续主持画室教学工作。

10月27日，在学生陪同下，参观《新芽美展》，该展由中国美术家协会主办，收入北京艺术学院和中央美术学院部分应届毕业生毕业创作78件。卫天霖仔细观看了他的画室学生的毕业创作，鼓励学生毕业后作好各种美术工作和继续钻研提高业务。展览至11月11日结束。

下半年接手主持1957年预科入学的本科班油画专业的一个画室教学。

作油画《桃子与小壶》、《兔儿爷》、《暖瓶水果》、《矿工》等。

1963年　　（癸卯）　　六十五岁

继续主持画室教学。

组织北京艺术学院的教师李骏、阿老、赵域为山西省文水县刘胡兰纪念馆作革命历史画创作。卫天霖创作的是油画《送军鞋》，作品约有一米二见方，是他的作品中比较大的一幅；李骏创作的是油画《七烈士就义》，李骏由于从苏联回国，没有地方作大画，卫天霖特地将自己家的一间房腾出，让李骏在这里完成创作任务。这次创作大约用了半年的时间。作品完成后由李骏和赵域送到山西文水县，安装在刘胡兰纪念馆中。

王焴登门拜访卫老，问到作画的经验，卫老打开三间东房的房门，里面的画堵到门前堆到房顶，层层排排。卫天霖说："就得画出这么多，不光用手，还得用心去画，功夫一到，瓜熟蒂落。现在没地方摊开让你看，里面可有几张耐看的呢！总有一天，大家会被少数精品吓跳！人不能白来世上走一遭！"因为王焴1957年受到不公正对待，于是他鼓励说："不怕慢，最怕站，日子不等人，躺在伤口上叹气不是汉子……"这些话说明了卫天霖的勤奋与自信。

作油画《白芍》（日本东京艺术大学资料馆藏）、《菠萝》（中国美术馆藏）等。

1964年　（甲辰）　六十六岁

4月，北京艺术学院撤消。

调中央工艺美术学院任教授。

同时调入中央工艺美术学院的有吴冠中、阿老、俞致贞、白雪石等。

北京艺术学院的行政机构和音乐系中乐专业留在原校址建中国音乐学院。北京艺术学院美术系一部分教师到中央美术学院任教；一部分教师到中央工艺美术学院任教；由于当时北京市的领导人认为北京应当有自己培养艺术人才的学校，因此，美术系一部分教师和行政人员转到北京师范学院建立美术系。

自1956年北京艺术师范学院成立至1964年北京艺术学院撤销，八年中两校美术专业共培养学生300余人。

作油画《瓜叶菊和什样锦》、《红背景的白芍》（刘亚兰藏）、《茶花菠萝》等。

1965 年 （乙己） 六十七岁

在中央工艺美术学院任教授。

作油画《成熟的玉米与水果》等。

1966 年 （丙午） 六十八岁

文化大革命运动开始，卫天霖受冲击，被中央工艺美术学院造反派抄家，许多作品被毁损。抄家时，将他收藏的书画、文物全部抄走，共有三大卡车的油画作品，以及收藏品、图书和创作资料，被运到中央工艺美术学院。

随即被隔离审查，受到"批斗"，一只耳朵被"造反派"打聋。子女去探望时也遭到殴打，卫天霖身心受到严重摧残。

被迫停止作画。

1969 年 （己酉） 七十一岁

继续被审查。

本年，形成大规模的青年学生上山下乡、机关干部去五七干校。

1970 年 （庚戌） 七十二岁

解除政治审查，但没有行动自由。

中央工艺美术学院要将卫天霖下放湖北丹江口农场，并勒令夫人胡瑜户口随迁。由于胡瑜的抵制，未去湖北。但身患癌症的胡瑜自己却被下放天津岭子农场劳动。卫天霖一人住在家中，也不能作画，有几天自己动手修理一挂竹门帘，在挂帘的木片上写道："文化大革命已有数年，又打倒5·16反革命集团，学校下放农场，我也即将离开，闲着无聊，修理门帘。6月9日"之后随校到石家庄农场劳动，部队负责人见他年高多病不肯接收。卫天霖决定并开始办理离休手续。胡瑜也办了退休手续回家。

从农场回到家中。逐渐恢复了油画创作。

作油画《菠萝与苹果》(章文澄藏)、《菠萝与柿子》、《桃》、《白芍与红果》、《柱顶红》、《西红柿》、《荔枝》、《苹果与山楂》等。

1971年　（辛亥）　七十三岁

文革中被抄作品上千年，多数被毁，文革后期落实政策时仅剩下了很少的一部分，有些作品被中央工艺美院留存下来。各类作品退还仅二百余件。作品的毁失，对卫天霖精神打击甚大。卫天霖只能以超常的平和心态和顽强的毅力，特立独行的重新进行创作。在他的艺术道路上进入最后的创作高峰期。

此时，阿老任国际俱乐部室内的装饰部设计，专门约请卫天霖创作了油画静物《瓶花》和《葵花》。

作油画《黄桃与花》（孙金荣藏）、《1971年的自画像》等。

1972年　（壬子）　七十四岁

到天津去看望也是知识分子下放工厂劳动的女儿卫述。

有众多的学生经常来访、求教。一位学生说刚刚去看过全国美展，卫天霖说："油画可以用来画历史画、通俗画、宣传画。但油画要被大家认识，在我国还要40年！"

依然关心艺术教育，曾对一个学生说："为什么日本这么强大，就是因为有治维新以后，日本教育建国，使日本有了这样大的一个变化。你是搞艺术教育的，站在这个位置上，要千方百计把艺术教育抓起来。"还把他收藏的一大摞有关日本教育的书籍送给这位学生。

作油画《黄桃、蓝布与红漆盘》、《红瓶中的白芍》、等。

本年，中国美术协会主席何香凝逝世。5月23—7月23日"纪念毛泽东主席《在延安文艺座谈会上的讲话》发表30周年全国美展"在中国美术馆举行。

1973年　（癸丑）　七十五岁

正式离休。

已患重病。但以一个学者平静的心态坦然生活，抓紧时间大量作画。经常与学生往来通信，甚至到一些学生家中看望，并送给学生自己的油画作品。卫天霖还勉励常来探望他的学生们利用北京举办的画展机会多画画，不要荒废时光。

作油画《静物》、《菠萝与蛋糕》、《荔枝》、《瓶花与蛋糕》、《条案上的葵花》（郭富砚藏）等。

1974年　　　（甲寅）　　　七十六岁

继续抱病作画。

对普通艺术教育甚为关心，曾在8月3日致在北京教育学院工作的学生赵一唐信中说："解放后，除体育课外，手工和美育等于消灭，成为最小的课门。也是因为搞美术的人自己没有重视起来，所以形成被动。现在社会主义社会，究竟如何看待美育教育，时间如何分配，这些国际常识，群众应当如何认识，责任在于我们。""搞美术教育方面的同志应当科学地研究这问题，然后将意见归纳出来，请有关领导提出，最后可请示郭老（科学院）或国务院。这不是一件小事情，是建设社会主义美的普及教育方向。""我想，要从幼儿园开始进行美育的指导和教养。我不知全国有没有过这样的科学研究，要没有，你们开始搞好不好？"

2月13日—4月5日，卫天霖为国际俱乐部创作的油画静物作品《瓶花》和《葵花》被列入"黑画展览"，遭受"四人帮"批判，先后在中国美术馆和人民大会堂展出。卫天霖泰然处之，展览时观众云集，这些作品反而受到人们内心的称赞，是对极左思潮的极大讽刺。这两件作品现藏国际俱乐部。

作油画《向日葵》（中国美术馆藏）、《瓶花》（中国美术馆藏）、《水果与芍药》、《丁香》、《红白相间的花》、《桃与李》、《浅花与橘子》、《蓝色花瓶中的向日葵》（原绍温藏）等。

本年，10月1日庆祝中华人民共和国成立25周年全国美展在中国美术馆举办。

1975年　　　（乙卯）　　　七十七岁

患病后已转了三家医院。

确诊为皮肤癌。

5月22日至6月27日在日坛医院住院治疗。

住院期间，来看望人很多，可谓高朋满座。卫天霖说："我得到很多很多友人同学的协助爱护，这病中是享受以及优待，使我再能活下去，也不会忘记，心情慰快。"

出院身体稍好一些就继续作画。

作油画《葵花》、《红背景的白芍》、《粉芍药》、《蓝台布上的苹果
与菠萝》、《月季与菠萝》、《蓝色背景前的葵花》等。

1976年　　（丙辰）　　七十八岁

7月28日，唐山大地震时，在椅子胡同口外的马路便道上用雨衣
铺地休息，彻夜未眠，但精神镇静。与全家在胡同中的地震棚临时居
住20余天，抱病慰问好友、学生。

10月，在身体不好的情况下卫天霖并没有躺下，迎来四人帮倒台。

四人帮倒后，学生赵士英在《人民日报》连续发表了几幅速写，赵
士英去看望病中的老师，卫天霖拿出一些收集的有赵士英速写的报纸
对赵士英说："我很高兴，都保存着。"并从书柜中找出好几本他在日
本留学时自己剪贴的日本报刊发表的一些线描插图，里面还有几幅当
年卫老画的铅笔速写，说："我留着没用了，你拿去做个纪念吧，研究
研究人家的东西。"

卫天霖日感身体不好，曾几次与身边的家人和学生谈到他的作品
存放和政治结论问题。

作油画《红木桌上的白芍》（巩俊藏）、《青花瓷瓶中的白芍》、《柿
子与菠萝》等。

1977年　　（丁乙）　　七十九岁

家属到中央工艺美术学院"革委会"，要求给卫天霖平反，该校一
个管政工的人说，我们天南海北调查，花许多钱，难道全是冤假错案？
你父亲20年代在日本干什么查也没法查。拒绝给卫天霖平反。

对外展览部门要到瑞士举办画展，要卫天霖的作品，卫天霖要借
用赠给卫垒的那幅较大的《菠萝》送展，但卫垒很难过，因为这件作
品亦被革中造反派毁灭了。

作最后的油画《石榴》和三曲屏风油画《孔雀》、《仙鹤》。在创作
三曲屏风油画后期，由于身体很衰弱，特请学生佟育智协助绘制完成。
卫天霖在医院听说屏风画已经完成后很高兴，让佟育智签上自己的名

字，佟育智出于对教师的敬爱没有这样做。

在病榻上叮嘱妻子和女儿说："我死之后，作品对习画的学生还有用处，'四人帮'虽倒了，造反派还有势力。千万不要让我的画落到这些人手中，免得再被破坏。艺术师范学院的教师和学生在我离校之后，对我仍旧很关心。我的作品请吴冠中先生交给师院朋友处理。"

3月24日，病逝。

附录：1977年—2000年卫天霖逝世后进行的纪念活动和学术研究活动

1977年4月14日

"卫天霖同志追悼会"在八宝山革命公墓灵堂隆重举行。卫天霖家属、同事、在京画家、弟子、生前友好数百人参加追悼会。文革刚刚结束，为卫天霖平反，作出了正确的历史结论，得到了比较公正的对待。

华君武同志致悼词。

悼词中说："卫天霖同志热爱毛主席，热爱伟大的社会主义祖国。解放前积极靠近中国共产党地下组织，冒着生命危险掩护并设法营救地下工作同志，为此追求进步，为此在北平的国民党反动派怀疑卫天霖同志为共产党而被解聘。为了追求进步，卫天霖同志于1948年到解放区参加革命工作。北平解放时，随同解放军进城，参加军事管制委员会，接收各大专院校，从事艺术教育。"

"卫天霖同志在教学、绘画方面，都有高深造诣，他是前辈的老画家之一。他的作品参加了全国美术展览会，画的油画色彩灿烂而厚实，他遵循毛主席的文艺方针，重视'洋为中用'，创造了具有民族风格的作品。卫天霖同志自前年得病以来，坚持作画，直到病重之前。"

"卫天霖同志虽然与我们永别了，但他对工作，对学习的严肃认真态度，对同志、对学生的循循善诱精神，将永远值得我们怀念。"

卫天霖的骨灰存放八宝山革命烈士公墓。

1978年—1980年

北京师范学院美术系在与胡瑜商定之后，承担并组织了卫天霖艺术研究的大量工作。胡瑜与子女们积极支持和配合卫天霖艺术研究，提供了所收藏的作品和各种珍贵的资料。同时在卫天霖的同事、学生、生前友好中广泛征集有关论述卫天霖艺术的文章、资料。卫天霖弟子王焴、章文澄、戴克鉴等对卫天霖的作品遗物品进行整理考证，为研究卫天霖艺术打下了良好基础。对卫天霖的研究全面开始。

1980 年 4 月—5 月

中国美术家协会主办的"卫天霖遗作展"在中国美术馆举行，展出作品 89 件。卫天霖的家人、在京画家、生前友好、同事、学生等上千人出席了开幕式。

展前，展出作品由卫天霖家中及有关单位和个人收藏者集中到北京师范学院美术系，众多学生自发参加了对作品的整理、修补、配画框和准备布展等工作，以表达对先师的怀念。

经中国美术家协会的邀请，卫天霖的日本朋友、同事、东京艺术大学名誉教授末田利一专程从日本来京出席展览活动，并商讨卫天霖遗作赴日本展出事宜。

中国美术馆收藏了卫天霖油画《白芍药》等作品 6 幅。

1982 年—1983 年

中国美术家协会主办的"卫天霖遗作展"在日本东京巡回展出。展览得到中国驻日本大使馆、日中文化交流协会的支持。展出作品 57 件。卫天霖的夫人胡瑜、女儿卫迹，在中央工艺美术学院副院长阿老、中国美协工作人员陪同下出席画展活动。

为筹备这次展览，末田利一教授做了巡展安排、选择场地、日期、作品运送、接待等各方面的准备工作。正在日本访问的左辉先生也参加了有关工作。

1982 年 5 月 10 日—29 日在东京展出。

1983 年 1 月 14 日—16 日在太田市美术馆展出。

1983 年 2 月 3 日—8 日在仙台市艺术馆展出。

日本出版《卫天霖油画集》。

为答谢日本方面对卫天霖遗作到日本各地巡回展出所付出的努力

和情谊，胡瑜向以下单位和人士赠送了卫天霖油画作品；

东京艺术大学资料馆《芍药》。

仙台市艺术馆《玉米》。

太田市艺术馆《蔬菜》。

末田利一《白芍》。

柴原睦夫《静物》。

1984 年 4 月　　卫天霖艺术研究会成立。

会　　　长：刘海粟

副 会 长：李瑞年、张仃、庄言、吴冠中、杨传伟、王焴

秘 书 长：章文澄

副秘书长：杨悦浦

1985 年 3 月在北京师范学院美术系美术馆举办了"卫天霖油画展"，展出作品 20 余件。

1985 年 4 月卫天霖艺术研究会编辑印发《卫天霖油画艺术在日本》，内部发行。

1987 年 3 月 25 日

卫天霖逝世十周年纪念座谈会在北京师范学院举行。

座谈会由北京师范学院、中央工艺美术学院、卫天霖艺术研究会、北京市美术教育研究会共同主办。

同时举办了遗作展，展出作品 40 件。

2 月　　卫天霖艺术研究会编辑印发《回忆卫天霖教授》，内部发行。

4 月　　中国美术协会艺术委员会秘书处组织安排，由中国美术家协会四川、云南、广西、湖北、山西分会和卫天霖艺术研究会主办，卫天霖艺术研究会秘书长章文澄等携带卫天霖 40 件油作品，分别到四川、云南、广西、湖北、山西等地巡展，并由各地美协分会组织了座谈会。

1989年9月　柯文辉著《卫天霖传》由北京师范学院出版社出版。

1993年　卫天霖艺术研究会编《卫天霖画集》（活页）由北京师范大学出版，收入作品14件。

1998年　中国美术家协会决定年内举办一系列的纪念油画家卫天霖诞辰100周年的学术活动。

为了搞好纪念活动，经中国美术家协会领导批准，成立了由主办单位的领导、美术界著名艺术家、卫天霖弟子、家属和各个方面人员组成的卫天霖百年诞辰纪念活动筹委会：

顾　　问：张　仃　　吴冠中　　刘　迅

主　　任：刘大为　　李中贵　　刘炳森

副 主 任：阿　老　　卫　垒　　王春立　　郭怡宗　　李玉昌

委　　员：赵擎寰　　闻立鹏　　袁运甫　　雷正民　　李松涛

　　　　　孙志钧　　水天中　　顾　森　　刘晓路　　柯文辉

　　　　　萧沛苍　　姚天沐　　高　璋　　徐　德　　王　熵

　　　　　章文澄　　戴克鉴　　朱鸿林　　赵士英　　宋志坚

　　　　　孙金荣　　赵发潜　　赵一唐　　阿鸿远　　田世信

　　　　　孙大志　　郭兴华　　郭富砚　　阎振铎　　卫　迁

　　　　　卫　迹

秘书长：杨悦浦

副秘书长：吉通海　　冯博一

活动内容：

1、卫天霖诞辰日（8月22日），前后在各大报刊发表纪念、研究卫天霖艺术的文章和卫天霖作品。《人民日报》、《光明日报》、《人民日报·海外版》、《文艺报》、《美术》、《美术观察》、《美术研究》等20多家报刊发表张仃、吴冠中、袁运甫、李松、水天中、刘曦林、顾森等著名画家、评论家的研究论文，及卫天霖的数十件作品。

2、1998年12月11日至16日在北京国际艺苑美术馆，由中国美术家协会和北京国际苑美术基金会主办"卫天霖油画学术展"，展出代表作40件。发出请柬2000份，参观者踊跃，多数为美术界人士，反映强烈。展览期间组委会秘书处编印了《卫天霖百年纪念专刊》2000份，全部为参观者索光。

3、1998年12月11日，由北京国际艺苑艺术沙龙举办卫天霖艺术研讨会。会议由李玉昌、雷正民、王熵、刘炳森分别主持。到会的有在京美术界著名专家学者、山西省美协领导、卫天霖家乡的代表、卫天霖的弟子、卫天霖的亲属约100人。

4、出版《卫天霖研究》一书。

纪念活动得到了首都师大美术系、卫天霖的子女、卫天霖生前友好、同事、学生、美术评论界、卫天霖艺术研究会的支持与配合。

本次纪念活动经费由卫天霖同事和弟子及美术界同仁集资65100元人民币，其中提供资金的有：刘炳森、郭怡宗、杨悦浦、孙金荣、刘福芳、郭富砚、赵发潜、孙志钧、姚鸣京、李魁正、冯博一等。

1998年山西省汾阳市市委、市政府、市政协举办纪念卫天霖先生诞辰100周年活动。活动内容：

1、先后四次考察了东阳城村的卫天霖祖居。

2、建立市级文物保护单位"卫天霖故居"。12月4日举行了挂匾仪式。

3、12月5日举行了纪念卫天霖诞辰100周年座谈会。市委书记高璋、市长徐德，山西省美协领导董其中、姚天沐、山西大学全献谱、画家王杰三、靳冠山等数十人出席。

4、12月5日举办了纪念卫天霖诞辰100周年美术作品展。

1998年12月10日 山西省汾阳市以市长徐德为团长的代表团专程到北京出席"卫天霖油画学术展"和"卫天霖艺术研讨会"，并捐赠人民币壹万元，提供给纪念活动组委使用。组委决定用于《卫天霖研究》一书的出版费用。

1998年8月 山西省汾阳市决定将在汾阳市建立卫天霖艺术馆。汾阳市负责人在京活动期间，就此事与在京艺术家、家属、有关单位进行了积极的磋商与研究。

1998年8月柯文辉著《卫天霖传》由中国文联出版公司再版，三百多本大部分送给了汾阳市人民，一本未进书店销售。

1999 年 1 月　《卫天霖油画集》由湖南美术出版社出版。

策划：萧沛苍

主编：马际

编委：刘炳森、孙大志、孙金荣、李鸿远、戴克鉴

责编：郏宝雄

收入由家属、首都师范大学美术系、部分卫天霖同事、弟子提供的卫天霖油画作品 79 件，作品经戴克鉴、孙金荣、李鸿远鉴选。

张仃作序，杨悦浦撰写论文，孙金荣整理年表。

画集出版费用由湖南美术出版社承担。

前期编辑活动经费由李鸿远、赵一唐、孙大志提供人民币 4000 元。

1999 年 3 月 28 日

为纪念卫天霖百年诞辰，中央电视台《美术星空》专门制作了 30 分钟的电视专题片《百年回望卫天霖》，在中央电视台各套节目中播出一周，对卫天霖的生平和艺术做了概述。片中张仃、吴冠中、水天中、袁运甫、闻立鹏、刘晓路等著名画家、评论家对卫天霖的艺术作出了很高的评价。

贾世泉编导，许向群撰稿，杨悦浦编辑。

2002 年　柯文辉《卫天霖传》经修订后交由广西美术出版社再次重排出版。

编选资料来源和参考书目：

卫天霖《自述》　文化大革命时期

赵擎寰等关于编写卫天霖年表的信件　1999 年

1998 年秋至 2000 年初访问卫天霖的家属、部分同事、弟子等采访记录赵磊整理《1998 年 12 月卫天霖艺术研讨会会议纪录》　1998 年

《山西省汾阳市纪念卫天霖百年诞辰活动文件汇编》汾阳市文化局　1998 年

《卫天霖年表》载《卫天霖研究资料 3》　卫天霖艺术研究会编 1993 年

柯文辉著《卫天霖传》中国文联出版公司　1998 年

《卫天霖油画艺术在日本》卫天霖艺术研究会编印　1985 年

《回忆卫天霖教授》卫天霖艺术研究会编印　　1987 年

《回忆卫天霖教授3》卫天霖艺术研究公编印　1993 年

刘曦林主编《1949 —— 1989 中国美术年鉴》广西美术出版社 1993 年

王琦主编《当代中国美术》当代中国出版社　1996 年

范文澜《中国近代史》人民出版社　1962 年

李新主编《中华民国史》中华书局　1981 年

刘晓路《20 世纪日本美术》文化艺术出版社　1997 年

杨辛仁主编《现代中外文化交流史略》中国书籍出版社　1998 年

M·苏立文著　陈瑞林译《东西方美术的交流》江苏美术出版社 1998 年

茅家琦等主编《中国近现代大事记》北京出版社　1999 年

李新主编《中华民国大事记》人民教育出版社　1997 年

《中华人民共和国教育大事记》人民教育出版社　年代不详

《六十年文艺大事记1919-1979》中国美术家协会编印　1985

安世明主编《1949—1989北京美术活动大事记》 北京美术家协会　1992 年

《北京史》北京大学历史系编写　北京出版社　1999 年

《解放战争时期北京第二条战线的文化斗争》中共北京市委宣传部等编　北京出版社　1998 年

陈旭麓等主编《中国近代史词典》上海辞书出版社　1982 年

克利夫顿·丹尼尔主编　丁祖馨等译审《二十纪大博览》吉林人民出版社　1989 年

高平叔《蔡元培年谱长编》人民教育出版社　1996 年

杨里昂主编《学术名人自述》花城出版社　1998 年

邓云乡《文化古城旧事》中华书局　1995 年

廖静文《徐悲鸿一生》中国青年出版社　1982 年

白炎《彦涵传》吉林美术出版社　1993 年

孙志远《感谢苦难》人民文学出版社　1997 年

赵志忠《山居笔记》文汇出版社　1998 年

张仃《卫天霖与油画民族化》　《人民日报》1998年7月31日

闻立鹏《沉着的步伐　深刻的足迹》《美术观察》1998年第8期

水天中《卫天霖：一个正直朴厚的艺术家》《美术研究》1998第3期

袁运甫《怀念卫天霖先生》　《光明日报》1998年10月25日

李松《平淡中的绚烂》　《文艺报》1998年10月1日

顾森《以画传情的油画家——卫天霖》　《美术》1998年第8期

李玉昌《纪念油画大师卫天霖》《中国文化报》1998年11月28日

刘曦林《民族情未了》　《人民日报·海外版》1998年9月4日

张晓军《好懂耐看的卫天霖油画》《北京青年报》1998年10月31日

《美术》1956年12期

《美术》1962年2期